海的那一边

张未兹 / 著

四川文艺出版社

图书在版编目（CIP）数据

海的那一边／张未兹著. 一成都：四川文艺出版社，
2015.5（2020.5 重印）

ISBN 978-7-5411-4031-0

Ⅰ．①海… Ⅱ．①张… Ⅲ．①长篇小说-中国-当代
Ⅳ．①I247.5

中国版本图书馆 CIP 数据核字（2015）第 061042 号

HAI DE NA YI BIAN

海的那一边

张未兹 著

责任编辑　张庆宁　奉学勤
责任校对　舒晓利
装帧设计　叮　叮
责任印制　喻　辉

出版发行　四川文艺出版社（成都市槐树街 2 号）
网　　址　www.scwys.com
电　　话　028-86259287（发行部）　　028-86259303（编辑部）
传　　真　028-86259306

邮购地址　成都市槐树街 2 号四川文艺出版社邮购部　610031
排　　版　四川胜翔数码印务设计有限公司
印　　刷　四川华龙印务有限公司
成品尺寸　148mm×210mm　　　开　　本　32 开
印　　张　10.5　　　　　　　　字　　数　250 千
版　　次　2015 年 7 月第一版　　印　　次　2020 年 5 月第三次印刷
书　　号　ISBN 978-7-5411-4031-0
定　　价　35.00 元

90 后自画像 / ◆袁岳

　　刚拿到《海的那一边》的时候，我想，又是一个鸡血故事吧，这个社会怎么老是亢奋呢？

　　但看了几页，我知道，我错了，这不是鸡血，而是一幅 90 后女孩的自画像，一幅真性情用心思的自画像。

　　对独生一代，我自诩有过一些研究，甚至还造了一个词——"爸宝"，以标识那些被爸爸宠爱、设计、规划出来的孩子，并区别于那些啥事都是"我妈说了"的"妈宝"们。但看了未兹的自画像，我发现，在"爸宝"、"妈宝"之外，还有这样的一些 90 后，让我们这些"爸宝"、"妈宝"的爸妈们为之骄傲甚至因之汗颜的 90 后。

　　他们是梦想家，也是行动派。他们的年纪，正是做梦的时机，有另一个闪闪发光的世界在召唤。但他们很清楚，有梦还得去践行。从《血色浪漫》《转圈圈》可以看到，他们不会托词于这样那样的客观原因而放弃自己的目标，而是用一切的自我努力去实现，以让自己的主见成为可以践行的路径。

　　他们能吃苦，也能享受。对独生一代，很多人自然不自然地标以娇生惯养，其实，他们也能吃苦，也能坚守。《历史炼狱》《漂二代》就讲述了一个事实：就吃苦而言，他们和我们没有什么两样。当然，也有不一样，这就是，他们能吃苦，也能享受，虽然，有时候是穷享受。不信，看一看《在路上》。

　　他们很真实，也很灵性。现在，往自己脸上贴金的表演性文字很多，但未兹的自画像给我很真实的感觉。在书里，有无助的体验，也有尴尬的糗事，素面朝天，毫无掩饰，比如她和室友的冲突，她对 GPA 的偏执，她的几次面试。但同时，他们也很灵性，看看《餐桌上的困惑》《奇葩》，是不是很是聪慧，很有玩趣。

他们有见闻，也有见识。90 后是在全球化和信息化的年代里成长起来的。他们的少年时间，甚至孩提时间，就有着他们的爸妈们不可能想象的见闻。见闻的积聚，就是见识。未兹的书中，就有她自己的见识。虽然这些见识只是在场景里面不经意地流过，但仍然显现出了一个因为读书而丰富、因为行走而灵动的头脑。

现在，留学，特别是本科留学，很是时兴。作为一种成长方式，从未兹的自画像，还有她给她的 90 后同伴画的像上，我看到的是守望，是洒脱，是付出，是成长。

很多 90 后知道我在做一个有数以百万计大学生参与的公益服务项目，它的名字叫黑苹果青年，是青苹果的青春生涩与红苹果的历练成熟的组合，是那种有自我主张又有服务他人的情怀，有内在的爱好热情又有外在的行动能力与表现的符号性青年。让我开心的是，在 90 后中，有很多很多这样的黑苹果。

未兹也是这样的黑苹果。

有这样的 90 后，很是快慰，因为，有他们，明天一定会更加绚丽，更加精彩。

教育的真谛 / 王正毅

　　友人送来这部书稿，希望我能为之写点什么，我说看看再说，因为我的研究领域属于社会科学，通常只写些专业领域内的东西。但在通读了书稿之后，忍不住有一种跨界写点儿东西的冲动。

　　准确地说，这是一本求学日记，虽然故事"琐碎"，却是心灵世界成长经历的真实记录。

　　书中所叙述的故事，既是一个个体求学过程中心里挣扎和愉悦的故事，也是这个时代千万个家长在培养孩子过程中经常彷徨的故事，同时还是今天几乎所有教师在培养学生过程中不得不面对的故事。

　　近日，清华大学的经济学家钱颖一教授发表了一篇短文《对中国教育问题的三个观察："均值"与"方差"》（《比较》2015年第1期），钱先生通过自己在中国和美国求学和任教的亲身经历，得出一个观察性的结论：就基础知识和基本技能而言，中国学生的总体表现是"均值"高、"方差"小。其社会意义在于，"均值"高表明学生的学习能力和模仿能力高，这也可以解释为什么中国经济在过去30年得以飞速发展，但"方差"小表明真正创新性人才少，这使得中国经济进一步发展面临人才的瓶颈。而就人的素养和价值而言，中国学生的表现是"均值"低、"方差"大。其社会意义在于，"均值"低表明批判能力不足，而"方差"大表明没有人格底线的人多，这可以解释为什么中国在经济增长的同时出现了"精致的利己主义"和严重的贪污腐化现象，所以，大学教育更应重视"人"的教育，而不是"才"的教育。

钱先生的观察令人深思。如何使我们学校的教育，既能提供基础知识、训练基本技能，又能提高人的素养、塑造有道德底线的价值观，这确实是中国教育面临的巨大难题。根据我长期在高校从事教育经历的观察和感悟，我认为，探求知识、塑造价值以及培养情怀，应该是教育的根本。

探求知识。就知识而言，从小学、初中、高中、大学、研究生（硕士阶段和博士阶段），教师们都在传授知识，学生们都在进行知识的积累，关于这一点，无论在哪个国家，我想都是一样的。如果说有不同，据我自己 20 多年教学经历的观察，是教师传授知识的方法不同，学生学习知识的目的和态度不同。教师传授知识，可以是引导式的，让学生参与，激发学生对知识的兴趣和批判意识；也可以是填鸭式的，让学生进行知识的记忆和模仿。学生学习知识，可以是功利式的，流于表面，满足于考试；也可以是兴趣式的，进行深入探索，达到好奇心的满足。最后的结果自然是，教师引导式地教与学生满足好奇心地学，培养出的学生创造性就高。

塑造价值。学校教育除了提供最为基本的知识和基本的技能之外，还要帮助学生塑造核心价值。无论是教师教书过程，还是学生读书过程，其实就是一个核心价值塑造的过程。根据我自己长期的教学经验，我发现，在学校教育中，有两类书教师不可不教，学生不可不读：一类是关乎"大我"之书，另一类是关乎"小我"之书。所谓"大我"之书，主要是指那些影响人类历史进程之书，这类书既有论及生命意义的，也有规范社会道德的，还有探讨宇宙运行规律的。所谓"小我"之书，主要是指那些影响生命个体如何成长之书，相比于"大我"之书，这类书更是浩瀚无边，文学的、艺术的、数学的、哲学的、宗教的、科学的，等等。学校教育主要教授那些影响人类历史进程的"大我"之书，不管学生是否愿意或喜欢，因为这些知识是关乎宇宙、关乎生命和关乎社会的。而学生则可在读"大我"之书、学习"大我"知识的同时，根据自己的偏好选择读"小我"之书，成就个体的理想和追求。无论是关于"大我"的知识，还是关乎"小我"的知识，都是学校教育的重要内容，过分强调"大我"，通常会让学生感到抽象和枯燥，很难调动学生的兴趣；而过分突出"小我"，又会让学生觉得零碎，很难打开学生的视野。正是这些"大我"和"小我"的知识，成为学生们塑造核心价值的重要内容，影响着他们的人生。

培养情趣。人是理性的，但人的理性又是有限的，这也是20世纪以来关注非理性因素对人的行为影响的主要原因。无论是唯意志主义者叔本华、尼采，还是存在主义者萨特、加缪，抑或是精神分析大师弗洛伊德，都对推动非理性研究做出了巨大贡献，形成了与科学主义并驾齐驱的人本主义思潮。学校教育的目标是对"人"的教育和培养，所以，对"人"的理解是学校教育的基础和关键。人是理性的，所以才使得知识传授和价值塑造成为可能，但人也是有情欲的，此所谓"境由心造"，所以，"心性"培育也应该是学校教育不可忽视的内容。"分数至上"、"文凭至上"很容易使人成为教育的奴隶，远离教育的初衷。根据我多年从事教育的经验观察，那些在离开大学若干年之后有所成就的，大多数是那些不但拥有丰富知识（所谓"智商"），而且更拥有生活情趣（所谓"情商"）的学生。他们善解人意，懂得与他人分享，有责任感并敢于担当。在 2008 年北京大学国际关系学院毕业典礼上，我曾将这种"心性教育"概括为"感恩之心"、"欣赏之心"、"自我完善之心"作为毕业赠言送给即将进入社会的学生们。

教育之事，家庭之大事，国家之大事，更是人类之大事。教育之根本在于认知，更在于树人。我不是教育家，以上只是我多年在大学里从事教育的一些感知，但愿读者能从这本充满"琐碎"故事的书里，看到一个心灵在追求知识、塑造价值以及培育情趣的过程中留下的印迹并对教育的真谛有所感悟。

目录

"地下党"

　　"地下党"的联系，靠的是默契。两个原本只是面熟的人，在楼道里碰上，互相间会交换个"加油"的表情。两个只听说过名字的人，第一次在食堂里会面，便称兄道弟，互诉苦水，讲生活的艰难，说老师的刁蛮。同是反叛者，富二代会主动靠近穷孩子，成绩好的不会嫌弃成绩差的。

高一的一个周末，我在书店的英文区挑书。

标示为"名著"的书架上，凡是书不太厚、字体不太小、年代又不太久远的，我要么是已经读过，要么是小时候读过相应的中文版。

畅销书架上，是封皮闪亮的名人传。我翻了翻，发现不是致富经，就是成功术。

颗粒无收，只好去了考试类的书架。本想秒杀四六级练习题取乐，却发现一本名为《SAT 阅读精讲》的小册子很是抢眼。小册子里的文章不长，但貌似珠玑锦绣，文采飞扬。

我扫了一眼，满目生词。

我蒙了。我还以为自己的词汇量不错呢。

当时，我并不知道，SAT①是美国高考的缩写。

我更不知道，那篇节选的文章，是 20 世纪初美国大律师克拉

---

① SAT 是 Scholastic Assessment Test（学术能力评估测试）的简称，即由美国大学委员会主办的美国大学入学考试，有 SAT1 和 SAT2 两次考试，俗称"美国高考"。

002

伦斯·丹诺在一次庭审中的辩护，法律领域的经典之一。而当时，我能判断出文章是律师的手笔，主要是靠开头的"各位陪审团成员"（Members of the jury）和"我的当事人"（My clients）。

几年后，当我决定报考法学院的时候，有了冥冥之中、自有定数的感觉。

但当时，我的愿望很简单，就是赶紧把生词弄明白，把文章看懂。

之后的周一英语课，老师一边念书，一边在教室里走圈。到了我这儿，翻了翻我正在读的 SAT，警告了一句："下次，我会单独抽查你。"

我想，下了课，她就会忘的。她关心的，应该是我的期中期末成绩。而且，就算我考砸了，她也不会逼我听她的课。因为，身在曹营心在汉的事，她自己也干过。

但这一次，性质变了。

中午，班主任找我谈话。

"你是不是要出国？"

"我没有。"

我的反应慢了半拍。我惊讶英语老师会去告状。

班主任不信，自然要借机教育我一番，但她没有像历史老师那样海阔天空、漫无边际，而是一种言之凿凿、情之切切的姿态。

她列举了我的几大"罪状"：

我期中总分有退步，是不是因为骄傲了？

我上课老是迟到，是不是因为分心了？

上次练广播操，全班一共有三个人做错动作。有没有我？

上周叫我背课文，我的同桌给我提词儿，她可是听到了。我被叫到之前低着头，偷偷摸摸在干什么？

还有，每次看《士兵突击》，我都是梦游似的。梦见到华尔街捡金子了？

我的后三项罪状，关系到班主任的教学特色。

她带的班，广播操蝉联年级冠军12年。因为没有别的班，会在赛前一个月，每天都练操十遍。

她带的班，语文考试默写题满分率全校最高。因为她上课时经常不讲课文，而是抽查背课文。有同学出错，全班一起罚默写。

当然，她也强调有张有弛，劳逸结合。每天放学前，都会让我们看一集电视剧。

那天下午，又到了电视剧时间，播放的是《士兵突击》。窗外，别的班同学正在往外走，而我们班教室的大屏幕上，许三多正在做他的333个腹部绕杠。看着那张因痛苦而满是皱纹的脸，听着欢呼呐喊，我很是困惑：电视剧想要说明什么呢？难道笨人要出名，就得哗众取宠？突破自我，就得自虐？

就是想破吉尼斯纪录，也不至于吧。人家破吉尼斯的，也就图个乐子而已，不会跟崇高精神扯在一起。这位还没破吉尼斯，怎么搞得跟民族英雄似的？

这不能怪《士兵突击》的导演或者编剧。演戏而已，何必较真。可班主任想要教育我们什么？说明她的广播操和背课文方针，至少比腹部绕杠要高明？

我又翻开了SAT。此时，阅读精讲变成了SAT真题。

从那以后，只要是英语课和电视剧时间，我都要看一会儿 SAT。

好在英语老师告我的状，只是在行使她的职责而已。她的课，我还是一如既往的自由。而班主任的电视剧时间，看书的，也不只我一个。

在班主任认定我要出国之前，出国于我，只是个模糊的概念。

我对美国教育情况的了解，限于小学时去过美国的同学。他们讲的让我神往，但也限于放学早，作业少，周末假期不补课，天天能吃麦当劳。

我的美归亲戚，几位秃顶的博士，讲起美国大学来，却是苦大仇深。因为，他们去美国的时候，是自己穷国家也穷的时候。

老爸在日本待过，而且是一个海归小圈子的成员。这个圈子里，有留美的、留英的、留德的，还有留日的。但和这些叔叔伯伯在一起的时间，我很少听到他们谈论在国外的生活。其实，不是他们不谈，而是我年纪小的时候，听不懂；听得懂的时候，我的时间只能随老师的指挥棒转了。

我一直喜欢美国小说。但国人耳熟能详的经典名著中，没几本是二战之后面世的。因此，我了解的美国社会，基本上停留在 19 世纪和 20 世纪初。

偶尔看电视，也是云里雾里。电视上对美国的报道，最吸引眼球的莫过于枪杀案中的黑人、干涉中国内政的政客、一身肥膘的大亨和天使般的宝宝。2008 年又多了金融危机。这样的资讯，我下不了什么结论。而网上讲美国的文章，要么是出自愤青之手，美国是罪恶之源；要么是一派崇美媚美，美国是世界乐土。

班主任对我发飙的事，传得飞快。学校里的"地下党"也注意到我了。

我们班素来沉默少言的小个子男生平平，练完广播操后"恰巧"走到我身旁，低语道："你什么时候去香港考 SAT？"

我这时才知道，除了国际学校，SAT 考试在内地并没有考点。

隔壁班的一个女生，在食堂碰上了，说了一句"图书馆自习室见"，就没影儿了。

我去了图书馆自习室，看见学生会主席力力正坐在靠门的位置上写作业，一摞书的顶上，是一本 SAT。

那是他招兵买马的传单，也是接头的暗号。我犹豫了一下，还是定下心坐到了他的对面。他干杯似的，用水壶底敲了敲桌面。

"找组织来了？"他问。

我谢过组织。从消灭生词到"被出国"，其中的滋味只有自己知道。我太缺战友了。班里的同学，都很热爱我们的班主任，即使不笑话我，也不会和班主任对着干。

"地下党"也就十几个人，组织也很松散。为了不引起注意，没有正式活动。大部分人聚在一起，是选修课时不约而同地逃课到自习室看书。大家都爱上的选修课，是电影音乐赏析课，因为上课就是放电影，老师关灯之后，就可以从后门溜出去了。

那时候还没有微信，"地下党"也不开列"党员"名单，但每个"党员"都知道其他"党员"的名字。"党"也会注意潜在的"党员"，给他们精神上的鼓励。

"地下党"的章程，是和平出逃。"党"内的激进派，原先想说服年级组的老师，让他们就算不支持我们的美国梦，也别太阻挠。

但考虑到"党"组织毕竟很弱小，而且大多数人还没有暴露，最终的决定是潜伏。

"地下党"的联系，靠的是默契。两个原本只是面熟的人，在楼道里碰上，互相间会交换个"加油"的表情。两个只听说过名字的人，第一次在食堂里会面，便称兄道弟，互诉苦水，讲生活的艰难，说老师的刁蛮。同是反叛者，富二代会主动靠近穷二代，成绩好的不会嫌弃成绩差的。

学生会主席力力是典型的两面派。在"党"内，是绝对的领袖；在"党"外，是学校主旋律的代表。他的"地下党"身份败露后，便信誓旦旦地向老师们保证，会更加刻苦，更加努力，国内国外两个高考都不耽误。他还以学生会的名义亲自操办活动，以表示没有忘记自己的身份。

不过，他操办的活动，都会扯上美国。做世界粮食日宣传，他会讲美国的有机农场如何如何；科学周活动，他会讲美国的科技成就。随便做个发言，也要引用某个美国名人讲过的话。

大部分"地下党员"潜伏着。他们从不把 SAT 书带到学校，也很注意让自己的成绩不出现大起大落。他们甘愿接受点名时老师连名字都叫不顺的默默无闻，但绝不能容忍简历上的一穷二白，为此坚持要到校外去比钢琴，考跆拳道黑带。

但他们对美国大学的了解超出我的想象。

我是从平平那里了解到，这个美国高考一年可以考好几次，而且申请学校时，提交最好的成绩就可以了。

我心中的天平倾斜了。

平平见状，又告诉我，美国不是依成绩定专业，而是到了大二才自选，无须有上错了专业而影响一生的担忧。

而且，美国大学选课灵活度很大，基本上是想学什么就学什么。

还有，如果你最终要去读研读博的话，本科出国，会事半功倍。现在流行的做法，在国内读本科，然后再出国读研读博，要和多少人竞争啊？

他平日少言寡语，但讲起美国来却滔滔不绝。

他像是代表"地下党"游说我，打消我的不安全感；又像是好朋友和我一起权衡利弊，帮助我做决定。不管他是什么考虑，反正我模糊的留美概念，逐渐变得清晰了。

接下来的两个月，一半是为了打发上课时的无聊，一半是为了熟悉美国的高考，SAT 书我看了一本又一本。在和平平聊过后，觉得不去考一下，太可惜了。

在自习室里，我对力力感叹了几句。他回应说："你赶紧在网上报名吧，不然等你准备好了，香港就没有考位了。就算到时候不想考了，提前几天还是能取消，能退费的。"

刚准备了两个月，而且是边上课边准备，现在报名，是不是有点早？

力力说："就算考砸了，也没有关系。出不了国，还可以回来做老师的好学生。浪子回头金不换呗。出国不是罪，更何况出国未遂呢。再说，要是连你都考砸了，我怎么办啊！"

现在脑海里回放他的话，我很怀疑当时没有听清楚。他说的，很可能是"我们怎么办啊"。要不然，也是"我"代表组织的那层意思。力力长得清秀，人更是清高。"地下党"中的女生，除我以外，基本上都是靓妹。而力力做老大的学生会，更是美女如云。但所有女生对他的评价都是："这家伙，除了对那群校领导老太太们百般巴结、图升官，对谁都不热乎。"

我不知道美女们对热乎的定义是什么，但我这个傻丫头，是听错了力力的话也罢，听错了画外音也罢，反正是觉得自己受的待遇挺高。

到这时候，我的"地下党"身份必须对家里公开了。

开始，姥爷和姥姥是反对派。反对的理由是，在他们的印象里，到美国念本科的孩子，有不少是因为在国内念得很吃力。大学毕业后去读研究生，才是最好的路径。

老妈是支持派。她的理由是，在国内学英语，很难有跨越式的改观。因为，语言是需要环境的。不考虑别的因素，就语言一条，越早出国越好。

老爸的意见一如他一向的风格，自己选择，自己承担。

最终，我的意见成了家庭的意见。

家里统一思想后，我填了一个申请表，从理科实验班转到了文科班，投靠了全年级宽松指数最高的班主任杨老师。

之前和我不太对眼的理科实验班班主任也是慈爱大发。她对我讲，你再考虑考虑吧，文科可选的专业少，就业的路径窄，转专业不是好的选择。英语老师更是惋惜，说，你转班了，咱们班的平均分就要下来了。

我嘴上说，谢谢老师一直以来的关心教导爱护，但心里却在嘀咕，谁让你们一个训我，一个告我的状。

转到文科班后不久，SAT考试的时间就到了。不知道谁泄的密，文科班的老师都知道了。但没有想到的是，老师们的态度是充耳不闻，视而不见。

杨老师管教过下课时趁老师不在、撒野似的在教室后面踢球的男生。而我，不过是安静地坐在那儿，自己看自己的书，虽然是"禁书"。

杨老师见识过午休时跃上讲台、握着麦克风引吭高歌的同学。而我，则是少数几个闷头写作业的。

文科班的艺术特长生经常排练，有时候好几天不见人影；体育特长生时不时地要参加比赛，连假也用不着请。而我这样全勤的，已经算不错了。

我带到学校的 SAT 书，从小册子的专项辅导变成了大部头的官方指南。

课桌里书多，放不下，SAT 书就堂而皇之地上了桌。

下课翻开了 SAT 书，上课我也懒得合上了。

历史老师见我公然挑衅，叫我起来回答问题。

"洋务运动的创始人有哪几个？"

"奕䜣、曾国藩、李鸿章、张之洞、左宗棠。"

"洋务运动建设了哪些军事工业？"

"安庆内军械所、天津机械制造局、福州船政局。"

"洋务运动有什么影响和局限性？"

"开启了中国的工业化进程，培养了一批军事和技术人才，推动了生产力发展；开办了学堂，派遣了留学生，开启了中国的近代化进程。但中体西用，治标不治本，不能改变清朝的衰亡。"

"知道了吧？洋务误国！中体西用不行！"历史老师话里有话。

我乖觉地听了会儿课，但很快又受不了诱惑，不管不顾地看起

SAT 书来。

此后，她每节课都会问我一个问题，随后就放任不管了。她问问题，只是借机宣布我有资格上课不听讲，并震震班里不爱背课本的特长生们。

每到这个时候，我反而念起理科班主任的好来。要不是她对背功的坚持，我哪有这么多老本儿可吃。

慢慢地，我的 SAT 特权，扩展到了文科班的所有课。

上水课，我专心研究 SAT 题。

上较难的课，我便把耳朵竖给老师，把眼睛留给单词表。

下了课，我再重新考考自己背过的单词。

午休时间，我计时做几篇阅读理解。若是犯困了，就做一做对我们中国学生来说较为简单的数学题。

放学了，我先在教室里待会儿，和同桌把学校的作业扫射一遍，发现答案有悬念的就讨论一下。

静校之前，我会去自习室写作业，若是遇上力力，就给他讲讲他稍感吃力的语法题。晚上回家，消灭掉作业之后，才是大干一场的时候：铺开一份三四个小时才能做完的模拟题，直到午夜。

考试定在一个周六。

周一，我就跟杨老师请了两天假：周四在家里准备准备，周五飞香港。

周四清早，我睡得正香，电话声传了过来。原来，一天以上的事假必须上报学校，我的两天假，学校不批。

学校不批，原因之一是周四下午有运动会。

我被拽到运动会会场。4×800米接力，我们班有位选手生病了。杨老师拿出一年前的测试成绩，看出我是非体育特长生里跑得最快的。

杨老师说，你上。

我说，这一年，我连100米都没跑过。

杨老师说，没关系，别人也没跑过。

把接力棒塞给我的下一号时，我差点张不开手掌，全身都在抽筋。

周五，我用不着请事假，直接就病假了。

病假的日子，是我坐飞机去香港的日子。

一个月后，我在自习室的电脑上查考试成绩，力力坐在旁边，说别紧张，他不偷看。

我小声说出了那个数字。力力拍桌子蹾椅子，说这个分上前十的大学，一点儿问题没有。你再考一次，往前冲一冲！我正好也要考，我们一起飞香港，好不好？

见我惊诧，他连忙解释说："我不是那个意思。我只是想请你带带路，在考前受受辅导而已。"

我垂眉说，让我考虑考虑。

骑车回家，风特别柔和，感觉很舒服。我想到电影《外星人E.T.》中的场景，那辆飞速行驶的单车，在夜空中倏然一跃而起，飞向月亮。

我觉得自己的车轮也离开地面了。

到了家，我就报了下一场SAT。

这就是傻丫头综合征。领导让陪着出差，就能美得像加薪升职似的。帅哥夸自己几句，就忘了他不过是想找个打杂的而已。

好在力力虽说能忽悠，但业务上还算靠谱。

在两场SAT之间的几个月，我考了留美的另外两场考试：托福和SAT2。后者是专项测试，从数理化史地政等科目中选自己最擅长的，而我选的是数理化。力力隔三岔五地送我一些龙腾学校SAT培训讲义和他从网上下载的资料。对于我，托福比起SAT来说，是小菜；而SAT2的数理化，我在理科班的训练已经绰绰有余。

第二场SAT临近。我把第一场考试前没做完的模拟题和真题拿了出来，按照老路子接着练，只是计时上严苛了一些。

最大的不同，就是身边多了个力力。

力力的考前焦虑症，比我还严重。向我请教语法，经常不再等到自习室时间，而是课间就咣咣咣地跑到我们班。我们班在二楼，他们班在一楼。一来二去，只要他出现在楼梯口，大家就知道他要找谁。

力力是住校生，学校不让带手机。有事找我，他会一做完课间操，就横穿十几个班，长驱直入到我们刚解散的队伍，和好几个人撞车也视而不见。

有天午休时间，他拿着一厚沓百元红票子过来，说机票是我帮着订的，但机票钱忘记给了，真不好意思。

班里正在踢矿泉水瓶子的男生，没听见力力在说什么，只是大叫：啊，卖身费？

"地下党"里有了非议之声。大家是为了资源共享，怎么就你们两个共享？

宽容的文科老师们也有意见了。男女生非正常交往，在我们学校，是要广播批评的。情节严重的，还要给记过处分。学生会主席他们管不了，管一个女生，还是有办法的。但考虑到我到文科班后，成绩一直排在第一位，老师们决定给点面子，等我成绩退步后再下手。

可他们没这个机会了。SAT 成了我学习动力的源泉。因为要在 SAT 上花时间，我在做学校的功课时，一点也不敢马虎，发现什么漏洞就赶紧补。各种测试，我都会检查到最后一秒。我知道老师们的纵容是有条件的。

第二次 SAT 考试也是星期六。周四下午在学校，我一直捂着肚子，低着头。晚上，杨老师发来短信，问我是不是病了，要注意休息。我回了一个短信，说谢谢老师，明天，让我请个假吧。

杨老师是何等体贴，省去了我装作有气无力地打电话的麻烦；杨老师又是何等精明，那一天，有差不多十个"地下党员"请病假，她一下就看出了究竟。

周六，我和力力出现在首都机场。他的变色眼镜颜色很深，脸很白，疲倦地倚着候机厅的座椅靠背。我的头发很乱，因为来不及理发，就戴了顶大帽子。我们不说话，也不看书，只是东瞧瞧、西望望。

这段时间，又是上课，又是 SAT，真的有点累了。

5 个小时的 SAT 就像一场落枕的怪梦，做得我脖子酸痛，手指发僵。

交卷时我像是如梦初醒，但感觉试题很简单。

我和力力都自称考砸了，只顾狂玩。从市中心到郊区，在中环昂首走过奢侈品店，在旺角把小摊上的毛绒熊、钥匙链一阵乱翻，在星光大道疯跑，最后干脆出海上了南丫岛，在荒山野路玩到天黑，差点没赶上回来的最后一班船。

我们站在湾仔码头的一个过街天桥上，看着灯火通明的会展中心。

我感叹道："真希望，接下来的路上也是灯火相伴。"

力力点了点头，回了一句："皇天不负有心人。"

SAT 成绩出来了。和托福、SAT2 一样，单看分数，上什么学校都基本不成问题。

可名校要成绩，但不唯成绩。

我去找杨老师，问她有没有可能给我几周的时间，让我专心准备申请美国大学的文书。一准备好，就回来全心全意备战高考。

按照学校的规矩，请那么长的假，要么是做过手术，要么是得了传染病。

杨老师答应帮我说说，但说说的结果是促使学校做了一个决定：可以休学，但不能随便请假；毕业会考可以参加，毕业证书也可以给，但请不要把学校当菜市场了。

杨老师告诉我，学校其实很纠结，本希望我能上个清华北大的，给学校添点彩，但我现在一门心思想出国，弄得学校管也不是，不管也不是，还影响其他同学安心备考。两害相权取其轻，只好让我选一头了。

杨老师让我理解学校。站在学校的角度，这已经很宽松、很大度了。

我与学校签了协议，力力也是如此。不过，在签协议的名单上，没有平平。

他是不是还想玩潜伏？

五年过去了。

现在，我在理科实验班和文科班的同学，已经成为微信上一张张不再稚嫩的面孔；"地下党"的党员们，则散布在美国、英国、德国、加拿大，还有澳洲、日本；而"地下党"的领袖，则成了Skype上的聊友。

那天，他告诉我，我们中学新开了留美国际班，正在做广告招生。

选 择

　　1月1日零点是大部分学校提交申请的截止时间。到12月31日晚上11点的时候，我还在心急火燎地做着最后的检查，以免犯这样那样的致命错误，比如，给宾大上传的申请文中，写了"亲爱的哥大"。

　　11点30分，老妈过来看我，见我紧张兮兮的样子，问道："干吗这么着急，不是有12个小时的时差吗？"

被学校请出来后，我给自己放了两周假，每天睡得昏天黑地。

觉补够了，出去走走，发现无业青年也不是那么好当的。

乘地铁去了朝阳公园，坐在长凳上看日落。周围不是亲得黏住的，就是抱在一起的。

给力力发了个短信。这个曾经的上进青年，现在正在打游戏。

手机上的其他联系人，都是当摆设的。他们正在学校忙得热火朝天，哪有时间理会我这个闲人。

突然间，有一种茕茕孑立、形影相吊之感。

晚上去理发，师傅问我几年级。高三，我说漏了嘴。

"哎呀，天天熬夜呢是不是?"师傅深表同情。

"是啊是啊，累死了。"刚睡了大半天的我，又继续闭眼装睡。

一睁眼，头发被剪成难民头了。

出门别扭。只得要么当居里夫人，要么当毕加索（闭家锁）。

原来，宅男宅女就是这么炼成的。

我研究起美国的大学来，先从排名前二十的学校开始。

看介绍，很是神往；但一看学费，四年下来，都要将近200万。

老妈发话了。名校，多少钱，都值。咱没听说过的学校，找它们要奖学金。

可老妈听说过的学校，只有前几名。

而财大气粗的前几名，自诩奖学金很多，也号称自己对本国人、外国人平等相待。问题的关键，是不管你管它们要钱，还是给它们砸钱，录取率都低得吓人。

我挨个查起老妈没听说过的那些学校，眼睛看得发胀。奖学金网页上，对于美国学生，是一片慷慨解囊的长篇大论，而对国际生，则只有寥寥几句的说明。

芝加哥大学说："我们资助国际生的预算有限，不过，每年还是有少数最优秀的学生能得到资助。"

杜克大学说："我们不鼓励国际生申请奖学金，因为申奖者被单独放在一个录取率很低的组里。"

康奈尔大学说："我们为来自如下国家的学生设立了特别奖项：菲律宾、越南、日本、加拿大、墨西哥。"

偶尔，也会冒出一些慷慨的段子。一细看，才发现原来点错了链接，进了研究生申请的网页。

怪不得自古中国人本科出国的，基本上不是公派，就是富二代。

尽管如此，我还是想知道，杜克之类的学校所说的"申奖者录取率低"，能有多低。比哈佛的录取率还低么？可惜，网上查不到。

培训机构和出国中介应该知道吧。

力力告诉我，龙腾学校办的精英班，专门收我这样的学生，还免费辅导申请文书。这个班的讲师，是全国有名的常春藤之母郑妈妈，曾帮助无数孩子圆了常春藤梦。

听着怎么像是中奖短信似的。

上百度一查，还确有其事。往前追溯几年，不同网站的新闻中，有不少兴奋的名校录取生介绍着自己的经验，感谢着郑妈妈的帮助。龙腾的官网上，更有一张欣欣向荣的录取结果表。分数和我差不多的，不是上了常春藤，就是拿了其他名校的全奖。

我给龙腾的联系人发邮件询问，得到一句回复：我们早已招满了。

我附上了自己的简历。联系人说：我们很想要你，但真的没有空位了。要不，你再问问郑妈妈？

本来，我是抱着试探的态度，听她一讲，就迫不及待地要挤进去了。

我找到了郑妈妈的邮箱，直接给她写"情书"。

郑妈妈很爽快，立马回信：欢迎你来！

但老爸反对。

老爸的理由有两条：

第一，名校的毕业生很优秀，不全是因为名校教得好。学生基础好最为关键，名校只是没有耽误他们而已。一切，还在你自己。

第二，与其让人泛泛地教你怎么写文书，还不如让人帮助你改文书。培训机构是一个老师对一堆人，中介是一对一，你说哪个靠谱？

老爸说得越多，我的逆反就越来了劲儿。他只好妥协。

精英班号称只招 20 个人，可等我去了，教室里至少坐了 50 个人。

这些，都是像我这样给郑妈妈写"情书"进来的么？

50 多个人，全国各地的都有。第一堂课，大家轮流做自我介绍。听了前几位的介绍，我只有一个渺茫的希望：但愿郑妈妈记性差，别发现那个给她写"情书"的孩子，就是眼前的这个土老帽儿。

几乎所有人的高中，不是北京的大牌，就是外省的头号。而我的高中，虽然也有些名声，也出过大人物，但就目前来讲，不是同一水平线的。

这群人不仅学校出众，而且，其中的一半人不是在美国的高中交流过，就是初中、小学是在美国念的。

更了不起的还在后面。

这位小姐是全国模特大赛北京站的第二名，小学时给五部迪士尼的动画配过音，中学时演过三部电影。"当然不是主角啦"，她含笑道，"不过演员表里有我名字。大家可以百度一下。"

那位迟到的先生，刚从智利回来，参加了世界青年天文学者大会。他是个"明天小小科学家"，在中南海受过接见。看大家不知"小小科学家"是哪个毛，他从包里拿出了两张专利证书。

坐我身旁的，是人大附中的枫枫。她紧张兮兮地说："我去过圣赫勒拿岛，还去过南极站，是国内到过那儿的人中，年龄最小的。"

郑妈妈问："你参与了南极站的什么科考项目？有什么科研成果？"

枫枫无言坐下。

我本来还想说，自己到十多个国家旅游过，写过不少游记，但枫枫给了我前车之鉴。

于是我说，自己来这儿，本来是打算向郑妈妈学申请的。但听了大家的介绍，才知道原来到了卧虎藏龙的地方，很让我震撼。能向诸位牛人学习，可是难得的机会。

结果，真是来看牛人大显神威了。

郑妈妈讲文书写作技巧，就是在幻灯片上展示以前的学生作品。有哈佛男的简历、耶鲁女的申请文，还有往届各路神仙的推荐信。

华丽的简历，对我没什么借鉴价值。我没进过中南海、没演过电影，可不敢胡说。

申请文都很标新立异。哈佛男讲自己 15 岁才开始学芭蕾，竟然也跳到了维也纳金色大厅。耶鲁女讲自己每天爬 7 层楼回家，有一天突发奇想，楼梯像钢琴键盘，要是能奏乐该多好。于是，自制了七节音乐楼梯。

我寻思着，自己是不是应该学学滑翔翼？是不是应该自制一台跳楼机？

几封推荐信样本，倒是让人眼前一亮。郑妈妈大揭秘，说这些都是申请人自己写的。老师再喜欢你，能有你自己了解自己么？

老师如果坚持要给你写，也没关系。你别找英语老师，要找语文老师或者数学老师。他写好了，你自己翻译。你该怎么翻就怎么翻，反正他也看不懂，让他签字就行。

郑妈妈说，知足吧，你是出生在中国，要是在美国，这样做，可要摊上官司了。

全场掌声一片。

郑妈妈讲面试技巧，她问问题，让班里几个在美国待过时间最长的同学做模拟。牛人们回答问题，口语绝顶纯正，比 CCTV9 的主持人都不逊色。

郑妈妈却批评道："这是模拟面试。要是来真的，你们全得被拒。你们干吗老是重复简历里的活动、简历里的奖项呢？人家面试你，不是想听你的口语，而是想听点新鲜事。"

新鲜事，还要简历之外的新鲜事？算了，还是先考虑考虑简历怎么写吧。

我给力力打电话诉苦。不想他堂堂学生会主席，也在为简历空白而发愁。学生会主席干过的事，在简历上，也就一项而已。

力力建了个慈善网站，说是为贫困学生募捐。折腾了几个月，也就他老妈捐的几万块。

初中时，他参加过什刹海的划船比赛，还有肯德基的健身操大赛，秒杀了一群老人小孩。我调侃说，他要是把两个娱乐秀翻译成 National Kayaking Competition 和 National Gymnastics Competition，不就变成全国赛艇冠军和体操冠军了。

他捧腹大笑。赛艇冠军和体操冠军就那么几个人，一查，不就露馅了。

他曾给市长写信，提议重新定义中学的图书馆，在服务学校的同时，向社区开放。而这，就成了他简历中的中学图书馆重造计划。

我挤对他：还可以有中学数字图书馆计划、小学图书馆计划、中学游泳馆计划、小学体育馆计划？

闹够了，还得直面问题。

郑妈妈那里，别的是学不到了。我问她，您过去的那些学生，是怎么申到全奖的？

常春藤我就不争了。一般的学校多给我点钱也行啊。

郑妈妈严肃道："我强烈建议你不要申奖。现在是金融危机，美国的学校是一个比一个抠门儿，中国的申请人数却是一年比一年多，分数更是越来越高。奖学金的竞争，比名校的竞争还激烈。何况，名校们即使腰缠万贯，也还是愿意挣中国人的钱。"

听了一个月，就听到这么一句有用的，还是我不想听的。

下了课，我知道自己不会再来了。

后面有人追过来，是枫枫。

她轻声对我说："郑妈妈不中用，你也另请高明吧。"

她塞给我一张名片，是几年前从龙腾跳槽出去的林老师。

枫枫文文静静，一脸真诚。不过，她的语调，差点让我怀疑她是混进来的卧底，或拉客的托儿。

龙腾在繁华的中关村有整整一幢大楼，而林老师只是在小路口边上有间办公室。

好歹也算个专业人士，去看看呗。

林老师的水是很深的。和他见面的 30 分钟，是我这些年来吃惊次数最多的 30 分钟。

他先是给我吃定心丸，说郑妈妈强调的那些课外活动，全是夸大其词。

国内规规矩矩上学的孩子，哪个十几岁就有那么多课外成就？在美国，就是全面发展的小天才们，也不会把自己整得那么神乎其神。

他给我看康奈尔大学招生官在一个论坛上讲的话："我最讨厌那些去非洲拯救大猩猩、去南美打击毒品犯罪的孩子。我一直想告诉他们，我挣这点破工资，连张去非洲去南美的机票都买不起。"

见我听得专注，他接着说："总而言之，简历能出彩的，都是家里有背景、从小做准备的。你若没有，就是现在去折腾，也来不及了。"

那怎么办呢？

他话锋一转："简历也是能包装的，懂吧？这么干的同学多了。获奖证书是能造的，专利是能编的。说自己主持过国际会议，怎么证明？租个场子，雇些群众演员，穿个西服，打个横幅，照一组照片。说自己是花样溜冰选手，怎么证明？找个替身录像呗。想发论文，怎么办？雇位高人写点什么，用自己的名字出版不就行了。想当影视明星，也行，让人编几个网页，百度上不就有了。"

分明就是造假。

可他又说："我的原则，是可以包装，不可以造假。何况人家招生官根本没时间看你的会议照片、溜冰录像，读你的学术论文，也不会上百度。好的简历很重要，但更重要的是好的申请文章。"

"怎么才叫好呢？"

"你要是决定跟我了，我帮你写。"

看我不信，他继续爆冷门：

"告诉你吧，你们那儿的那些哈佛男、耶鲁女，都是我做的。

老郑教他们写的，全都不能用。那么花哨的文字，招生官见得多了，朴实的才可信。"

他打开电脑，给我看了几份证据：先是 Word 文档，有哈佛男 15 岁学芭蕾的回忆，有耶鲁女自创钢琴楼梯的记述。文档中，是万里江山一片红的修订记录。还有 PDF 扫描件，是两人的录取通知书。最后是两人给他发的邮件：林老师，谢谢您。林老师，多亏您了。

这也证明不了什么呀。

"你要看他们最后提交的作文是什么吗？"

我点点头。

"和我签合同，就给你看。现在签，钱可以下次交。"

"我考虑考虑吧。"

"知道你和他们差在哪儿么？"

"我要奖学金。"

"做梦。你的 SAT 比他们都高，若是往年，倒算是优势，但现在，高分的中国人遍地都是。你呀，如果拼分，最好再考一次，考满分。"

还去香港？我又不需要抢奶粉。

"对。申请交给我来做，你只管考试。软实力容易造，分数才是王道。今年这架势，只有上前三名的大学，才有可能拿到奖学金，后面的学校没门儿。"

"我考虑考虑吧。"

我从林老师的办公室走了出来。

走廊的沙发上坐着林老师的下一位客人，是枫枫，她已决定重考 SAT。

"你信他?"

"无所谓啦。"枫枫摇了摇头，"我还在上学，没时间做申请，交给他省心。考试，我是老油条了，再碰碰运气也无妨。"

走在中关村的马路上，感觉天有点凉了。已经是深秋了，我已经没有时间耽误了。

大班和小中介，都不靠谱。还是自己 DIY 吧。

我向力力吐槽，说这个龙腾毁人不倦。他推荐不力，该罚。

力力承认错误，给了我一张单子，单子上的学校对奖学金的口风还比较松。

这些学校，不是大 U（university），而是所谓的文理学院（liberal arts college）。

美国有几千所大学、几百所文理学院。大学有研究生部，而文理学院只设本科。大学平均几万学生，文理学院也就几千人。顶级文理学院的录取率，和顶尖大学一样低。录取学生的分数，也是不相上下的。因为教授少，专业少，文理学院对学生职业技能的培养不如大学；但因为师生比例高，学生们的基础功底可能更扎实，所以，文理学院的毕业生，研究生考上名校的几率更大。

中国人听说过文理学院的不多，是因为留学读本科是这几年才开始热起来的。

因为没有蜂拥而至的中国人，大部分文理学院虽然也受金融危机之苦，但对国际生还算比较慷慨。

力力说，你都被学校赶出来了，已经没有挑三拣四的资本了，考虑考虑文理学院吧。

有道理。

最后，我选定了近 30 所学校。大 U 的前 20 名和文理学院的前 20 名中，只要气候不是太差、城市还算安全、名字不太绕口、专业还有文科的，统统申请。

除了这些，还加了几所打酱油的学校。标准，是不收申请费，不要附加申请文，或位于度假胜地。

申这么多，就是为了提高拿到钱的几率。

在亚马逊上买了几本美国人写的成功申请范文录，发现美国人和郑妈妈的思路大不一样。

不论学芭蕾还是做钢琴楼梯，郑妈妈走的都是个人成就路线。

美国人走的，是血泪史路线。

老妈虐待自己，或是老爸失业；弟弟有孤独症；或是姐姐被人强奸。

还有，别看我是个富家子弟，现在成绩优异、生活幸福，小时候可是得过白血病的。

学谁呢？

谁也学不像。

有一点倒是明白了，就是不管怎么写、写什么，都是为了让招生官看到自己的那么几条优点：聪明，努力，善良，百折不挠。

最后，我写了 4 篇文章，都是小时候的事：练武术，弹吉他，演舞台剧，外加果戈理《死魂灵》的读后感。

几十个作文题目，都能从这几篇里复制粘贴。你最难忘的事是什么？你最自豪的事是什么？你有什么别人不知道的绝活儿？对你影响最大的人或事？你和班里同学最大的不同是什么？

很多学校还有"为什么申请我们学校"的附加题。我申的学校太多，对排名靠后的学校，甚至懒得细看它们的官网。

我的模版，就是在第一段把学校的自由、严谨、创新的校风夸奖一番，在第二段说，我很喜欢在这样的环境中生活，因为我就是这样的人。我练武，崇尚自由；我弹琴，追求严谨；我演舞台剧，自编自导，崇尚创新。

正常的学校，都不会说自己不自由，不严谨，不创新吧？

1月1日零点是大部分学校提交申请的截止时间。到12月31日晚上11点的时候，我还在心急火燎地做着最后的检查，以免犯这样那样的致命错误，比如，给宾大上传的申请文中，写了"亲爱的哥大"。

11点30分，老妈过来看我，见我紧张兮兮的样子，问道："干吗这么着急，不是有12个小时的时差吗？"

我瘫坐在椅子上。

交了申请，我就开始做噩梦了。

我先是梦见自己把威廉姆斯学院（Williams College）的"S"漏拼了，于是半夜三更爬起来，上网找那篇已发送的申请文，但怎么也找不到了。

然后是布朗大学乱糟糟的招生办。打印机隆隆作响，不断吐出新收到的申请。从申请表、申请文、成绩单，到简历、推荐信，厚厚的一沓又一沓，直接吐进垃圾筒。

接着是个目光犀利的招生官，拿着两份申请大叫："这两个家伙都号称自己是年级第一，哪一个是假的？或者两个都是假的？"

我是文科第一，力力是理科第一，我们学校分文理科呀。我在梦中哭诉道。

这日子没法过了。

我求老妈，让我去国际学校上 AP 课。待在家里，一天到晚就知道想入非非。

AP（advanced placement）是美国高中开设的大学预修课。大部分美国大学接受 AP 成绩，可以转换成学分，缩短大学时间。北京的几所国际学校都有 AP 课。

AP 培训和考试的价格都不菲。不过因为美国本土的学费更贵，老妈觉得很划算。

于是，我进了 AP 寄宿班，报了微积分、物理、化学和统计。

国际学校的硬件很一般，最大的国际化特色，就是上课允许用电脑做笔记。

这就坏了事了。

焦虑之人，到哪儿都焦虑。结果，每隔一个小时，我就要上网查查邮箱。

我们上课的时间，美国人不上班，怎么会有招生办的信呢？

没有人写信，但有网站给我发广告。一些学校录取还没开始，就问我要不要订他们的电子周刊。

于是，AP 课，变成了电子阅读课。

一月底，来了个大消息：普林斯顿大学邀我面试。

面试官是普大的中国校友周先生，做过好几家美资投行的大中华区副总裁，算是个人物。

周先生约我两天后在他办公楼下的星巴克见面。

我翘了 AP，溜回家，在 Google 上狂搜面试样题。力力闻之，也是大呼小叫，说普林斯顿很少给面试的，你要发达了。

坐在咖啡厅里等周先生的时候，我在桌子下攥着拳头，手上的血管突突直跳。

周先生很友好，他给自己买了一杯咖啡，给我买了一杯鲜榨果汁。

"带简历了吧？"

我赶紧把简历从包里拿出来，双手呈上去，总觉得有什么不对劲儿。

"你上的这个高中，中文名是什么呀？"他看了一眼就问。

白忙活半天了。

准备的是英文面试，结果，却成了中文。

整个面试，我都在悔恨，怎么连这个都没搞清楚？

但周先生是一个问题又一个问题：你为什么上这个高中？为什么没上人大附中？你为什么念文科？你想学经济学？噢，那你数学好么？

我不敢说自己数学好。听语气，周先生人大附中毕业的可能性很大，而人大附中的学生，鲜有数学不好的。

周先生安抚我道："没关系，数学差点，可以不学经济学别的呀。"

可是，我告诉普林斯顿的是，我多么地崇拜保罗·克鲁格曼[①]呀。

---

① 保罗·克鲁格曼（Paul R. Krugman），美国著名经济学家，普林斯顿大学经济系教授，2008 年获诺贝尔经济学奖。

老爸买了好几本克鲁格曼的书，还放在书架最抢眼的位置，以致我每次到书房，克鲁格曼都要盯着我。

普林斯顿之后，形势急转直下。再查邮箱，基本上是一周一封拒信。

这事儿闹得，我就像一周失去一个好朋友似的。上课的时间，都用来消化悲剧了。

后来干脆不上课了。早上起了床，就去图书馆。什么《婆媳关系秘籍》《女人厚黑学》《怎样吃不胖、晒不黑、人不老》，什么不费脑子，我就看什么。

爱逃课的还有三个人，我们成了悲怆四人组。

四人组，是 AP 班上 SAT 分最高的四个。除我之外，都是大牌高中出身；包括我在内，如果高考的话，都应该十拿九稳。

四个人都是小康家庭。没有背景，衣食无忧而已。没有在国外上过学，旅游去过一些国家而已。

这次申请，悲怆一号让中介全盘包办，自己只管付费，连最后申了哪些学校都不记得；二号上了龙腾的精英班，又追加了一对一的辅导，光简历就改过八九次；三号和我一样，自起炉灶，谁也不信，后来却发现，自己更不可信。

大家曾经沧海，都大骂那一群黑心骗子。

大家相互安慰：常春藤 4 月 1 号公榜，先别绝望。

北京时间 4 月 2 号凌晨，一切尘埃落定。

我的邮箱里，除了先前的十几封，现在又多了十几封。扫视一遍邮件的第一行，没有"恭喜"（Congrats）开头的，我都懒得看下去了。

悲怆四人组没人去上课，也没人去图书馆，中午来到食堂，一号夹起冬瓜汤里的一片鸭子肉，苦笑着说："真是全聚德（全拒的）!"

我和三号是申奖派，哭冤道：早知如此，就不该申奖的。

一号和二号没申奖，更冤：自己一分钱不要，砸锅卖铁给学校，学校还嫌弃自己。

其实，我们都没那么冤，都有不少录取通知。

最终，一号决定去中部的一个小镇。那所文理学院，排名最辉煌时，曾进过前 10。

二号选了一个名声不错的理工院校，虽然，他的梦想是麻省理工，或是加州理工。

三号拿了南方一所大 U 的全奖，也就别无选择了。

我有两类学校的录取：一类是排名前 20 的莱斯大学、埃默里大学之类，以及 20 名开外的弗吉尼亚大学，这几所学校不知是搞错了，还是想让我妈卖房子，见我申请那么多奖学金，一分钱不给，却录了我。

第二类是排名稍逊的迈阿密大学之类的学校，见我要钱，就给个两三万美元的打发一下。其中，给钱最多的是位于麻省的 MC 文理学院，名声倒是有一点，但排名很一般。

选哪个学校呢？

当时报迈阿密大学，是因为迈阿密是度假胜地；而报 MC，是因为它不收申请费。

莱斯：失之交臂

莱斯在休斯敦，那个地方听说是个大火炉，对北京长大的我可能不太合适。埃默里在录我的大学中是学费最贵的，选它对父母是不小的负担，有点于心不忍。

　　这样一来，似乎只有弗吉尼亚一个选择了。

　　正在纠结中，来电话了。

　　是林老师，问我申请结果如何？

　　我挂了他的电话，直接给枫枫打了过去。她的SAT，后来真考了满分，但也被常春藤拒之门外。

　　接着是郑妈妈的秘书来电话，邀我去精英班的庆功聚会。我支支吾吾应付着。

　　力力听说了，图好玩，要顶替我去。

　　他没有被赶出去。一进门，却被几个记者包围了：请问你对精英班的哪一点最难忘记？郑妈妈哪方面讲得最好？

　　记者很快发现，这个主儿没油可揩，就立马找下家了。

　　力力在吧台拿了红酒和巧克力，见人就干杯，百无聊赖地说，这酒不好喝，比不上茅台。

　　他接过郑妈妈递过来的录取结果表。细细一看，今年的结果比去年还红火。八大常春藤榜上有人不说，还有好几个全奖。

　　侦探任务完成，力力径自走了。郑妈妈大叫："同学，你叫什么？还没有填表啊。"

　　力力出门的时候，还隐约听见一个女生对记者说："郑妈妈的经验真丰富。如果不是精英班……"

　　当晚的龙腾官网，尽是这样的采访录。当然，还附有那张辉煌的录取结果单。

相信下一届的小朋友们，也会和我一样，再挤，也要进精英班。

AP考试前一周，我告诉老妈，弗吉尼亚大学不接受AP成绩，我也用不着参加考试了，还不如早点回家，考驾照去。

我觉得，这也许是我走出纠结、接受弗大的最好方法。

老妈把她的银行卡给了我：自己报名去。

学车的事很快搞妥了。

教车的师傅们性格各异，我按照悲怆三号的指点，每天一包烟伺候着。碰上自命不凡的师傅，我就号称自己认识一群留过洋的牛人；碰上儿子高考落榜的师傅，我就说自己时运不济，但愿下半年能转运；碰上一脸穷酸、夸我烟好的师傅，我就变成了待业青年。

同病相怜，师傅就多教我一招儿。

考试时，考官问我在哪儿上学？我说弗吉尼亚。考官说，好，好，美国好。结果，我的靠边停车，车离马路牙子至少有半米远，考官也让我过了。

但是，到了给弗大交定金的时候，我实在不愿意付款。我问老妈，为什么老爸没多挣点钱？

老妈火了：你要多少钱？从你懂事到现在，哪个暑期你不是在旅行？你花钱，家里哪次没有同意过？难道非得叫你老爸辞职下海不成？

老妈火起来，就不依不饶了。她说：你要什么样的背景？你姥姥是教授，你姥爷还是院士，你老爸大小也算个官，你还不知足，你就不知道和楠楠比比。

楠楠是我的同学。我们家的条件，她是想都不敢想的。

想起老妈的节俭、楠楠的艰难，我忽感无地自容。豪言壮语要上常春藤，现在怎么样了？自己没本事，还怪家里没钱没背景？

算了，就 MC 吧。这样，好歹能省八九十万，老妈也不用那么抠抠搜搜了。

几番周折，最后上了个申请单上打酱油的学校。

我在高二才确定往美国跑，要准备 SAT 和 TOEFL，时间并不宽裕，就这样，到了文科班，却还要保第一。好事都让我占了，有这样的理吗？如果不是这样，SAT 是不是能再高一些？

老爸的意思是找中介，但我既不愿受郑妈妈的蒙蔽，也不愿意上林老师的钩。他们两个，半斤八两，谁也不是君子，但谁也不是骗子。他们各执一词，孰是孰非，并不重要。重要的是，他们至少是专业人士，再差，也要比我一个外行强吧。难道我知道的信息比他们多，或者见过的范文比他们多？人家收费高，但收费少，谁全心全意？

常春藤就那么几个位置，被录取的人，应该都有自己的绝招儿。而我，哪有什么绝招儿？我的分数本是敲门砖，但我的简历是早就没救了。瞎编，我既不会，又不敢。我的文章，是有提升空间的。我本应该细读每个学校的官网，写出有针对性的"为什么上我们学校"；我本应该像对待自己的第一选择那样，对待每一所学校，让招生官感受到自己对学校的真心，还有自己与学校的契合。如果我的准备更细心一些，更有针对性一些，文章是不是会出色一些？

郑妈妈和林老师，都反对我申奖，为的是他们的生源和业绩，也未尝不是为我考虑。如果我没有申奖，常春藤对我是不是会友善一些？

人生，其实是一个选择、选择、再选择的过程。而选择的结果无论是否如意，都回不去了。

我的结果，也不是最悲催的。那年，有一条很是抢眼的新闻：北京高考状元李泰伯，申请美国 11 所大学，全部遭拒。[①] 面对网上众多的质疑声，他辩解着：自己不是书呆子。

出国前，我很少见同学。

但力力和我见了一面。送给我几个打包用的压缩袋之后，他就飞到美国藏起来了。

他最后上的是哪所学校，我两年后才知道。

原来，他也被常春藤拒了。

8 月底的时候，悲怆四人组有一场很是悲怆的告别。大家把自己的 QQ、Skype、MSN、邮箱、手机，全部报上，生怕将来找不到了似的。

---

① 李泰伯后经港大转学，去了麻省理工。

道不同　车不一样

走不出的围场

　　校园生活的常态，是宿舍、教室、图书馆三点一线。不喜欢三点一线，倒也不是问题。你可以从早到晚宅在宿舍里，也可以上课的时候外出游学，而学校，则不会太难为你。刚入学的新生，有一节"不要抄袭，不要作弊"的教育课，但对老生，就没有人强调校规校纪之类的。

从北京到 MC，我转了两次机，还坐了三个小时的校车。校车的一路，鲜有人家，连路灯都不多。这架势，哪像是到了美国。

而从机场到 MC，有校车待遇的，也就国际生中的新生。以后出行，能依靠的只有公共巴士，而且还是一天才出现一次的那种。

就概率而言，美国的文理学院不是在山里，就是在村里。美国的大城市不多，数来数去，也就咱中国人叫得出名字的那些个。很多州的首府，居民数量还不如咱们的一个县城。归根结底，还在美国的地广人稀。

MC 所在的小镇是牧业区，有几个山地牧场。夏天坐车经过牧场，就算车窗关着，也最好屏住呼吸，因为空气里尽是奶牛们放的屁。气象学家讲，温室气体中的甲烷，很多是奶牛惹的祸。但也正是因为有这些牧场，在 MC，我们喝的是有机奶，吃的是自制的奶油、奶酪和冰激凌。

小镇也就一万多人，牧场主之外，不是学院的人，就是为学院服务的人。也是因为这一点，小镇也号称是大学城。不过，在咱中国人看来，能称得上城的，没有几百万人口，也得几十万。

一般意义上的大学城，大都临近名副其实的城市。比如，普林斯顿离纽约很近，伯克利距旧金山不远。就算离大城市稍远的，如密歇根大学安娜堡分校、北卡罗来纳大学教堂山分校所在的大学城，虽然规模谈不上大，但公用设施和生活配套基本齐全，起码，火车站、商场、医院、中餐馆，还是不缺的。

而 MC 小镇不尽一样，自己一丁点儿，和大城市也不沾边儿。向南几十公里，倒是有一个几十万人口的城市。这个城市犯罪率高，经常上报纸，但 MC 人买衣服、下馆子、看病就医，还得靠着它。因为 MC 在小镇，除了一家货品不全、价格超标的小超市，几乎没有面积更大的公用设施。

对于美国人，车，是必需品。

不过，MC 的中国人，就算有经济实力，也基本不买车。一是用途有限：除了镇上的超市，学院周边似乎没有什么地方可去，而往远处走，时间都花在路上了。二是前车之鉴：有车的两位学姐，都成了全校闻名的陪练兼出租司机。在美国，学车不用去驾校，考了笔试，就可以让有驾照的人陪练。有车的后果，就是身边会冒出一群朋友，这个喊你"大师"，让你教她开车；那个建言你不要亏待自己，要"请你"去吃大龙虾。

没车的人，平日被困在校园里。吃，靠学校的食堂；用，靠校园里的小商店或者上亚马逊网购。想到校园外骑骑自行车，但山路蜿蜒，而且没有自行车道，没有路肩，只能走车道，生怕呼啸而过的货车，把自己吹到山谷里。

待在校园里时间长了，免不了耐不住寂寞。但要往学校外面走，就得靠脚丫子。

我最初去的地方，就是那家小超市。之所以去超市，只是觉得，天天吃食堂，将来连美国超市里卖什么都不知道，什么牌子也不认识，岂有此理。

进超市，原本只是像看博物馆里的陈列物一样，看着超市货架上的商品，在脑袋里留几个品牌的影像，但时间一长，口水就冒出来了。

有了心动，自然会有行动。

我买得最多的，是食堂里没有的杧果、木瓜、阿拉伯蜜枣等等。水果沉，回去的路上又有一个长坡。有两次，才开始爬坡，就有司机停下车来，问我要不要搭车。这等好事，自然是"固所愿也，不敢请耳"。结果，两位美国雷锋都一路把我送到宿舍楼门口。

现在回想起来，其实挺后怕。两位司机，为什么一定是美国雷锋，而不是人口贩子？老妈从小就一直教育我的事儿，怎么到20岁了还不记得？

但 MC 小镇，就是这么的民风淳朴，人与人之间有信任，有温情。虽然不能说路不拾遗，夜不闭户，但住上一阵子，防人之心就会慢慢变为零。图书馆里，人们用笔记本电脑占座；宿舍楼前，自行车净是没上锁的。

当然，这与小镇小而纯有关。MC 小镇是纯种白人的地盘，彼此之间，说不定还有熟悉的人联着。马路上要是走着个青涩的黑人或者亚洲人，基本上都是 MC 的学生。

要说我便车搭得最绝的一次，是大二的感恩节。学校可怜我们这些有家不能回的国际生，除了安排我们去校友或教授家吃感恩节晚餐，还专门派校车带我们去超市买吃的。

购物完成，我们在瑟瑟寒风中等校车，却迟迟不见车的影子。

原来是车坏了，正在调别的车。

我等得不耐烦，就径自走了。还没走出停车场，在我前面，一个刚购完物的老太太就停下车，请我上去，弄得刚才还好心劝我"再等会儿"的姐妹们目光惊羡。

车的后座尽是生鲜和饮料。老太太讲，要不是今天已经有了接待任务，真想请我到她家尝尝她的厨艺。

"您也是 MC 人？"

"我先生是。"

两个月后，新的学期开始了。我选了国际政治课。教授史蒂文斯是个银发老头儿，长得潇洒睿智。

第一堂课，点个名，相互熟悉是必要的程序。班上就十几个人，很快就点到了我。念完我的名字，教授笑着对我说："未兹，我太太今天早上还问起你呢。"

全班的白人都敬畏地望着我这个亚洲关系户。

原来，他是老太太的先生。

然而，好印象一会儿就不见了。史蒂文斯的口才倒是不错，天马行空，气势豪放，但听了半天，就是不知道他要讲些什么。

要不是因为蹭过他夫人的车，第一堂课后，我肯定会把这门课退掉，而不是白白遭了一个学期的罪。

看来，搭便车，也是有代价的。

到校园外偶遇，不可能是常态。绝大部分时间，几乎都在校园里上课。

小班上课是 MC 的特点之一。学院大多数的课堂，只有十几个学生。

课堂小，和教授交流的机会自然多。而且，教授们也愿意和学生对话，而不是一个人唱独角戏。这样的课堂，对学生是机会，可以既练听力，又练表达，既看别人秀，又能自己演。也是挑战，因为如果只当看客，而不发言，就会给教授留下被动的印象。给成绩时，说不定会被打个折。

课上一分钟发言，意味着课下十几分钟甚至一个小时的准备。而除了准备发言，还要应付作业，或者是几十几百页的书，或者是几页几十页的文。

除了作业，还有隔三岔五的小测，虽然小测方式多种多样，时间很短，但不准备，不花工夫，很难有好的成绩。而每一次成绩，都会计入期末总评分。

前段时间，两张美国哈佛大学图书馆凌晨4点多灯火通明、座无虚席的照片，在网上很是吸引眼球。MC没有那么夸张，但也见得到类似的场景。

MC有20栋宿舍楼，每个学生都能住在校园里。宿舍楼小巧玲珑，错落有致，给人以端庄典雅、清新自然的感觉。有的楼是100多年历史的尖顶红楼，铺着地板，有古老的挂钟和螺旋而上的楼梯；有的楼是现代的建筑风格，铺着地毯，有刷卡进屋的宾馆房门和落地窗。宿舍不论新老，每一座都献上湖景大礼，配备钢琴房和电脑房。一楼偌大的休息室里，一圈沙发围着石砌的壁炉。而宿舍楼的负一层，则设置有电梯直达门口的洗衣房。既有高档公寓的设施，又有田园山野的情调。

宿舍条件无可挑剔，但学生们的要求却水涨船高。走20分钟上课，就算是学校的倒霉蛋。大家都希望住在教学区边上，可以一觉睡到老师来；分到 8 平方米的小间，还会羡慕别人 20 平方米的大屋。

学校推崇平等主义，不照顾关系户，不偏向成绩好的，更不鼓励愿意多出住宿费的。宿舍每年更换一次，每次更换都是全校大抽签。当住得差的同学搬进别人恋恋不舍离开的房子，那感觉，很像是打倒了旧贵族。

而当我凝神盯着 MC 年度大抽签的电脑屏幕时，南方大 U 的悲怆三号正在打租房电话，和几个房主约着看房时间。她的学校只给新生提供宿舍，大一过后，就得自行解决住宿问题。学区房价，高不忍睹。而离学校远的公寓，又位于不太安全的区域，必须趁天黑前急急忙忙往回赶。她每天买菜、做饭，挤公交，精打细算地节约开支。三年里，她换过两次房。第一次，是因为室友整晚看球赛、乱喊乱叫；第二次，是因为空调坏了没人修，洗手池堵了没人管。

身在福中不知福的 MC 人体会不到这些。我们过得像是被惯坏了的孩子，年龄在长，人却更懒。在国内，我至少会帮老妈洗洗衣服，拖拖地，刷刷碗。而在 MC，洗衣，直接扔进洗衣机、烘干机，拿出来就能穿；肚子饿了，几个食堂随便进，吃完就走人。大三大四，我住的是单间，又没有舍管查房，两年里没叠过几次被子。而每次去美国同学的房间，总觉得她们比我还懒，除了床上乱成鸡窝，桌面更是狼藉。

悲怆三号告诉我，在他们学校，华人会的群里，不是毕业生在卖电视、卖地毯、卖床垫，就是新生在求购书籍、沙发，甚至婴儿车。但在 MC，卖东西会被视为小气。每年的换房季，都是欢乐大派送：用腻了的电器，搬不动的沙发，网上淘来的图书，都会放到地下一层的捐赠房。毕业生喜欢哪个学妹，会让她继承自己的冰箱、电视，甚至全部家当。

MC 最令我们舒心的，是校园。

宿舍楼依山而建，鳞次栉比，错落有致。从宿舍出来，可以一路下坡，直到谷底的小木桥。过了桥，就是一气上坡的石子路，路边是一垄一垄的薰衣草，起风时，紫色的波浪层叠起伏，给人以平静安宁而又温馨浪漫之感。

教学楼中间，是大片开放式的草坪。天气好时，学生三五成群，或坐或躺，或打盹或聊天，吃着午餐，看着电脑。这时候，总会有小狗在人群中穿梭撒欢，有小松鼠在一旁啃松果，警惕地观望着。

校园的中心是两个湖，湖之间是三个不同落差的瀑布。湖的周围，小山环抱。翻过山坡，是学院自己的赛马场和高尔夫球场。置身其中，你会不由自主地驻足流连，甚至跃跃欲试。

MC 地处东北，一场秋雨一场凉，草坪和球场很快就会从深绿变成鲜黄。而这个时候，树上的叶子也进入了辉煌期，先是明艳的粉，然后是深邃的红。又是一场秋雨，整个校园都染上了最绚丽的色彩。

枝头枯了，就到了下雪的日子。MC 的雪季，从 11 月一直到次年 3、4 月。雪连夜下，整晚都有扫雪车噗噗地工作。早上起来，上课的路清出来了，而扫雪车摞在路边的雪堆绵延不断，常常有一米多高。不时，雪堆上的白色会哗啦啦地洒下一些，随风飘落。

雪太大时，学院为了保证住得远的教授的安全，也会停课。中国的春节，在美国不是假日，却总能赶上下雪停课日。几个中国同学，聚在一起，在网上看春晚，把每个节目奚落一番，却都要看到结束。

校园生活的常态，是宿舍、教室、图书馆三点一线。不喜欢三点一线，倒也不是问题。你可以从早到晚宅在宿舍里，也可以上课的时候外出游学，而学校，则不会太难为你。刚入学的新生，有一节"不要抄袭，不要作弊"的教育课，但对老生，就没有人强调校规校纪之类的。

即便如此，在校园里，见得最多的不是匆匆的脚步，就是手上拿着咖啡杯、眼睛盯着书的身影。想上课就上课、想逃课就逃课的，毕竟是少数。

偶尔，也有联盟校的男生来听课，但多数时间多数地方，MC是女孩子们的世界。没有男生，女孩子们空出了许多心思。最多，也就抹点口红和 BB 霜，至少周一至周五下午是如此。我在洛杉矶上学的朋友楚楚告诉我，每天，她至少要在化妆上花上一个小时。而 MC 的我们，没人欣赏，少了一些乐趣，也省了很多时间、很多钱。

除了读书，MC 也鼓励学生参加各种社团活动。

学院的学生社团，如俱乐部、艺术队、运动队之类，林林总总，100 多个，而学生，也就 2000 多个。

学姐心如，在国内从没当过干部。到大二的时候，终于想挑战一下自己，就去竞选学生会的司库。她学的是统计专业，竞争对手，是艺术系的美国同学。美国同学的竞选传单很是直白："我数学不好，不过，我的计算器是高精尖的。"

还未投票，胜负就见分晓。

学妹冰冰，小时候学过黑管，发现音乐系有相当于免费家教的黑管辅导老师，就重新捡起黑管，报名上了家教课。没曾想，一听她吹奏，老师立马就把她拉进了乐团。

乐团选手的水平参差不齐，但指挥很会指挥，家教们又因材施教，合奏的效果还挺震撼。时间不长，学妹就乐此不疲而沉浸其中了。

受学姐学妹们的影响，我也进过一些社团。

我是吃货，学院的"健康烹饪社"正中我下怀。

过去一看，原来是一群身材微胖的同学的聊天室。每次活动，都有同学带着自制的健康点心来，要么低脂，要么无糖。但低脂蛋糕，让我口干得想咳嗽，无糖树莓派，则酸得我牙疼。

"越野长跑队"，名字听上去很拉风，但其实并不是越野，而是在人行道上跑。队长有幽默基因，讲话很逗乐。当我们围着学校边的小墓地跑时，她说，我们在用脚步声演奏《骨头园狂想曲》（*Bone Park Rhapsody*）。沿着湖滨跑时，她把白鹅调戏得扑翅乱叫。而当我们穿过居民区，看到有小妹妹在自家院子里卖柠檬汁，她冲小妹妹笑了笑，然后留下电影《终结者》（*The Terminator*）的一句经典台词："我会回来的（I'll be back）。"

跑完预定行程后，我们真的回来了。生意萧条的小妹妹兴奋道："我长大了，也要上 MC。"

跑了一年，队长毕业了，长跑队也就解散了。因为，队里就我们两个人。

我于是参加了种族对话小组。

不曾想，这是个白人忏悔小组。

尽管组长多方招募，但除了我，组里全是白人。

每次聚会，总是以纪录片开始。有民权运动时的血腥暴力，警察用高压水枪和催泪弹对付示威的黑人；也有筑路华工的窘境，以及早年法规中的那一条：妓女和华人不得成为公民。

白人同学很受教育，个个举手，哭诉自己上的中小学太差，现在长这么大了，才知道自己的父辈们那么差劲。

她们都对我很友善，每次看完片子，都有意无意地接近我，用歉疚的口吻和我搭讪。这种歉意，我实在受不起。没受过种族歧视之苦的人，怎么能代表那些被屈辱过的同胞呢？这些同学分明是把中国人和华裔美国人混为一谈了。

离开种族对话小组后，我进了冰雪俱乐部。俱乐部最有人气的活动，就是去佛蒙特州的滑雪胜地。每一次，都是主席开着自家的SUV来接我们，去她家的林间木屋。大家白天爬山滑雪，晚上在空地上搭起篝火，用竹签烤着棉花糖。棉花糖快熔化的时候，夹在两片饼干里，温润软糯的夹心饼干就成了。活动本身无可挑剔，就是参加的人太多，车子总是超载，滑雪板也总是不够用，而到了晚上，不少人只能在木屋的门厅挤睡袋，冻得集体感冒。

我还打过马术队的主意。学校的马术队，得过全美大学杯冠军。想要入队，先得参加训练课。

我报了马术训练课的名，去管学姐妮可借服装，也顺便打听下情况。

我问："学好了，入队难么？"

妮可答："不难。只要你不从马上摔下来，基本上就能被选上。"

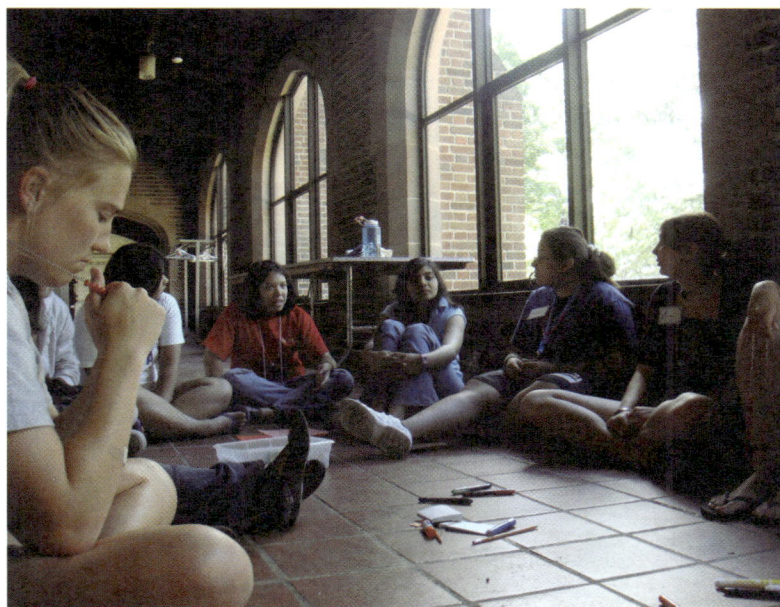

围场内外

"摔的人多么?"

"每个班,也就几个人吧。不过,到目前为止,除了一个骨折,一个脑震荡,剩下的只是摔青了而已。"

我小心翼翼地问:"你摔过么?"

"没有。不过,我看见身旁的同学被甩下去后,就赶紧跑了。"

我俩相视而笑。

妮可说:"要不,你来我们辩论队吧。"

但我感觉已经玩够了。

从此,我的休息时间,主要就干一件事:在健身房一边踩着跑步机,一边看电视。

跑步机的小电视上,有 60 多个频道。美食频道的配方,自然比当年的健康烹饪社要专业。体育频道的马术表演,也是只有风度,没有风险。而喜剧频道的美剧,更是让我边跑,边笑得摇头晃脑,时不时把耳机都给甩掉了。

在美国的朋友,羡慕我们无组织的自由,我则羡慕他们有组织的自在。

弗吉尼亚大学的珊珊来邮件说,他们正在筹划去华盛顿迎接胡锦涛主席访美。而我这个村姑,看到邮件,才知道主席要来美国了。四下一问,MC 的中国人,都是浑然不觉。

弗大的华人会,一个活动接着一个活动:山西老乡办吃面大赛,河南老乡办三国杀比赛,广东老乡办粤语歌大赛。过春节,大家聚在一起包饺子,甚至学舞狮。

MC 呢?中秋节聚会用的蛋黄莲蓉月饼,还是华人会的几位学姐各自卷在行李箱的衣服里违规带进美国的。月饼数量有限，一个小饼，通常要切成八份分。聚会的跳舞节目，是在聚会开始前临时排练的。至于唱歌的，靠的是爹妈给的天赋和多年前练就的童子功，没有人会事先吊嗓子。

倒不是 MC 的中国人不会办事，不愿办事。其原因一在 MC 人不多，中国人更少，二在 MC 本身，就没有大办活动的传统。

MC 的 180 周年校庆，只是校园里多了一群互相拥抱的老校友，食堂在晚餐时摆上了蜡烛，多上了几道菜。至于开学典礼，则更是简单，校长对着坐在草地上的学生讲个话，就算结束了。

在 MC，也没有一项活动是学生必须参加的。以至于我忙起来的时候，只读教授的邮件，而见到校方的邮件，第一反应就是删除。所以，对于发毕业文凭这样的大事，学校发邮件，都要用大写注明"很重要！请阅读！"（IMPORTANT! PLEASE READ!）由此可见，像我这样的，大有人在。

MC 没有大办活动的传统，也没有大办活动的条件。

原因种种，最重要的，当属 MC 太偏了，进出就要花上大把的时间，机会成本太高。

我在健身房跑步的时候，很喜欢看喜剧中心频道（Comedy Central）的脱口秀节目《科尔伯特报告》（*Colbert Report*）。一次随意调台，却发现科尔伯特正在耶鲁做现场表演。

我的哲学教授，对素食主义哲学家彼得·辛格（Peter Singer）很是欣赏，更把辛格的著作列为我们的读物。而我们去哈佛法学院参观的时候，恰好见到辛格在学生餐厅里宣扬他的思想。

这样的餐桌演讲，哈佛、耶鲁应该差不多天天有。各路高僧，自备旅费和午饭过去，学校还得精挑细选。

不仅是常春藤，就是排名很普通的大学，只要交通方便，也会有不少成功人士过去，边介绍自己的创业经验，边做招聘广告。同一座城市或附近就职的校友，方便时来学校溜达一下，做一个讲座，带几个学生做做实习，也是司空见惯。

而我在 MC 的几年里，最有名的演讲者之一，是 1995 年奥斯卡电影《小猪宝贝》（*Babe*）里饰演农夫的詹姆斯·克伦威尔（James Cromwell）。克伦威尔演讲那天，学校大礼堂里人满为患，我一个挤过北京地铁的人，硬没挤进去。

MC 的毕业生中，读研究生上名校的不少；毕业后直接在社会上打拼的，也不乏成功人士。而且，校友们热心肠，不少人在学校校友网上，公布了自己的地址和联系方式，表示愿意接待在自家附近参加工作面试或短期实习的学妹。经常给学校捐款的校友，更是为数众多，不然 MC 怎能在文理学院捐款榜上名列前茅。

哎，捐钱的校友们，却没时间回来看看。

也是因为位置偏远，MC 的学生，找零工和找实习都多一重困难。在大城市上学，可以去餐馆、电影院、商场打工。但在 MC，想干活儿也没得干。学校食堂刷盘子的职位，只给大一新生。高年级的学姐找活儿，想帮教授带孩子看狗，没车的还不收。

算起来，我在 MC 期间，一共只挣过两笔钱。一笔是给地理教授当助教，辅导低一届的学妹，一个小时八美元。另一笔钱，是给教授翻译资料，挣了一两千美元。这些收入，比起学费，实在是杯水车薪。

打不了工，问题是暂时的。但找不到实习的机会，就有点麻烦了。因为，无论继续升学，还是走向职场，实习经历，都是人事部、招生办要参考的重要因素。

镇上没有实习的机会，可以到别的地方找，但有含金量的实习，付工资的并不多。如此，不仅要倒贴房租，而且要自掏钱包支付旅行费用。结果，只是简历上多了一笔。

我在健身房一边跑步，一边看旅游频道主持人唐·维尔德曼（Don Wildman）的节目。悲怆一号来电话说，维尔德曼上周刚在她们学院做过演讲。不过，她想谈的不是维尔德曼，而是转学问题。她的学院，排名高MC一些，状况却和MC挺类似。

她出国，原本是为了见世面，却被困在乡下。即使有钱买车，也没有时间跑路。想丰富课外生活，但学院的学生社团，还不如国内高中的气势浩大。

她出国，也想要钓个金龟婿。可现在别说金龟婿，连铁龟婿都没有。靠谱男们全都名草有主。

除了学习，还是学习。因此，有了转学的想法。

她问我，你不是也说过，要转到城里的大U么？

是的，刚到美国，我是有过转学的念头。MC很偏，进个城都要跑几十公里；MC很小，小得选择课经常没得可选，小到不认识的教授看起来都很眼熟；MC很老，曾经如日东升，但现在却成了江河日下。

但我和一号讲，MC是偏，但生活品质，却是千金难买的；MC很小，但自由清静，却是难能可贵的；MC很老，但教授对学生的关心和爱护，更是当下的名校难以比拟的。

一号叹了口气，挂了电话。她转学的事，也没了下文。

4 月初，我正在西海岸游荡的时候，学校来了邮件，通知我这个提前毕业离校的学生，我们这一届的毕业典礼在下个月举行。

这个时候，我已经离开 MC 三个月了。

看到邮件，我想到的是宿舍楼里洗衣房中的柠檬清香，食堂里垒成小山的曲奇饼，教室中的围着一圈同学的圆桌，图书馆里午夜 12 点的免费咖啡，还有那丛丛的薰衣草、簌簌的落叶、松松的白雪。

我想到教文学基础的菲利斯，教写作的萨维诺，教浪漫主义的科恩，教历史的戈德，还有"关系户"史蒂文斯。时至今日，他们也是当天之内必回我的邮件。

我想起了同屋过的艾琳，同班过的劳拉，一起爬山的凯西，还有冬冬、超超、典典。在茶余饭后，这些人都曾和我埋怨过 MC。劳拉说过，MC 把都市女孩变成村姑打扮，把乡下小妹变成大妈模样。但不论村姑还是大妈，都学得满口女权，回到家连爹娘都认不出自己。而凯西曾说，在 MC 念书，衣来伸手饭来张口，忘掉了不少生活技能。可自己又不是大小姐出身，被坑了。

但同样是这群人，刚毕业就开始给学校捐款，哪怕手头只剩下几十块。

我不知道怎么回复学校。当初，我是那么急迫地想早点离开，而且没离校就规划好了行程。毕业典礼的时候，我应该已经回到北京了。

但是，我知道，接下来的日子，无论是走在熟悉的路上，还是陌生的路上，MC 都已经把我心灵中最柔软的那一部分围起来，让我再也走不出去了。

餐桌上的困惑

　　我游走于四大派别之间，不是和沙拉派一起抢青菜，和煲汤派一起等微波炉，就是与早餐派同流，把水果当菜吃，与打包派同类，拿个三明治就跑。但食堂甜品和肉食的诱惑一直在考验着我的自制力，一边是对增肥长胖的恐惧，一边是口水暗流的无奈。

中学的时候，班上的几位 IT 达人，给学校食堂做了个短片，放到校网上，立刻走红。短片由众多影片、广告和新闻的片断剪辑拼接而成。至于配音，则是达人们的吼叫。

短片有四个部分。第一部分，有后厨的苍蝇成灾，有前堂的集体呕吐。第二部分，是老虎凳受刑的场景，食堂师傅在拷打一个学生："这么好吃的糖三角，你竟然一下拿了俩，还有王法吗？"第三部分，有武林高手亮剑决斗，原来是学生代表对战食堂管理员。第四部分，是校长在会上慷慨陈词，夸咱们中学的食堂好。短片落幕，打出一行大字：革命尚未成功，同学仍须努力。

这个片子走红后，同学中有交不出作业的，改不了坏毛病的，总爱挑衅说："老师，等咱们食堂的饭菜好吃了再说吧。"

短片当然是胡编乱造，但能引起这么大的共鸣，可见学校食堂实在让人不敢恭维。

我在这样的食堂里熬了几年，总像是刚离开幼儿园的小朋友，一放学就要买吃的。

出国前，我就在想，MC 的食堂，总比这强吧？

果不其然，初到 MC，食堂就是我的天堂。

MC 区区两千学生，却有七个食堂。六个自助食堂设置在六幢宿舍楼的一层，一个点餐食堂设置在教学区。即使是不设置食堂的几幢宿舍楼，也有自助早餐区。而且，不管你住在哪儿，都可以在任何一个食堂随便吃，随便外带。即使一顿饭吃两个食堂，也在许可之列。

MC 的三年半，我换过四次宿舍，但住的楼里都附设食堂。每天早上，我是闻着煎鸡蛋的浓香和咖啡的醇香醒来的。没有早课的时候，我常常是穿着拖鞋睡衣，坐着电梯下楼，第一个去餐厅。四下无人，我可以挑出烤得最圆的一片煎饼，或是冰度最完美的一杯酸奶，盛上满满一碗草莓、葡萄和蓝莓，坐在靠窗的沙发上。吃完，再泡一杯茶，带回宿舍。

每个食堂，早餐的菜单都差不多，而午餐和晚餐，则是各具特色。学校的网上有食堂的菜单，读书烦了，我会看看菜单，研究一下去哪儿吃。

温德尔食堂是犹太教的地盘，规矩比较多，但鸡汤和炖牛肉做得最香。保罗食堂是亚洲风，经常有泰式冬荫功、日式荞麦面和扬州炒饭。费尔顿食堂沿湖而建，半露天，可以坐在遮阳伞下看鸭子，享受口福的同时饱饱眼福。韦恩食堂位置最偏，但建筑很漂亮，有浮雕的拱门和古朴的半月窗，颇有宫殿之感。而教学区的点餐食堂，虽说汉堡、三明治居多，但每天一款特色菜，从意面到巴西烤肉，可说是一天一个国家。

食堂最具特色的，是甜品。不论哪个食堂，都有自己的烘焙师和特色糕点。点餐食堂的营业时间最长，从早 7 点到午夜，而它的面包房，则是每隔几小时，都有新出炉的东西上架：金黄耀眼的南瓜派，小巧质朴的巧克力饼，浓妆粉饰的草莓蛋糕，冰纯如雪的香草瑞士卷，松松脆脆的谷物棒，入口即化的焦糖布丁……每晚9点，面包房会把当天没卖完的糕点，送到各个宿舍楼，给学生们当夜宵。而学校的大小活动，轻松的如夜场电影，重要的如面试培训，都会在邮件通知上写一句："我们给大家准备了甜甜圈和布朗宁。"这逻辑，似乎没有甜品，就没人捧场。

每逢节日，食堂都会安排烛光晚餐。师傅侍者们个个穿礼服打领结，调暗餐厅里的灯光，铺上最好的桌布和餐巾，换上最漂亮的盘子和刀叉。烛光晚餐的菜品，因时而变：复活节，自然少不了蜜汁火腿；情人节，会有迷你巧克力喷泉；而到了9月收获季，则要用新采摘的苹果榨汁。

最隆重的烛光晚餐，要数学校的开放日。因为学生会带家长来吃团圆饭，食堂会精心地装饰一番，一派祥和喜庆。门口管刷卡的阿姨，对谁都是那句欢快的"好好享受"（Enjoy!）；分牛排的老大爷，也是满脸堆笑，从不厚此薄彼。这个时候，我一身便装，出没在西装革履的父辈之间，却没有任何尴尬。

好景不长。蜜月期过去，问题就逐一浮现。

首先是菜单的问题。每个食堂虽说都有自己的拿手菜肴，让人感觉风格迥异，可所有食堂的菜品加起来，也就那么二三十种。不到几周，原先像是一本新书的菜单，就变成了一堆车轱辘话。

而且，好多八竿子打不着的食品，吃着都觉得是一个味儿。早餐的玛芬蛋糕，不管是香草味、鲜橙味，还是杏仁味，除了多一颗杏仁，多一点橙色，口感如出一辙，甚至连面包房出品的曲奇和斯康饼，似乎也是玛芬蛋糕的味道。点开菜单的网页查配料，发现这些点心，用的都是一个牌子的混合烘烤粉，只在所用的添加剂上有细微之差。

炭烧鸡肉和黑椒牛柳，用的是同一种烧烤酱。通心粉也好，细面条也罢，都撒了太厚的奶酪。炒饭也好，炒面也罢，都是一口酱油味。

这些还不要紧。

要紧的是，不管我是热爱食堂也好，还是看透了食堂也罢，反正我是怎么吃怎么增肥。

美国人块头大，我再怎么不济，也是落在人堆里不起眼。可我不能不回国啊。

菜单网页的信息很齐全，不仅有每道菜的配料，而且还有它的营养信息和热量表。

数据触目惊心。早上一分钟吃掉的玛芬蛋糕，500卡；开会时磨牙的两块迷你曲奇，400卡；晚上的那盘意面，1350卡。营养学家推荐的日平均摄入热量为2000卡。而我，除了上述三样，还吃了好多别的东西。

天堂里，处处是肥胖陷阱。

把热量表学习了一遍，又观察着身边的人，我发现，不甘心落入肥胖陷阱的同学，基本上可以分为四个派别。

首先是沙拉派，以美国同学为主。学校的自助沙拉吧台，选择很多。只是，除了西红柿和生菜，其他菜都是咱中国人不生吃的：芹菜、青椒、圆白菜、胡萝卜、西兰花、蘑菇、西葫芦……消瘦的白人女生，常常是盛上一大盆生菜，再来上几勺其他生蔬，淋上一点无脂沙拉汁，捧着盆狂啃。她们啃这300卡的时间，够汉堡迷细嚼慢咽地吃下3个600卡。

中国同学大多只是抢沙拉中的西红柿。有学姐讲，好多年前，MC的第一个中国留学生来到食堂，见了满眼的生蔬，问师傅："火炉在哪儿？"

今天，食堂依旧没有火炉，但有微波炉。对于煲汤派的中国妹，这些生鲜大有所用。她们追着变化的每日例汤而天天换食堂，因为她们要把菜放在汤里，然后在微波炉里热到菜熟为止。最好用的是日式味噌汤和鸡汤，其次是牛肉汤和罗宋汤，清汤也能凑合使。而要是赶上增肥大王奶油浓汤，执着的煲汤妹们会另辟蹊径：白水加点盐和胡椒面，再放菜煮。

每个食堂只有一个微波炉，所以，要是赶上三四个中国妹接连煲汤，美国妹就别想用了。

相比耗时耗力的煲汤派，早餐派更轻省。早餐派既有美国人，也有中国人。她们不论早中晚，总要以牛奶为饮料，全麦面包为主食，水果当菜吃。有时加个鸡蛋补充蛋白质，有时吃点谷物（cereal）当点心。早餐派的美眉们多数是甜食控，但只敢吃甜果子、甜面包，喝甜牛奶，不敢吃高脂甜食。而且，早餐派要么是素食主义者，要么对肉食自我设限。

早餐派任其发展，可能会变成打包派。打包派见什么带着方便，就拿食堂的一次性餐盒打包，然后或回宿舍或去图书馆。她们不会受邻座好友手中薯条的诱惑，自己一个人对着书本嚼芹菜。她们也不会闻着蛋糕飘香就心里痒痒，三秒钟夹个蔬菜三明治就逃离现场。打包派的名言，就是"三明治拿着方便，就是为了让人边看电脑边吃的。"但打包派也有麻烦，就是老也吃不饱，经常要自掏腰包买自动售货机里的M&M豆。

我游走于四大派别之间，不是和沙拉派一起抢青菜，和煲汤派一起等微波炉，就是与早餐派同流，把水果当菜吃，与打包派同类，拿个三明治就跑。但食堂甜品和肉食的诱惑一直在考验着我的自制力，一边是对增肥长胖的恐惧，一边是口水暗流的无奈。

想起嘲弄中学食堂的短片，我有了怀旧情结。好歹，那是个吃不胖的食堂。

而 MC 的食堂呢？我要是做视频来表现它，可用的素材还真不少。

可以用那个在美国备受争议的公益广告：小妹妹兴冲冲地捧着奶昔，吮着吸管，奶昔霎时变成了冒着泡沫的油脂粒，进了小妹妹的血管。

也可以用那个饮食栏目的短片：小正太走进早餐店，点了培根煎蛋和奶酪卷。收银员算了算，笑吟吟地说："谢谢您。一共1500 卡。"

到外面走了几次后，我更受打击了。自己若是抨击 MC 的食堂，也是无理取闹。

在美国同学家里吃过感恩节大餐。上了桌，才知道主菜只有烤火鸡和烤蔬菜，外加一个巨大的苹果派，哪有学校丰富。

进了城，我更是发现，不少位于市区的大 U，连一个像样的食堂都没有，只有所谓的咖啡厅。咖啡厅卖的，基本都是垃圾食品。在大 U，学生们要么自己下厨，要么靠外卖度日。

MC 的小镇鲜有中餐。但美国大多数的中餐馆，最常见的，是不伦不类的杂烩菜：西兰花、荷兰豆之类的美国当家菜，再配上牛肉、虾肉、鸡肉、猪肉排列组合。就是想吃点土豆丝、白菜豆腐、稀粥咸菜，也是精品店才有。

纽约倒是热闹。法拉盛的唐人区，随便哪一条干道，两侧都有美食一条龙：油条、江南小笼包、东北大拉皮、西北大盘鸡，让人恍如隔世。不过，这里的就餐环境脏乱差，实在对不起那些菜肴。

朋友请我吃过一家以龙虾、鲍鱼闻名的高档粤菜店。但店内的装潢，不及北京的中档水平。服务员深谙中国人不爱多给小费的习惯，只肯围着老美客人转。我们俩吃饭不到 30 分钟，但点菜和买单，却等了一个小时。

正当我为饮食问题而困惑的时候，教中国历史的戈德教授请我们几个中国学生吃饭。

戈德开了一个小时的车，找到那家只有 5 张桌子的客家风味店。戈德在大学时，在台湾的一家客家寄宿家庭生活过。成为学者后，更是借讲学的机会吃遍了中国内地，很了解中国人的口味。这家小店里的梅菜扣肉和酿豆腐，比我在北京吃过的还地道。

我感谢戈德教授："终于在美国吃到像样的中餐了。想煞我也。"

他是个吃饭也要讨论哲理的老学究："什么叫中餐呢？"

"什么意思？"

"比方说，你们北京菜和客家菜的区别，可能比法国菜和德国菜之间的区别还大。为什么都算中餐呢？"

这算什么问题。北京人和客家人是一家呗。但他应该不是这个意思。

"我这么问吧，你说你想念中餐，最想的是什么呢？四川担担面？广东云吞面？"

"老北京炸酱面。"

"你不喜欢意大利面？"

"我刚来 MC 的时候很喜欢。但现在，发现它还是比不上炸酱面。"

"那并不能证明中餐比西餐好，而只能说明你更习惯小时候吃惯了的东西。何况，好吃并不是中餐的什么特点。有这么句话：爱国主义是从祖母的厨房里练出来的。我在北京的时候，也很喜欢炸酱面，可回了美国还是狂吃意面。我不觉得它们有好坏之分。是否喜欢，全在胃口，而胃口是从小培养的。"

我身旁的同学帮我助威道："我们不光是喜欢自己的家乡菜而已。您看，我们这里没有一个客家人，可都很喜欢今天的菜。中餐种类多，地域性强，但本质上一样。"

"什么本质？"

"色香味俱全。"

"那不是中餐的本质。全世界的人对美食的评价都是这个标准。或者说，大家都觉得自己喜欢吃的东西是色香味俱全的。谁也不会说，我最爱吃臭豆腐，它外形难看，气味很臭，味道很恶心。"

大家语塞。

戈德刨根问底："为什么今天吃的算中餐呢？这盘梅菜扣肉，是两个加入了美国籍的华人在美国做的。既然如此，为什么今天的梅菜扣肉不能算'美餐'呢？如果说，梅菜扣肉登陆美国太晚，但假以时日，它也许会家喻户晓啊。"

见我们都压着怒火，戈德说："消消气。我开玩笑而已，才不偷你们的菜呢。世上没有'美餐'（American food）之说，因为美国是个移民国家。我们也承认，自己吃的，是世界各地的杂烩。高档店里吃法餐，自己平时吃的面条是意餐，三明治是英国的，汉堡是德国的，沙拉是全球都有的。但世上有中餐这个说法。为什么呢？中餐哪里比'美餐'好呢？"

"中餐用料，新鲜营养别致。我们喜欢鲜肉活鱼，喜欢早市的蔬菜。我们不用那么多冷冻食品。"另一个同学助阵。

"长时间烹炒，较之冷冻，哪一个对食物营养的损害更大？我不知道。但我知道，沙拉是最新鲜的吃法。"

大家面面相觑，都在暗中鄙视沙拉。谁也没有说出来，因为戈德会回应：你没吃惯，不代表它不好。

"中餐热量低，绿色健康。"有人说。

"梅菜扣肉油脂少么？炸酱面减肥么？"

大家又无言以对了。

"的确，中国人的日平均热量摄入，比美国人低不少。但那是因为在中国历史上，油脂、肉类和糖食经常是稀缺品，所以留下了用油少、吃肉少、甜食少的传统。可现在中国富了，胖人也越来越多了。所谓热量低，已经成为过去式了。中国人总体上比美国人苗条，是因为基因遗传，也是因为中国人对自己的形象更加注意，不是中餐本身的原因。"

我最后一搏："如果一个人在中国想吃得健康，他可以今天喝白菜汤，明天吃白灼芥蓝，后天吃红枣百合蒸南瓜。他可以今天吃米饭，明天绿豆汤，后天小米粥，大后天窝窝头。他要是吃肉，连鹿肉、兔肉，也有得吃。他要是奢侈，可以点燕窝、鱼翅，甚至熊掌、猴脑。他要是吃素，也不会馋，因为素鸡、素牛肉、熏干、花干，比肉还好吃。而想在美国吃这些，就得四处淘宝了。"

戈德肯定道："不错。中国的自然馈赠，不说别的，就是那么多蔬菜品种，就很让美国望尘莫及。而且，你们在食材上很大胆，也很有魄力。山中走兽云中燕，陆地牛羊海底鲜，都可能成为盘中餐。当年我在台湾的时候，经常是本来吃得挺香，但一问老太太这是什么，就不敢再吃了。久而久之，老太太也不告诉我吃的是什么了。以致到现在，我都没搞清楚，当时最喜欢的一种肉到底是什么。而'美餐'，就算是汇集了欧洲那么多国家的元素，还是没有中餐丰富。"

见大家眉头舒展，戈德又话锋一转："中国地盘大，地区间的地理环境上的差异，可能比欧洲各国间的差异还大。就是因为同在一个国家，所以那么多地域菜，都能姑且称为中餐。但我还是最开始的那个问题，你们心中的中餐，到底是什么呢？难道就是你小时候吃惯了的那几样东西么？最概括的说法，说中餐就是米饭加炒菜。可一辈子吃馍馍的陕北老农吃的就不是中国菜吗？"

见大家鸦雀无声，不动筷子，戈德说："好了，先吃吧。请客是为了让大家开心的，我就别自讨没趣了。"

夹起最后一片扣肉时，我想到，自己是个从小就什么都吃得到的北京人，不会把梅菜扣肉当作外来菜。但对于一个不沾辣椒的广东人，第一次吃重庆辣子鸡会是怎样的一种感受？对于只吃米饭的南方村民，见到新疆烤馕，会不会比比萨饼还陌生呢？

中餐的丰富，并不是所有中国人都能享受到的。

中餐的特点，也不是所有中国人都能感受到的。

从那节梅菜扣肉课里出来的几个中国学生，后来都没有想出什么是中餐，也无法和雄辩的戈德教授顶牛。

不过，大家都学着去吃沙拉了。吃久了发现，这东西确实营养又健康。单调是有点儿，但是也省去了做饭的时间。

梅菜扣肉课的中心思想，就是用不着盲目抬高中餐，也用不着一味贬低"美餐"。潜移默化的结果，是我在饮食上变成了国际主义者。

去亲戚家，碰上不爱烤鸭却爱火鸡的华裔小孩，我没有理由叹惋。这不是品味问题，只是从小的习惯而已。

见到 MC 面包房那些让人垂涎欲滴的垃圾食品，我想起了北京的稻香村——我儿时的圣地。因为国内的鸡蛋、奶油更贵，生产成本更高，稻香村的糕点才没能进食堂。大部分人若不是有爱美之心，天生都不排斥增肥之物。哪个婴儿不是给糖吃就笑，喂苦药就撇嘴？美国增肥食品多，归结于大规模生产的成本低。

听国内来的学姐吐槽。她在洛杉矶刚工作一周，已经吃遍了单位附近的所有餐馆。而她妈妈单位的大食堂，吃得多丰盛啊。我问，那 MC 呢？她说，你好好珍惜吧。

美国人若是想办食堂，也是能办好的。而之所以大多数单位没食堂，是因为不会搞强迫消费或隐性福利。想少拿钱吃食堂，还是多挣点钱自己花呢？

再到美国人家里做客，发现只有一道菜时，我也会感念美国人际交往的简单。不讲客套、不摆阔、不虚饰，也是好事。而且，美国人若是真想搞排场，也是毫不含糊的。我在芝加哥大学法学院的招待会上，就吃过两个小时不断上菜、添饮料的午餐。

看了《舌尖上的中国》，我一直在想，能不能从中提取信息回答戈德教授的问题呢？

我可以说，中餐有精挑细选的取材，有不怕辛劳的寻找。我可以请他看花几个小时找鱼的潜水员。

不过他渊博得很。他会说，这并不是独一无二的。为了法餐的那道名菜而进入深山采松露的法国人，不是也有同样的艰苦和辛劳？

我可以说，中餐有慢功出细活的精神。我可以让他看老汤的熬制过程，看毛豆腐经过了怎样的修炼。

不过他灵活得很。他会说，难道只有中餐这样？手工的比萨饼，面团也是在特定温度下慢慢发酵的。萨拉米的香肠，也是长期腌制风干的结果。即使在麦当劳占领市场的情况下，也有餐馆只卖自制汉堡，用的是有机牛肉，一块一块地切下来剁碎，和馅儿，做成汉堡坯子，再用文火烤。那要算是垃圾食品，中国的丸子不也是？

我可以说，中餐是亲情和友情的体现，是阖家团聚的纽带。我可以给他看那些餐桌上的团圆饭。

不过他狡猾得很。他会说，吃饭可以联络感情，全世界都是一样的。不过，中国男人平时不回家吃饭的到底有多少？酒桌上的觥筹交错，又有多少是亲情和友情？

戈德这个资深的怀疑论者，把《舌尖上的中国》全部看完，估计也只会有一句不着调的评价："中餐，就是中国人口中的那盘菜。"

说白了，就是你们纵然有千万美食，我还是忘不了从小吃惯的意面和沙拉，天天吃也不腻。你嫌我单调，我还嫌你麻烦呢。

戈德改不了美国胃，但这并不影响他当一个热爱中国的学者。他上一次来中国是 10 年前，但那么多中餐菜名却一直储备在脑海里。他研究历史，写出的是中国本土的历史学家都不怎么了解的史实。他对北京风物名胜的了解，更是让我这个老北京汗颜。

和戈德改不了他的美国胃一样，我也改不了我的中国胃。不同的是，戈德在中国吃饭，没有一点问题。而我在美国吃饭，却是一堆问题。

　　我要是还和以前一样，说美国没有饮食文化，戈德一定会问：你的眼睛睁开了吗？

都教授

就这样，我听不到他对同事的好评或是微词，就像在他的课上，我很难看出他偏爱哪个小说家或诗人一样。他讲，每个作家都有自己的精彩，也都有自己的失败。作为教授，我能够告诉你的只是如何欣赏精彩，如何鉴别失败。一如你是喜欢苹果，还是喜欢香蕉，是你的权利，我不应该也不可能强加于你。

在美国上大学，可以在第二年才确定自己的专业，可以有更多的时间来发现自己的兴趣，寻找自己的比较优势。

但"更多的时间"也有一个限度。现在就快到了。

老爸曾建议我选择经济学。在他看来，经济学与其说是职业基础，不如说是方法学，无论我今后做什么，都有用武之地。

但是，对数学，我有着本能的恐惧，而经济学的教科书，似乎不是数学公式，就是数学模型。我上过两门经济课，学得愁眉不展。

我也曾考虑过国际关系、传媒之类的专业，但试着选修过相关课程后，也动摇了。至于一向为咱们中国学生青睐的理工类专业，更不是我的兴趣所在。

选什么呢？

考虑再三，我决定选英语专业的核心课程感受一下。

为了确定英语专业的试听课，我求助于教授评价网（www.ratemyprofessors.com）。这是个涵盖几千所大学的网站，每个学校的终身教授名下，都有学生匿名填写的评语，还有管理员打出的总评分数。

学生的评语中，负面评价明显多于正面评价。吃了苦头的，来骂教授，言之凿凿，掷地有声。尝到甜头的，夸起教授，却只是寥寥几笔，漫不经心，打个分了事。毕竟一节课上完，就可以事不关己高高挂起了。要不是有了切肤之痛，谁有闲心发帖子造福后人？

网站对 MC 英语系教授的评价，也是毁大于誉。因为管理员禁止使用攻击性语言，所以学生的骂评都比较拐弯抹角。

有教授被定义为"狂妄的中年人"，名下有"他比我们都聪明，也无时无刻不在提醒我们这一点"。

而"严苛的年轻女士"，名下有"在她的统治下，我们穿越时空，回到了农奴时代"。

至于那个"讲课没条理的老头子"，则得到了"上哲学系的逻辑课"的建议。

只有菲利斯教授，则是鲜花缭绕，得到了惊爆的高分。同学们的赞美，虽说也是三言两语，但人数众多。唯一的负面评价，则是他的课"没有挑战性"。

这不正合我意吗？

菲利斯，脸相看似不大，但年纪应该不小。他个子很高，但身材并不匀称，卡其裤的皮带勒不住肚子，要靠宽松的夹克衫来遮掩。他穿着得体，经常是薄毛衣里露出挺括的衬衫领，皮鞋和皮包都亮得发光，但没有一样是新款、名牌。他的面孔，和卡通人物有几分神似，鼻子很长，面颊发红，嘴角弯弯。他的发卷得太小，修不出发型。

后来，我在他的自传中的开头看到了这么一段：

10 岁的时候，我的头发从整齐的大波浪卷变成了细碎的小卷，丑得惊人。我开始用发胶、用夹子、用最大功率的吹风机，但都无力回天。我开始怀疑我从欧洲移民来美国的父母的血统中，没准隐藏着什么不可告人的秘密。我偷偷地走遍了小镇上的黑人理发店。经常帮黑人把羊毛卷拉直的师傅们在我的金发上涂了多种独家药水，烧疼了头皮，却没有效果。不过，头发之谜让我从小立志，一定要把自己的身世背景搞清楚。

　　菲利斯是否搞清楚了自己的身世背景，自传里没有交代，但很明显，他从小就是外貌协会的成员。而光凭他的模样，实在是入不了会。他让人喜欢，靠的是风度。

　　他有一种我想学但学不会的步态，看似悠然自得，如闲庭信步，实则速度很快，不易追上。他把皮鞋踏地的咔咔声控制得十分得当，既有存在感，又不制造噪音。他写的板书，笔迹潇洒，但一点也不矫饰。

　　与大部分教授不同，他不会把作文放在讲台上或是办公室门口，让学生下课后领取，而是走到我们的座位前，一一发给我们。不论是"A"的作文还是"B"甚至"C—"的作文，他递给学生的时候，都是服务生般的殷切。转身的瞬间，又透着军人般的麻利。

　　我咋看得这么仔细呢？

　　倒不是我为菲利斯倾倒了，而是因为他的文学基础课，是我上过的课中气氛最轻松、目标最清晰的。我从不担心自己会跟不上他的思路，或是听不懂他的讲授。因为轻松，听他的课，就像看表演，既会关注他的动作，也会玩味他的台词，学习他的戏路。

其他教授的课和菲利斯的大不一样。

有的课太安静，每逢冷场的时候，教授会用期待的眼神扫射全班，责备我们不够用功。

而在菲利斯的课堂上，若是他问了个导致冷场的问题，他会有节奏地左右手开弓，拍一拍桌子。在"啪啪啪啪、啪啪、啪"之后，"我来讲吧"就会响起来。

有的课太热闹。美国同学太积极，让我总是担心自己的发言数量不够多、质量不够好，被教授彻底忘掉。

而在菲利斯的课堂上，他不会因为有谁语惊四座，就大加赞扬。猜中他心思的发言，只是为他顺着这个思路深入下去开了个头。他也不会因为有人沉默寡言，就低看一等。他总是喜气洋洋，对着全班人，眼睛眯得太小，看不出他的目光落在谁身上。

第一节课上，他就说："我为什么没有作文占30％、考试占20％、发言占20％之类的评分标准？因为内向不是错，你若是写得好，就不必红着脸，逼自己发言。而你若是无法用文章复制发言中的传奇，我也争取不打击你。演讲大师中，也有从未出过书的。"

但菲利斯也讲规矩。我的两个老毛病，就是因他的几句话而改掉的。

我上课爱迟到。小学时是因为贪睡。中学时就是喜欢犯点小错，才能危机感和满足感并存，更能耐下性子听课。上了大学，赶上MC的大雪封门或是疾风骤雨，迟到则是常态。偶尔有教授点名，我嘴上道歉，心里却不以为然。因为，赶上真正重要的事，我并没有耽误过。

菲利斯的第二节课，我又是开课几分钟后，才火急火燎地赶过来。我拿出笔记本电脑时，碰翻了桌子上的杯子，哗啦啦洒了一大片咖啡。正难堪中，余光瞥见还有来得更晚的同学，稍感宽慰。

菲利斯"Oh no"地直呻吟："电脑没进水吧？"

下课前，他专门留出了 1 分钟，告诉我们一个"提议"：如果他上课迟到 5 分钟以上，我们就不用等他了，可以直接回家。

我猜出了下文。不过，他的措辞很是和气："如果你们有谁跑到了教室门口，发现已经迟到 5 分钟了，也可以扭头回去寻欢作乐了。公平不？"

一句"迟到者不准入内"的禁令，被他说得这么艺术。谁还敢再迟到呢？

我的另一个毛病，是发言蚊子声。高中时，大部分发言是被迫为之，或没有底气，或没有兴趣。到了美国，再怎么练嘴皮子，也比不上美国人，所以就更是细声细语，以遮掩口音。

此后不久的一次课上，菲利斯提问我：为什么法国作家西蒙·韦尔的书评《论伊利亚特》引得非议声一片？

我说："因为韦尔过于理想主义。按照她的表述，《伊利亚特》的主题是讲战争如何让人性异化，和平又如何让人性升华，因此，应尽最大努力追求和平，避免战争。韦尔的观点正确，但不合时宜。她写书评时，法国正面临德国法西斯的进攻，战争迫在眉睫，正忙着保家卫国的法国人，看到韦尔的作品，会觉得她要么是不谙世事，要么是投降派。"

菲利斯点了点头，然后说："未兹，你不介意我当你的广播喇叭吧？"

他声音洪亮，向全班复述了一遍我之前所讲，几乎是一字不差。

教室里有人鼓掌。不管是起哄，还是欣赏，都让我难堪。

菲利斯本可以让我自己转过身去，给全班再讲一遍。但他不愿用言语劝我，只想用行为打动我。

他也可以用一两句话概括我的观点。但他要我知道，他重视我说的话，希望我对自己的表达有信心。

菲利斯也可以夸我一番，最后再来一句"下次大声点"，有三个教授都这样做过，收效甚微。

而他广播了一次，我就没有第二次了。

菲利斯布置的阅读作业，有繁有简。简者如小学生都能读的《爱丽丝漫游仙境》，繁者如莎翁的戏剧、希腊的史诗。他的课程安排肥瘦相间，在学期伊始，阅读任务比较重。而在期中期末的关头，当别的教授加料加码时，只有他布置的阅读材料，不仅内容上轻松，而且篇幅也控制在一周 100 页之内。就像是填鸭大餐之后，让我们来一口消食的甘泉。

翻开《爱丽丝漫游仙境》，他抬头看了看为了其他科目而点灯熬油，此刻正托着下巴打盹儿的同学，说："你们有没有发现这本书的前言有 30 页？多好啊。刚翻开书就读到 31 页了。"

他知道我们一忙起来，就不读前言和后记。但他要告诉我们，前言和后记，有时比全书能教给我们的还多：不但有总结概括，还有提炼升华。

讲爱丽丝的整节课，他着眼于这本书的时代背景和幻想背后的寓意。他解读了一些看似荒诞的段落，讲作者如何借荒诞来讽刺维多利亚时代的风俗，批评当时的教育思潮，揭示社会心理。他讲这位疑似恋童癖的作者的奇闻逸事，讲他的攻击者和支持者的各执一词。

　　期中之后，没多久就是期末。不过，菲利斯的那节《爱丽丝漫游仙境》课，让我之后的复习考试好过了不少。菲利斯指出了书中的一个双关语"reeling and writhing"（扭来扭去），其谐音是"reading and writing"（读和写）。而面对着读不完的书、写不完的文章，我禁不住要在图书馆的转椅上扭一扭。很减压。

　　菲利斯能把简单的书讲得深刻，更能把复杂的书讲得通俗。莎翁的《一报还一报》，大家刚接触的时候，有点无所适从。而他一句点拨就让人豁然开朗："这书，主要就五个主题：官员腐败，人都怕死，美女不愁嫁，宽容是美德，小人物要伺机办大事。"他从几个主要人物的不同命运入手，一一分析这些主题。而在快下课的时候，他说，"在莎翁面前，我只是个小学生而已。希望你们将来能当高中生。"

　　那个假期，我把《一报还一报》又读了一遍。本来，在莎翁灿若星辰的作品中，《一报还一报》我并不是很喜欢，因为其文字有时华美高贵如阳春白雪，有时粗言鄙语如贩夫走卒，情色辱人如老鸨王八。但再读之后，则是和以前完全不一样的感觉，尤其是书中形形色色的冲突，很是耐看。

　　其中，有一个冲突是关于罪与罚的。克劳狄奥搞大了一个女子的肚子，被判死刑。

　　克劳狄奥的朋友向摄政安哲鲁求情，理由是："我知道您在道德方面是一丝不苟的，可是您要想想，您也有感情用事的时候。万一时间凑合着地点，地点凑合着您的心愿，或是您自己任性的行为，可以达到某种目的，您自己也很可能在您一生中的某一时刻，犯下您现在给他判罪的错误，从而堕入法网。"

安哲鲁回答："法律所追究的只是公开的事实，审判盗贼的人自己是不是盗贼，却是法律所不问的。你不能因为我也犯过同样的过失而企图减轻他的罪名；倒是应该这样告诫我：现在我既然判他的罪，有朝一日我若蹈他的覆辙，也有可能被判同样的刑罚。"

安哲鲁信誓旦旦，一副正人君子之态。可没过多久，当克劳狄奥的妹妹又来找他，为哥哥求情时，他却打上了清纯少女的主意。幸亏老公爵回来，及时将他赶下台，阴谋才没有得逞。

这一对话让我想起《圣经》里的一个故事。

耶稣传道期间，有人将一个行淫时被拿的妇人带到耶稣面前，对耶稣说："夫子，这妇人是正在行淫之时被拿的，摩西在律法上吩咐我们，把这样的妇人用石头砸死。您说，该把她怎么样？"

耶稣说："你们中间谁没有罪，谁就可以扔石头砸她。"

拿人的和围观的听见这话，就一个一个地离开了，只剩下耶稣和那个妇人。

《一报还一报》的起点，很像《圣经》中的那句话："你们用什么量器量别人，也必用什么量器被量。"①

但菲利斯并没有给我们灌输这些。他的那句白话总结"官员腐败，人都怕死，美女不愁嫁，宽容是美德，小人物要伺机办大事"，肯定会让老学究们摇头，但对我们，却是激发兴趣的钥匙。

800多页的《伊利亚特》，我是读下章，忘上章。菲利斯梳理了一下情节后，就将重点放在全书几个最经典的比喻句上。他告诉我

---

① 见《圣经·马太福音》第七章。

们这些比喻句是如何影射人物的性格，又是如何表达作者的思想，既迅速点出了荷马的语言特点，又让我们不费太多的心力，就能够在露珠中感悟荷马的世界。

菲利斯的讲课方式，对我后来的读书习惯影响很大。简单轻松的书，有时间可以细细读，不然会错过很多精彩。艰深费解的书，只要把握主线和其中的某些重要段落就可以了。否则，读得痛苦，而落实在脑子里的也不一定多。

菲利斯很懒。回复我的邮件，他常常是一句话了事，结尾没有落款，开头没有称呼。他对我作文的评语，是我所有的教授中最短的，最省事的一次，只是画了一个大笑脸。我的语法错误，他不改正，有时连条红线都懒得画。

菲利斯布置给学生的阅读量和作业量，在所有教文学课的教授中，也是数一数二的少，而留给自己的工作量，也是如此。而且，多少年来，同样的课，他用同样的书，布置几乎同样的阅读材料。

但菲利斯回复我邮件，时效性最强，几乎没有出过两个小时。显然，很多时候，他是在用手机写邮件。这样的效率，即使在 MC 这样强调师生沟通的学校，也属罕见。简直达到了大律所和大公司老板对小职员的要求。

菲利斯虽然吝惜写评语，但是我每次拿着作文，去他办公室请教，他稍作回看，就能很详细地告诉我怎样修改。他记得哪个地方出彩，哪个地方有问题。他对我文章脉络的把握，有时比我自己还清楚。

这让我不得不佩服他的识人、他的巧妙。不认真的学生，纵使花大力气点评，咬文嚼字地注意保护学生的情感，学生也不一定领情。中等的学生，得了高分就会满足，而得了低分也不会去找教授。只有认真之人，无论拿到什么成绩，都会去讨教。而菲利斯想把时间留给第三种学生。

但菲利斯也很公平，不会因为谁常去讨教，就网开一面，降低标准。他给分的原则，要看学生有没有真正的进步。有进步的，分数就不会太差；没有进步的，分数就不会太高；如果你有进步而且相对水平比较高，高分绝无问题，即使你从未与他交流过。

大部分教授在讲同样的课时，会用不同的书。没有经年累月的重复，就能让学生保持一种神秘感。而菲利斯的阅读材料，只要问问他过去的学生，基本上八九不离十，哪里还有什么信息距离？

但菲利斯不靠信息距离树立威严，他的威严在课堂上，在他对作品的信手拈来，对作者的独特理解。他不靠换书来防止自己无聊，而是让你沉浸在他的表演中。当然，他自己也沉浸在演出中。

在 MC 主页的报道中，菲利斯的出现频率是最高的。

今天，他在《纽约时报》上发表了一篇影评。明天，他在《华盛顿邮报》上，给一位刚过世的哈佛教授写纪念文。后天，他在《新共和》评论时政。再过几天，他出书了——诗人艾米莉·狄金森的新传。

他出过几十本书。从他当教授起，几乎一年一本，政治、历史、文学、心理学，无不涉猎。

写书是他的事业，教书只是他维持稳定收入的职业。他在用尽可能少的时间，满足尽可能多的人，既对得起别人，也对得起自己。

菲利斯的课，是我上的第一门英语专业核心课。也是因为这门课，我动了主修英语的念头。我在学校的课程网上发现，他一共教过7个专题，如果我能跟他上三四门课，英语专业要求的核心课程，就能完成小一半了。

我去问他愿不愿意当我的专业指导老师。

他压低了声音："不要外传啊。明年副校长的位置要空缺了，校长想让我顶上去。"

见我无言，他调侃道："干吗不祝贺我升官？"

我知道，那是份并不清闲的差事，对于喜欢写书而且擅长写书的他，绝对不是首选。

我也知道，这两年，MC似乎出了点状况，不然，学校的排名怎么老是往下掉？

他看着我，会意地笑笑。

"以后有问题，照样来找我。"

但是，副校长办公室不是那么好进的。行政楼里有秘书，即使他愿意见我，秘书也不一定会给我安排。校长嘛，就该干校长的事。

交了他的期末论文，我抓住最后的机会，去问问学习方法。我也顺势请教他，下学期，哪门课不要错过，哪门可以避开。

他闪开了矛盾，而是动情地讲起了他对和服的研究，讲鹅肝酱和鱼子酱，讲他们小镇的一次爆炸案，讲他刚过世的老爸。

老爷子从四十多岁起，就有早衰性老年痴呆症。

"您那时还很小吧？"

"可不。我是他的老儿子。我最怕的，是他躺在沙发上看电视睡着了，醒过来，突然抓着我的手叫'萨拉呢'？萨拉是他在犹太人集中营里死掉的前妻。"

见我捂住了嘴，他说："噢，有时候不那么悲惨。上次我去医院看他。他满心期待地说，你知道么？今天菲利斯要来看我！我说，爸爸，我就是。他说，你都这么老了？"

就这样，我听不到他对同事的好评或是微词，就像在他的课上，我很难看出他偏爱哪个小说家或诗人一样。他讲，每个作家都有自己的精彩，也都有自己的失败。作为教授，我能够告诉你的只是如何欣赏精彩，如何鉴别失败。一如你是喜欢苹果，还是喜欢香蕉，是你的权利，我不应该也不可能强加于你。

学期的最后一天，是填教授评价表的日子。他把表一一发到我们手中，就出门回避了。这种表，是给学校做记录用的，和教授评价网作用不同。我看着问题，发着呆，想起教授评价网上寥寥几笔的正面评价，也明白了它难写的原因。写正评时怀有的感情，比负评要更复杂，更难以言表。

身旁，即将毕业的学姐揉着眼睛，说后悔自己没有选英语专业。

工作人员收走了表格，菲利斯回到教室。全班的女生，排队跟他合影。于是，我也有了一张粉丝傍明星的照片。

他真的当了副校长。我也没再见过他。

于是，每当有人问起我，为什么要选英语专业，我都气不打一处来。都怪菲利斯，把我拐卖了。从他以后，我再也没有遇上那么好的教授。

这个"好"，当然是片面之说。MC 盛行的教授评价标准，分为四等：第一等，让学生既享受学习，又能收获颇丰的；第二等，让学生享受学习但收获平平的；第三等，学得痛苦但有所收获的；

第四等，无谓的辛劳。

按照这个标准，菲利斯是当之无愧的第一等。而我的大部分教授，不是第三等，就是第四等。

这样讲，很容易得罪人，也很对不起我的恩师们。但我对 MC 课堂最纯粹的美好回忆，主要都来自菲利斯。

菲利斯不是最负责任的人，但他会很负责地对待每一个想学习的学生。

菲利斯不是多愁善感之人，但他很注意保护每一个学生的情感。

菲利斯不是较真儿之人，但他对学生的事却很认真，无论重要与否。

菲利斯不是简单的乐天派，但在他的课堂上，我们感受到的是愉悦，收获的是潜移默化。

他在哈佛从本科读到博士，却选择了我们这个小学院。他把名利看得很轻，却一点也不消极。他以出世的精神做着入世的事情，但必要的时候，也能为了大的坚守而放弃自我的坚守。想起诸葛亮"非淡泊无以明志，非宁静无以致远"的教导，再看看菲利斯的做派，心里净是感慨。

别的教授没有想到的，菲利斯想到了。别的教授奋力去做的，他似乎很轻松。不少全心全意的教授，在教授评价网上落得一片骂名，但自由自在搞副业的他，却是好评如云。

夏天回北京，和高中同学聊天。

她们问我，看过《来自星星的你》吗？知道都教授是如何的英俊帅气、如何的学识渊博、如何的包容温情，而且能为爱改变、为爱牺牲吗？可惜，这样的教授只能出现在电视里，出现在小说里。

我说，这样的教授，我就见过。

其实，在我遇见菲利斯之前，我也不认为有都教授，只有对无穷无尽的作业和考试深感厌倦。等待着放假，等待着升学，等待着看不到头的下一步。

其实，我就生活在教授的圈子里，我的姥爷、姥姥、母亲都是老师，但他们的生活都很辛苦，甚至比他们的学生更辛苦。所以，在姥姥建议我考虑教师职业时，我说，像你们这样子，只有辛苦，没有生活。

但现在，我常常在想，要是能成为菲利斯那样的教授，也就别无他求了。

私人定制

　　我的经历和美国同学不一样。我没有兄弟姐妹，写不好大家庭里的事。我没有过真正的早恋，写不好浪漫。我对美国社会和历史的一点了解，又不够我拿美国做背景。但是，我写中国的事，却是美国同学写不了的。

晚 7 点，因为是深秋，天已经漆黑。

我和萨维诺教授从他办公室走出来。一边走，我一边给他讲《围城》的花絮：讲方鸿渐买了假文凭应付老爹，回国后，却发现为其自豪的家人在报纸上登广告，庆贺他荣升克莱登博士。讲被称为"局部的真理"的鲍小姐和那顿"鱼像海军陆战队，已登陆了好几天，肉像潜水艇士兵，会长时期伏在水里"的窝心饭。讲方鸿渐想向苏小姐显摆学识，说苏小姐扇面上的诗是抄袭之作，没曾想，那是苏小姐的得意之作。讲方家的大钟老是慢几个小时。讲主人公最后的凄凉。

讲到兴奋处，我挥着胳膊甩着手。萨维诺笑得前仰后合，差点打不开办公楼的大门。

晃着脑袋出去，他突然不笑了。门口站着三位我不认识的教授，正谈着事。看到这么晚了，还有人出来，他们都愣住了。

年岁最大的那位最先回过神来。

"晚上好，萨维诺先生。"

他这么称呼，很少见。教授间，一般都是叫名不叫姓，更不会说先生。

"晚上好，各位！"萨维诺高调介绍我，"这是未兹，我单独辅导的学生，上次得奖的那个。你们以前见过她么？"

大家默然应着。

我赶忙说，各位晚安，我先走了。

我向着宿舍的方向，走到快一半的时候，身后响起了喇叭声。是萨维诺，正在招呼我上车。

"您还送我？我们都快出绯闻了。"我说。

"肯定的。"他一脚油门，冲过寂寥的小路，就到了我的楼下，"你上去吧。我要倒大霉了。"

"您说什么？"

他拖着长声，模仿着纪律委员会官员的语调："萨维诺先生，我们对你的行为深表遗憾。但是，我们愿意给你一个解释的机会。请告诉我们，你和未兹同学什么时候开始的？"

绯闻事件当天，萨维诺在办公室里给我上了 5 个小时的课。他先用两个小时讲完菲利普·罗斯（Philip Roth）的长篇小说《鬼作家》（*The Ghost Writer*）。然后，和我一起讨论我刚刚交的一篇短篇小说。我的主角是民国时期一个一心报国，却卷入军阀混战，最后成为炮灰的倒霉蛋知识分子。萨维诺想了解历史背景，问了我不少问题。我们讨论的范围也因此拓宽，以至脱离主题。我聊到了同是写知识分子的《围城》，摇身变为讲课之人。不知不觉中，分针竟然转了两圈。

每周一次的单独辅导课，至少要用 3 个小时。如果我废话多一点，时间就会更长。而他回到家，批改我的作业还要花多久，我从来没有问过。

我们这种特殊关系，要归功于 MC 的特殊政策。

在 MC，所有教授都有权选学生开小灶。小灶的官方名称为独立研究（independent study），没有博士课的难度，却享受博士生一对一的待遇。

小灶里，理科生帮着教授做实验，经济生则帮着教授找数据，写论文。论文如果发表，上面会有学生的名字；即使不能发表，至少能写简历。

文科生从特殊政策里拣的便宜最大。因为文科的资料很主观，教授如果让学生帮着分析，没准会南辕北辙。而写文科的论文，个人风格很重要，教授不可能让学生代笔。

于是，文科的小灶，与其说是教授主导，不如说是学生主导。学生想学什么，和教授说，教授会开列书单；想写什么，自己写，教授会给点评。而且，这种课的成绩，只要学生的态度还过得去，教授也不会为难。曾经的得意门生，现在给个 B，学生难过，教授也别扭。

MC 给教授开工资，要靠学生的学费。如果让吃不到小灶的多数，去负担吃小灶的少数，说不定会民怨沸腾。所以，MC 对小灶的时间有严格的规定，小灶超时，后果自负，别想着找学校要加班费。

所以，理科教授开小灶，还可以说是在招兵买马。而文科教授开小灶，纯粹是在为学生服务。唯一的好处，是可以避免好徒弟转投他人，让自己在优秀毕业论文导师榜上无名。

这点好处，性价比太低。有些教授难免会敷衍了事。

劳拉做过希区柯克的专题，看了一本书和五场电影，就结束了。

凯西每次去见教授，发现都是赶上他的答疑时间，一群基础课的小朋友嗷嗷待哺地排队站在门口。她只好三言两语概括一下这一周的读书感言，赶紧走人。

不过，总体说来，文科的小灶，质量也是有保障的。政治系的学姐告诉我，她的师父去法国出差，还会帮她带几本对她的论文有帮助的书。

哲学系的学姐则说，根本不用师父推荐什么书，就师父的书，估计我这一辈子都吸收不完。能和这样的人多待几个小时，已是荣幸之至。

可是像萨维诺这样，勤勤恳恳开小灶，以至于绯闻缠身的，不说绝无仅有，也是为数甚少。

萨维诺认识我，是在他的小说写作课上。我刚到美国一年多，虽然读过的小说不少，但写小说却是头一次。何况，班上除了我，是清一色的美国妹，很多人都在报刊或网络媒体上发表过作品。所以在班上，我几乎是一言不发。

萨维诺的讲法很直接。每周布置我们读一个短篇，再留一篇与这部作品有相似之处的作业。

读詹姆斯·乔伊斯（James Joyce）的《阿拉比》（*Araby*），他让我们写一个由小时候的一段经历所启发的故事。

读乔伊斯的另一个短篇《泳者》（*The Swimmers*），他要求我们写的故事中，"有人物要浸在水里，可以是浴缸、大海、泥潭，或者别的什么地方，只要有水就行"。

读弗兰克·奥康纳（Frank O'Connor）的《国家客人》（*Guests of the Nation*），他让我们写的故事中，有"某个角色私藏手枪"的情节。

　　一天，我们坐在教室里等他来上课。有人发起牢骚来：他的题目，也太多了。每周一篇，谁能保质保量呢？

　　星星之火，很快变为贬损萨维诺的大火。有人说他留的题目多也就罢了，关键是激发不起创作灵感，不像自己高中时的老师，带着学生去湖边，让大家闭上眼睛躺在草地上，然后在每人手里放上一把破旧的铜钥匙。有人则说他分析起名篇，思维片面，不爱听学生的意见。

　　我没有插嘴。即使萨维诺的有些题目挺牵强，我还是宁愿读读名篇，也别晒着太阳，摸着破钥匙。但我辩论不过一屋子的小作家。

　　萨维诺不够圆滑，上课时不会在否定学生的回答之前，先笑吟吟地说上一句"你讲的非常有趣，但是……"。他直截了当的"不对"，定然是打击了不少积极的发言者。不过，对我来说，一言堂可比百家争鸣要奏效得多。

　　这时候，萨维诺进了教室，开始发我们上次交的作文。

　　他给我手写的一页评语中，最后是这么一句话：你很有天赋。下课后，到我办公室来一下吧。

　　我受宠若惊，去见他时，他俨然是一副收徒弟的姿态。

　　接下来的学期，我就吃上了小灶。

　　我能有什么天赋呢？只是，在萨维诺眼里，十个美国同学写的美文，比不上我的一篇奇文。

就拿那个"泡在水里"的短篇来说吧。美国同学写的，言辞都很是优美，而且，篇幅也符合他的要求，在8页以内：

一位女士给婴儿洗澡，差点把自己给淹死了，因为，她得了产后忧郁症，把自己的头伸进澡盆里了。

一位年轻女士裸睡被偷窥了，却天天幻想和偷窥者共眠。偷窥者来了，她却胆怯了。

一对苦命鸳鸯在隐蔽的小河边谈情说爱。当然，世上没有真正的"隐蔽"，结果，自然是曲终人散。

种族隔离时代，一个黑人小孩误闯白人的泳池，引发了村民大战。最后，小孩子一个人背井离乡。小孩无辜的朋友成了嫌疑人，在反抗中被私刑处死。

而我写的，不仅篇幅超标，达15页，而且满纸语法错误：

小学联考，淘气包用手机作弊，被班主任带到办公室写检查。办公室里还有班主任的宠儿——提前交卷的班长。他正在修改他将在家长会上做的演讲。

淘气包给班级丢脸，被班长一通责备。淘气包不服，两人对骂。

这时地震了。两个孩子都受了伤，被埋在地下，看不见对方但听得见对方。

两人的谈话渐渐变得友好。淘气包讲起他外出打工的妈，班长讲起他当官儿的爸。下雨了，两人泡在泥水中，眼泪和泥水混在一起。

两人越来越衰弱。班长每隔一阵子，就会问问淘气包几点了。

淘气包说，幸亏我有手机！可这手机也快没电了。

淘气包睡着了，醒来时，发现手机应该是掉在水里了，找不到了。

班长急了，骂淘气包是废物。淘气包第一次真诚地道歉，疯狂地找手机。余震来临，他还在找，来不及躲闪，被小石子击中。班长叫着他的名字，说求你别找了，没有关系的！

可淘气包已经听不到他的声音了。

班长获救，被挖出时一直哭喊着，让人别管自己，快救救淘气包吧。全程被记者录下。班长成为抗震小英雄，在一旁观看救援的班主任很是得意。

被抬上救护车后，班长垂下手，扔掉了自己的手机。

原来，他也带着手机。

原来，自从被埋到地下后，他就关机了。他想，等手机通信恢复后，再用手机求救。

成为萨维诺教授的小灶徒弟后，他告诉我说，他留"泡在水里"的作业已经20年了，读过不下1000篇作品，其中，900篇的内容差不多，100篇有点新意。但我这一篇，给他的印象最深刻。

我不像美国同学，会因为对老师的教法不赞同，就失掉积极性。我战战兢兢地举手发言，就算是被一个"不"字打发掉，也只会怪自己基础差，傻笑一番罢了。

我自知无法从语言上更胜一筹，就得在情节上出奇制胜。我的目标，就是要保证自己写的，没有别人在写。一听到"泡在水里"的作业题，我首先就把浴缸、游泳池、小河统统排除掉。

我的经历和美国同学不一样。我没有兄弟姐妹，写不好大家庭里的事。我没有过真正的早恋，写不好浪漫。我对美国社会和历史的一点了解，又不够我拿美国做背景。但是，我写中国的事，却是美国同学写不了的。

所以，我写出了让萨维诺难忘的手机故事。

这个短篇在萨维诺的指导下，我前后大改 8 次，还得了个奖。

萨维诺最初的评语是，这个故事除了淘气包比较有血有肉，校长和班长的形象都太单薄。于是，我把全文分成三个部分，第一部分是校长的视角，第二部分是淘气包的视角，第三部分是班长的视角。这样，三个人的内心世界就都丰满了。

萨维诺又说，班长和淘气包聊天的那一段，太简约了。淘气包在结尾死掉了，而读者对淘气包过去的生活，了解还不够多。于是，我在延长对话之外，又加上淘气包泡在水里时，对过去生活的大段回忆。

再过几周，萨维诺想起，地震的场景描写不够详细。重大事件，怎么就几句话概括？于是，我搜肠刮肚地找词儿，把网上能搜到的地震视频都看了一遍。

都要定稿了，他左右审视，觉得我把班主任写得太坏了。他把淘气包关在办公室，是有责任的。淘气包死了，他就一点不难过么？我说，那么多学生都失踪了，人家早就麻木了。萨维诺说，把这个写上。

每一次重读我的故事，他都能发现新的问题。到最后，没有一个段落没有修改过，而篇幅也从 15 页变成了 39 页。

我从他的小灶里，一共出炉了十多个短篇，每个短篇都经历了或大或小的几十次手术。

语言上的小手术就更多了。而且，原先经他认可的语句，经常会因内容的大手术而被删掉。骨头都没了，皮肤更得重新做。

我的一个形容词用得不好，他会翻出字典，找到同义词，一个一个做试验。大多数情况下，我们得出的结论，是这句话还是不要用形容词为妙。

我的句子写得太啰唆，他会让我当场拿笔重写，然后读给他听，直到顺畅为止。拿着笔，人更会三思之后才动手。打字省力，删起来容易，会让人肆无忌惮，废话连篇。

我的比喻用得俗，是他最不能接受的。他的原则是，宁愿不用修辞手法，也不能落入俗套。他对"俗"的界定又太宽泛了，基本上我会用的，差不多都挺俗。

英语毕竟不是我的母语。无论他纠正多少次，我的功底还是不够的。

我在小灶里，又读了很多萨维诺推荐的小说。每一篇，他都会从头到尾，画出那些最值得我学习的词、句式和修辞手法。一本本的新书都变得满篇红线，到处圈圈点点。他给我读他最喜欢的段落，问我哪儿写得好，也问我如果要描述同样的场景，容易犯什么错误。

他像是教小学生一样，掰开了揉碎了给我讲，却希望我成为大作家。

获奖后，我去感谢他，但同样的话已经讲了太多遍。我问："怎么才能感谢您呢？给我个机会，让我也为您做点什么吧。"

萨维诺装着可怜巴巴的样子，说："要是成名了，可别忘了我。"

有萨维诺确定的成名目标，我也是胆子越来越大，什么都敢写。

　　我写退役运动员为生活所迫而干出的奇事。萨维诺夸我想象力丰富。其实，那是国内媒体上出现过的类似报道。

　　我写贪官污吏的故事。他说我涉世未深就有这般老练，难得。其实，随便看过几套央视的官场剧、帝王剧，或是地方卫视的后宫戏，就有思路了。

　　我写军阀混战中的事。他不知中国历史，看不到其中的各种硬伤。

　　我写破绽百出的伤痕文学。他没有读过这样的文章，还以为我走在揭露黑幕的前沿。

　　整整一年。每周五下了最后一节课，我都会在图书馆的咖啡店买上两杯茶。大杯是萨维诺喜欢的豆蔻奶茶，小杯是我喝的茉莉花茶。我坐在他办公室的沙发上，看着窗外由日头西沉变为繁星点点。有时，我们的讨论声太大，引得隔壁神经质的希腊语老教授来敲门投诉。有时，安安静静一个小时，我写下灵感，他判起作业。

　　只要没有急事，他都会问问我写的某个故事背后的故事。我没有必要保密，就大谈自己小时候的大闹天宫。我跑题了，他却眼前一亮，说，这件事你也可以写写嘛。

　　我讲过了头，他会看看表，说："我该回家了。噢，对了……"一句"对了"，意味着他和他太太的烛光晚餐又要泡汤了。

　　他的新书发布会，我自然要去助威。

　　这一去不要紧。

　　我读了他刚出版的小说集中的两个短篇，理论上都应该是他的得意之作。

第一个讲一个天主教士与小姐偷情的事。

第二个讲一个失业青年喝止咳糖浆上瘾，一直想戒却屡屡失败。

离开发布会，我做的第一件事，就是把书店里所有能找到的萨维诺的书全部买了一本，把网上能查到的书评全都读了一遍。他的用词很考究，修饰很得体，结构很完美，但总觉得缺点意境，欠点深度。没有信手拈来的灵动，而是靠反复的雕琢，才制造出人工的完美。

班里同学对萨维诺的苛责，也许不全是空穴来风。而萨维诺对我的另眼相看，是不是误判，我不愿细想。

他的小灶，是为我私人定制的。我的作品，也是为他私人定制的。跟着这样的师傅，今天有小灶，明天就怕没饭吃。

过了暑假，萨维诺问我，什么时候再开小灶。我问他能不能缓一缓，等下学期。我得转变思路，才能有突破。

他洞若观火："你是不是不想写了？"

"这学期的其他课太难。我怕我的时间排不开。"我推脱。

"你不用写新的，"他宽宏大量，"你把之前的所有作品放在一起，挑最喜欢的，再好好改改，改到可以发表的程度。"

"不用了，谢谢您的好意。"

"为什么呀？你今天不给我个理由，就别想走了。"

我迟疑了半天，终于说道："我那些故事都什么结尾啊？这个小孩死了，那个老头跳楼了，这位先生疯了，那位太太杀人了。我光是读读，就要得心理疾病了。为什么放着好日子不过，净写这样的东西，传递一堆负能量。可不写悲剧，写喜剧，一个人的逗乐能力又太渺小，不如集思广益效率高。"

话一出口，我就后悔了。可萨维诺并不介意。

"我承认，你不是什么阳光好少年。但要是作家们个个都是微笑大使，我们就只剩宣传片，没有名著了。"

"您说的那些大作家，哪个不是身世悲惨，一生颠沛流离的？孤儿率很高，贫困率很高，酗酒率很高，自杀率很高，不然也没那么多创作素材。我没那么苦，还要写苦事，和真正的苦人比苦，何苦呢？"

"那你是该出去吃点苦了，"他朗声说，"到墨西哥的农场打工，有点生活经历，再回来写。"

我铁心辩论到底，"我的生活经历真是太少。除了想象，没什么素材来源。天天对着电脑屏幕，瞎编些贪官的对话、刺客的心理、精神病的怪癖……您不觉得假，我还觉得假呢。"

"你有这个能力，你不写。难道等着贪官话廉洁，刺客写自传，精神病人写反思？多查点史料，多读读名著，你就能写得更真实了。"

我拿出了撒手锏，"不管真实不真实，我干吗要把自己的国家写得那么差劲呢？本来，美国人对中国就印象不佳，我干吗要煽风点火，添油加醋呢？"

他看着我，缓缓说，"你知道我不是这么想的。"

"您不是。可很多人是。他们看到中国的破事就幸灾乐祸，看到正面的东西就说政府演戏。我干吗要迎合那些人？"

"我认输了，爱国者。"他做了个"嘘"的手势。沉吟片刻，他又抬起头来，莞尔一笑："你的口语进步真大。"

当然，我始终没有告诉萨维诺，他可能是高估了我。他是勤勤恳恳，任劳任怨，可他的写作思路和教学方法，或许真的有些狭隘。

创作，本身就是不能靠教的。大作家的才气，是只可意会不可言传的。就算有的技巧可以被学习，但从它被发现的第一次起，就像是仿造的玉、人工的钻，失去了本来的韵味。干这一行，若是天资不够，不论付出多大努力，最多也只能成为工匠，成不了大师。

不过，萨维诺给我的东西，一直都用得上。

从上中学起，我一直就有个困惑，为什么我的记叙文，越写分越低？

老师给的命题，我经常没有真实事件可以往上套，只能编。编的时候，又心虚，总怕被看出来，免不了挨批。写作，是要有生活积淀，要有真情实感的。我一个学生，又有多少生活积淀？

而在萨维诺这里，我的工作就是编：编一个主角的家庭背景，琢磨官宦世家和将门之子哪一个更合适；编一个配角长相上的小缺陷，在鹰钩鼻和雀斑脸之间摇摆。

故事编久了，我就发现，所谓真情实感，不需要看事件本身，而要看怎么写。真实的事情写不好，读着可能比瞎编还假。而编得有技术的，完全没有经历过的事情，也会显得很真实。

故事是记叙文的一个变体，要体现出普适性的价值，就不要在乎有没有发生过。每个人看到的事情，都只是事情的一个侧面。每件发生过的事，成为文字，都掺入了写者的理解。与其还原那些不可能被还原的真实，还不如让故事情节跟着自己的感情走。

但真情实感怎么写呢？

我的文字不够优美，但萨维诺告诉我，如果不是自然的优美，那么宁要简洁，也不要复制修辞；宁要白话一篇，也不要为了标榜自己而引经据典。

我的思维比较跳跃，会在无意间省略不少内容，但萨维诺告诉我，要相信读者的智商。井井有条很重要，但惜字如金更重要。

我的写作速度不够快。但萨维诺问我，快餐和慢炖，你喜欢哪一个？

他的理论，就是只有把自己的风格发扬好，才能写得好。发扬不好的，宁可保持本色，也不要千篇一律地模仿。

这个教我编故事的人，其实一直都在教我怎样写记叙文。

法学院面试的时候，三场面试的面试官都注意到了我的那个小说奖，问我写小说有什么收获？

法律圈的人普遍比较保守，对作家们一贯的我行我素也是颇有微词。所以，我着重讲了我修稿 8 次的过程，说自己脸皮很厚，挨多少次骂都能接着干活儿，纠正错误，不断完善和提高。

三个面试官都表示赞同。

我给萨维诺讲了自己的面试。他灵光一现，说："你将来当了律师，就会有很多素材，不用搜肠刮肚地瞎编了，对吧？"

我语塞。

他乘胜追击，说："而且，你要是在美国工作，写美国的黑幕，就不用毁了自己的爱国者大名，是不是？"

他还说，如果我将来出小说集，他愿意当我的编辑。

他是 MC 的教授，也是一家出版社的小说编辑。

血色浪漫

　　整整一学期，若不是她的点拨，我不会知道，写"老虎和羊羔"的怪人布莱克，原来是了不起的预言家、思想家；爱水仙的田园大叔华兹华斯，原来也是个老牌革命者；拐了16岁女孩玛丽私奔的雪莱，原来悲天悯地、心忧全世界；想入非非的柯勒律治，原来想的都是正事。

科恩教授是 MC 教授中的美女一号。在一群身材走形的大妈和脑顶半秃的老头儿中，这位 30 岁不到的新科博士鹤立鸡群，很是抢眼。

科恩个子高挑，长腿细腰，纤纤长发被风一吹，飘拂在空中。特别地，她还喜欢踏一双高筒黑皮靴，咔咔地阔步于白雪地里，唯恐回头率不高。

她穿着衬衫和小马甲来上课，台下是一片手机在照相。有同学把她美图成了中世纪的翩翩骑士，发到 Facebook 上，吸引了不少眼球。

她在图书馆还书，是一身朴素的 T 恤和短裤。她无意间回头，把排在她身后的我吓了一跳。因为她的纤细身姿，光看背影，还以为是镇上的高中生呢。

初次见到她，是在浪漫主义文学的初级课上。那时候，开学已经三周，是换课的最后期限。我正在上的哲学课太烂，正在四处寻找跳槽的可能。虽然大部分教授不大喜欢插班生，而且科恩的课也已经报满，我还是不顾脸皮，写了一封邮件问她，可不可以再容我一个？

因为，曾有师姐告诉我，她的思想很深刻。

她不仅回邮同意，还把前几次课上的阅读材料扫描发给了我。她说，我可以试听一两次，若是不感兴趣，不来也没关系。

我太感兴趣了。因为，她阅读单子上的诗集是一派超然脱世：华兹华斯的田园野趣，柯勒律治的幻想世界，雪莱的澎湃激情，让我这个想隐世又不甘于隐世的学生，很是向往。

我立马翘了哲学课。

教室里的长桌围成一圈。科恩站在中间，没有讲义，没有板书，也没有咖啡，一派演讲大师的作态：头发甩着，双手挥着，英姿勃勃，给飘柔洗发水或劳力士手表做广告都是绰绰有余。

她在讲授布莱克①的诗集《天真之歌》和《经验之歌》，前者描写的是儿童纯真时期的欢快安宁，后者刻画的是成人经验世界的辛酸痛苦。她以《天真之歌》中的《羊羔》和《经验之歌》中的《老虎》开始了她的讲授。

《老虎》的第一段是这样写的：

> Tyger! tyger! burning bright
>
> In the forests of the night，
>
> What immortal hand or eye
>
> Could frame thy fearful symmetry?②

---

① 威廉·布莱克（William Blake），英国文学史上最重要的诗人之一，浪漫主义文学的代表性人物。《天真之歌》（*Songs of Innocence*）和《经验之歌》（*Songs of Experience*）为其最受推崇的诗集。

② 郭沫若的译文为：老虎！老虎！黑夜的森林中，燃烧着的煌煌的火光，是怎样的神手或天眼，造出了你这样的威武堂堂？

跃然于纸上的，是老虎的威严外表和蓄势待发的能量。一个让人望而生畏的老虎形象，很能激发起读者对生命的敬仰。

科恩激情澎湃地问：布莱克为什么要用"burning（燃烧）"形容老虎？为什么要有"bright（光辉）"和"night（夜晚）"的对比？

有同学半开玩笑地说，诗中的老虎，隐约是一个被"chain（镣铐）"铐住了的形象，是不是象征着地狱中的烈火，所以是"burning"？

科恩的绿眼睛闪着光。她接着问，大家把两首诗对照着看，有怎样的发现？老虎和羊羔有什么样的区别？

那个同学若有所悟，回答说，诗中的老虎一心要突破束缚它的镣铐和牢笼，是叛逆精神的化身；而诗中的羊羔似乎除了纯洁温驯，就没别的特点。它的沉默，与老虎的愤怒抗争形成了对照。

科恩激动叫好，又问了一连串问题：那么，布莱克写了老虎，还要写羊羔，他的用意何在？他喜欢老虎还是喜欢羊羔？老虎的叛逆象征着什么？羊羔的温驯又象征着什么？

班里冷场。

科恩抓住时机，滔滔不绝：

《羊羔》和《老虎》当然不是简单的童谣。我给大家讲一点历史吧。

布莱克是英国人，但非常关注法国大革命的动向。他写作的年代，英国虽说已经实现了君主立宪，但和法国一样，强权当道，说民不聊生应不算过分。布莱克同情底层，但更多的是哀其不幸、怒其不争。他是象征派的浪漫主义，不喜欢简单的现实描述，而喜欢超脱现实的朦胧感……

这就给我们想象空间了。是否可以说，老虎是一个蠢蠢欲动的革命者的化身，他也许不被外人理解，甚至已经被边缘化、兽化、魔化，但当时社会需要的，就是这样一种打破镣铐、冲出牢笼的勇气和力量。他的"燃烧"，就是要烧掉那腐朽的世界，改天换地，重塑乾坤……

而《羊羔》有点像当时常见的宗教童谣。羊的形象，既是对自以为是的教会的讽刺，又是对承受蒙蔽的教徒的讽刺。

羊羔是基督的化身，纯洁、弱小、仁爱，受尽屈辱甚至献出生命都无怨无悔。但马克思讲，宗教是人类的鸦片，因为有宗教的禁锢，盲从的人们，遭遇暴政也不知反抗，深受奴役也不知觉醒……

布莱克的名篇《天堂与地狱的婚姻》（*The Marriage of Heaven and Hell*）中，有一句名言"没有反对，就没有进步"（Without contraries is no progression）。我相信这既是在批判君主制，也是在传播一种理念：任何时代，都需要有挑战权威的声音。

没有一种制度是完美的。即使好的政策，如果没有批判的眼睛盯着，也有可能随着时间的推移而发生变化，走向退化甚至极端化。而极端化的结果，经常是混乱，是毁灭。因此，在任何时候、任何地方，都需要老虎，尽管羊羔总是大多数……

布莱克应该很清楚统治者对被统治者的禁锢压制，特别是对思想的禁锢压制。统治者经常是两手一起抓，一是 base，二是 superstructure。布莱克凭借一己之力，改变不了 base，但他可以挑战 superstructure。

对了，我说的是不是太多了？你们谁来说说什么是 base，什么是 superstructure？

这不是我小时候就学过的"经济基础"和"上层建筑"吗？在美国的课堂重温，备感亲切。

我举手，把国内课本上的东西复述了一遍。

科恩连连点头："布莱克挑战的，就是'superstructure'中的教育、宗教和主流文化。他的同时代人大多理解不了他的思想，所以，他的诗集并没有卖出几本。但今天，我们可以看出他对普罗大众的真情，看出他超越时代的洞察力。"

一节"羊羔和老虎"课，竟能演变成这样的效果，如雷贯耳，醍醐灌顶。

别的同学走了，我还在磨蹭着收拾书包，让心平静一些。

科恩走到我身边："比你之前的课怎么样？"

"好多了。那边是句句迂腐，您是句句经典啊。"

科恩露出美女特有的莞尔之笑："真高兴你能来。"

那学期，科恩的每节课，都像是带我去探险，在意想不到的地方行走，曲径通幽，别有洞天。

科恩总能变着花样地告诉我们：这首诗，其实还可以这么理解。

布莱克有一首诗叫《黑人小男孩》（*Little Black Boy*），读起来像是一个黑人小孩的自述。诗变成白话后的大意是：我很黑，但我内心很白很纯洁。我不怨上帝让我当黑人。前世受苦的人，后世是更容易进天堂的。哪个白人小孩子将来若是享受不到天堂的福气，我会好好照顾他。

科恩是怎么理解这首诗的呢？

她说，布莱克不是在夸黑人小孩善良，也不是在说黑人小孩狡猾。虽然他有很多抨击宗教的诗，但这首诗不是。

她说，在黑人小孩的心里，上帝很公正，他关上了门，又开了一扇窗：现在受苦受难，来世不再苦难。但黑人小孩的逻辑不对：黑人当家做主，就一定是天堂么？

任何一个社会，都不可能有完全的平等，即使没有种族差异，也会有区域差异或者阶级差异。何况人的本性，就是爱分高低，爱作比较。设想，若没有种族，没有阶级，没有地区间的差异，千人一面，这个世界又有什么意思呢？

既然差异难以避免，而没有差异又不是我们希望的选择，所以，反抗难以避免，但反抗带来的是人们希望的东西吗？假使黑人小孩从被统治者变身为统治者，就能保证他会善待白人么？

不一定。他现在很善良，但权力会改变人。

她接着说，人类社会不论如何发展，都只能有相对的平等。但统治者们，有可能因《黑人小男孩》的感化而大发慈悲，善待弱势阶层。

这么敏感的话题，科恩能讲得让班里的黑人同学不皱眉头，更让我钦佩不已。

在布莱克之后，科恩解读的是华兹华斯①的《咏水仙》（*I Wandered Lonely as a Cloud*）和《西蒙·李》（*Simon Lee*）。

前一首诗，是讲作者心情凄凉、感觉像云一样孤独地飘着的时

---

① 威廉·华兹华斯（William Wordsworth），18 世纪英国诗人，在诗艺上实现了划时代的革新，以至有人称他为第一个现代诗人。

候，发现河边有一群迎风起舞的水仙，精神为之一振，孤独之感也烟消云散。后来每逢孤寂之时，他都会想起这些水仙，幻想着自己与她们共舞。

后一首诗，是讲作者遇见了一个破败庄园的管家，主人死了，他的生活来源没有了，除了一个人留守庄园，无处可去。他想拔出一棵枯死的老树根，却力不从心，华兹华斯帮了他。华兹华斯看到他为自己的举手之劳而感激涕零，落寞地说，"世界上最让我难过的是什么？是这些苦人过分的感激。"

科恩是怎么看的呢？

她说，《咏水仙》不是简单的田园诗。之所以不简单，是因为诗所传达的内涵与后革命时代的景况密切相关。华兹华斯作为一个热血学生，曾经参加过法国大革命。但是，所谓的大革命，其实是大暴力，所谓的自由、平等、博爱其实是乌托邦。旧的专制者被推翻了，新的专制者又来了。

华兹华斯的安全受到威胁，理想遭遇破灭，颓然回到了英国乡下。而水仙绚烂的集体之舞，让他回想起当年一起参加革命的战友。但生死离别，憧憬不再，他成了"一片孤独的云"，只能在回忆中感受激情，苦中作乐。

讲到《西蒙·李》，科恩说，有了《咏水仙》作为铺垫，我们就能更好地理解《西蒙·李》的意境。这就是，用革命改变经济基础，代价太大，破坏太多，效果太差，并不是最好的选择，但诗歌也许能改变上层建筑，给那些艰难生存的百姓以希望和慰藉。

西蒙·李原先是个下层仆人，本是法国大革命应该帮助的对象，但随着他的老爷在革命中垮台，他的境遇不仅没有改善，反而更为艰难。法国大革命的理想诱人，但实际上只是黄粱一梦。推翻旧的制度容易，建立新的制度很难。政治动荡、党派纷争，最遭罪的还是老百姓。

这样的革命，还不如没有革命；这样的"当家做主"，还不如过去的贵族仆人。

华兹华斯由一个投身革命的热血青年变身为革命的失望者、批判者，是因为他看到了革命的暴力，革命的破坏。他为西蒙·李拔出了那个枯树根（象征不复存在的贵族），是一番好意，但实则帮了倒忙。正因为此，面对西蒙·李的感谢，他羞愧难当。

华兹华斯表达的，就是希望像西蒙·李这样的"失根之人"，也能有自己的生存空间。

科恩说，华兹华斯的《抒情歌谣集》（*Lyrical Ballads*）的主旨，就是描写平民的生活，描写平民的希望，他们要的是平静安宁，而不是翻天覆地。而华兹华斯认为，不通过革命，也能够传递民主的精神，没有血腥，也能够实现社会的变革。

科恩又讲了其他的一些诗人和小说家。

华兹华斯在革命后用"歌谣"传递"民主精神"，但像他这样做的人并不多。

华兹华斯的好朋友柯勒律治①在革命中受到的创伤更大。他喜欢写些光怪陆离的事，里面净是扭曲。

在他之后，同为浪漫主义的雪莱②是个热血青年，看不惯像华兹华斯这样的"叛逃者"，于是，写出了《西风颂》（*Ode to the West*

---

① 塞缪尔·泰勒·柯勒律治（Samuel Taylor Coleridge），18世纪英国诗人。
② 珀西·比希·雪莱（Percy Bysshe Shelley），英国著名浪漫主义诗人、作家。

Wind），呼唤另一场风卷残云的革命。

雪莱的夫人玛丽①也是个激进派，但法国大革命对她的影响，却体现在她荒诞的科幻小说《弗兰肯斯坦》（*Frankenstein*）中。

整整一学期，若不是她的点拨，我不会知道，写"老虎和羊羔"的怪人布莱克，原来是了不起的预言家、思想家；爱水仙的田园大叔华兹华斯，原来也是个老牌革命者；拐了 16 岁女孩玛丽私奔的雪莱，原来悲天悯地、心忧全世界；想入非非的柯勒律治，原来想的都是正事。

听科恩讲课确实乐在其中，但她留的作文却让我抓狂。

科恩特别喜欢让我们推敲修辞手法。比方说，潘恩②曾批评反对革命的保皇党，说他们"看到了一堆风车，就像堂吉诃德一样要去打风车"。科恩的作文题目是：潘恩的这个暗喻中，"风车"指什么？"堂吉诃德"指什么？

我憋了好久，绕着图书馆转了好多圈，才凑出 5 页纸：

在潘恩的文字中，风车象征着革命者。风是一种自然的力量，象征着法国大革命的爆发是专制统治的必然结果。风车只是在顺应和张显风的力量，象征着革命者是在顺应历史潮流，并不是堂吉诃德疯癫幻想中的妖魔……

堂吉诃德这个形象，首先象征着大革命的对象：法国国王。国王荒淫无度，处处惹是生非，只顾自己享乐，不管别人死活，却处

---

① 玛丽·雪莱（Mary Shelley），英国著名小说家，因创作《弗兰肯斯坦》（又译为《人造人的故事》《科学怪人》）而被誉为科幻小说之母。

② 托马斯·潘恩（Thomas Paine），英裔美国思想家、作家、政治活动家，美国独立运动和法国大革命的重要参与者。

处以游侠自居……

堂吉诃德还象征着法国君主专制的制度。行侠的堂吉诃德失败了一次又一次，但从不吸取教训；没落的专制制度，也像堂吉诃德一般，已经为时代所抛弃，却自以为是，依然故我……

堂吉诃德还象征着保皇党。就像堂吉诃德把有益无害的风车妖魔化一样，保皇党把革命党妖魔化，这是他们自己的思维有问题，而不是革命有什么问题……

科恩大笔一挥：A。

有了回报，我神清气爽，干劲十足。

科恩的期末作文，是玛丽的《弗兰肯斯坦》体现了哪些革命理想的幻灭？可以只选一点，但要求 10 页的篇幅。

我绕着图书馆转了一圈又一圈，挤牙膏般的挤了好几天，才凑够了字数。

我写的，是教育上理想的破灭。法国大革命主要的领导人都有建设公立学校的设想，希望社会底层也有机会享受教育。而华兹华斯在革命失败后，也想通过诗歌传递平等精神。他们觉得，田园诗朗朗上口，易于传播，既有助于上层社会了解社会底层的艰辛，也有助于社会底层识字扫盲……

华兹华斯虽说诗写得不错，但他的目标显然是痴心妄想。他的《抒情歌谣集》只有小知识分子们在读。这些人读完，掉几滴眼泪就去忙自己的事了，政治效果基本为零。在这样的情况下，即使社会底层受了教育，能读他的诗，又能怎么样呢？能提高生活质量，还是能获得精神上的愉悦？

在玛丽的《弗兰肯斯坦》中，科学家弗兰肯斯坦通过无数次的

探索，创造出了一个面目可憎、奇丑无比的怪人。怪人没有财产、没有身份，一出世就被弗兰肯斯坦抛弃，四处流浪，成了社会底层的一分子。

他寄居在农舍的草棚里，希望能享受教育，所以经常偷听农舍主人的对话。但他的偷听，却让他陷入困惑而不能自拔。A

听历史，他不明白为什么人心如此险恶。

听政治，他不明白自己这样没地位的人怎样生存。

听《少年维特之烦恼》，他不明白为什么维特要无谓地死掉。

他听得越多，问题越多。他唯一的收获，就是变得能言善辩，甚至胡搅蛮缠。他描述自己的遭遇，渴望人们的接纳，获得生存的权利，但回答他的是嫌恶和歧视。几经碰壁，他终于走上了报复甚至毁灭弗兰肯斯坦的道路。

怪人的悲剧，是对华兹华斯倡导的民主教育的辛辣讽刺。大部分的知识，是富人创造，而且是为且仅为富人所用。知识让穷人向往富人的生活，却无法让穷人成为富人。而富人们喜欢的历史和文学，对富人有消遣娱乐之用，对穷人，却是无端的困惑……

知识改变命运，是句富人安抚穷人的话。即使穷人有华兹华斯之类的知识分子来帮助，通过受教育可以让他们有知识，但如果没有制度的支撑，怎么努力，都是白搭……

怎样才能实现制度改变呢？

靠革命，效果可能很恐怖；按华兹华斯的想法，似乎不现实，那怎么办呢？

在文章的结尾，我引用鲁迅的一段话：人类的血战前行的历史，正如煤的形成，当时用大量的木材，结果却只是一小块……

血战前行的过程，是追求和幻灭交替的过程，是巨大的付出换取"一点点"成果的过程。没有付出，就没有前行。一天建不成罗马，一世造就不了贵族，教育是促进平等的一条路，但这条路，很长，很长。

时间创造一切，毁灭一切，治愈一切。

科恩大笔一挥，又是 A。

科恩强烈建议我上她的高级班。

我当时是大二，而高级班里全是大四的人，而且有好几个正在申请读博士。

但是，我已经被她迷住了。

一上高级班，我全线崩溃。

这倒不是因为我们学的东西难。高级班读的诗，有的我已经读过。而即使没有读过的，也并不比初级班艰深。虽然我们需要阅读更多的参考文献，了解更多的背景资料，但这些资料本身还算有趣。

也不是因为科恩的讲课风格变了，她依旧是口若悬河，神采奕奕，指点江山，激扬文字。

可她把背景资料和诗歌一结合，我就发现，两者的联系，实在太牵强了。初级班，她用的是概括性的史料，服务于她的思路的史料，问题倒不明显。高级班，她端出了更多的史料，但她端出的越多，她的解读就越难让人信服。

依旧是华兹华斯。科恩这次讲的是《丁登寺》（*Tintern Abbey*）。诗人自叙自己离开法国后重游小时候常去的庄园，漫步丁登寺周边，在美景中调解过去和现在不同的自己。他知道，不论自己变成什么样子，自然母亲都会永远宽容他，接纳他……

但科恩说，根据环境学家的考证，在华兹华斯重归丁登寺的年代，那里的工业革命已经开始，生态破坏可能已经很严重，丁登的环境已经不是他描述的那个样子。华兹华斯其实是在复制头脑中留下的影像，重构儿时的快乐和憧憬。他这么做，对自己的安慰很小，但却安抚了没有机会来丁登度假的人们，让困于城市的人们有一种精神寄托。浪漫主义，有时是为自己而浪漫，有时是利他的浪漫……

这是真的么？为什么在我们看到的参考文献和背景资料中，只有一个环境学家这么说？

依旧是玛丽的《弗兰肯斯坦》。科恩说，怪人身体的每一个器官，都是弗兰肯斯坦在墓地、在实验室里挑出来的最好最漂亮的部件，但这些最好最漂亮的部件结合在一起却奇丑无比。弗兰肯斯坦是个勇于尝试的科学家，他通过电击魔术而使缝在一起的尸块复活，是惊世骇俗的壮举，但他得到的怪物，却最终害死了他的全家。

科恩拿出了几篇讲法国大革命的历史文章，说法国大革命也是如此。许多的政治派别，都抱着美好的理想，开始，他们并肩战斗，最后，他们水火不容，互相残杀。这就像怪人，每个部件都好，但组合在一起就不对劲儿了。

而法国大革命本身，也是一群勇敢者的惊天尝试，就像弗兰肯斯坦的科学实验。衰颓的国家，一度有了生气和活力，就像怪人的诞生。但革命最后的走向，却与勇敢者的想象大相径庭，国家陷入了更大的乱局，无数无辜之人被送上了断头台，好比弗兰肯斯坦家破人亡的下场。

科恩说，玛丽不是历史学家，却在字字句句中影射历史。在她看来，就像使死尸复活违背自然规律一样，法国大革命也是如此。

玛丽编故事的时候，真的比历史学家还专业吗？好吧。谁叫当年还不到18岁的那个女孩，这么天才，这么伟大？

还有柯勒律治的那首诗《古舟子咏》（*The Rime of the Ancient Mariner*）。讲的是一个水手所在的船迷了路，有个信天翁引路，但后来还是不管用。人们把信天翁从吉兆变成了凶兆。水手冲动，射杀了信天翁。后来超自然的现象发生了，全船的人都在诅咒下死掉，而水手则成了活着的死人。他获救后，逢人就讲这个无厘头的故事，让听者毛骨悚然。

科恩这个大革命迷又来布道。她说，革命失败后，人们无法理解自己过去的想法错在哪儿。他们否定自我，但又不知从何谈起。而原原本本地复述事实，只会让讲者痛苦，让听者不安，让双方都不堪重负。

科恩说，根据弗洛伊德的理论，压抑在潜意识中的事，倘若没有正面呈现，必然会用另一种方式流露。柯勒律治想讲革命，又不敢讲革命。于是在他笔下，革命的场景变成了异化的幻想，革命事业变成了船，信仰变成了被杀的信天翁，而幸存者的命运则非自己所能掌控。

听科恩的课前，我一直把《古舟子咏》当成奇幻故事，往深里想，也只是以为柯勒律治在呼吁人们保护动物，保护自然。杀生是万万不可的，善恶有报，不是不报，时候不到。

而听完科恩的课后，我仍是疑惑，有多少人能在柯勒律治的诗作中看到弗洛伊德心理学？是我的想象力太贫乏，还是科恩害了臆想症？

慢慢地，科恩的课，变成了强作欢颜的观演。我顺应着同桌专注的表情，该笑时笑，该点头时点头，该举手时举手。

但课后的作业，则成了梦魇。我写评论，若是按自己对作品的理解写，一定是科恩心目中的小儿科；而按科恩的模式写，我害怕自己也会染上臆想症。

科恩是耶鲁的博士。班里的师姐，基本也预订了常春藤的博士位置，而提前来感受一下常春藤风采的。

科恩的表现力越强，我越觉得她像是媒体报道中的传销领袖，把大家都带得走火入魔了。

我想起那门让我转而向科恩求助的哲学课。当时，我因为所学内容虚无缥缈而逃走。现在，科恩所讲不仅更为虚无缥缈，而且是集文学、历史、心理学、政治学于一身的四不像。

那个学期，我恰巧在学欧洲史，而教授施密特正好是法国历史专家。我和他谈起法国大革命对华兹华斯、柯勒律治、雪莱、玛丽等一系列人物的影响。

施密特耐着性子听着，然后说，这么重大的历史事件，谁能冷眼旁观呢？不过，那么多作家，那么久都生活在革命的阴影下，那么多作品都在缅怀革命反思革命，怎么没有被历史学家挖掘？实在是太让人遗憾了。

让科恩自己遗憾去吧。

我和写作课的萨维诺教授也谈过这个问题。萨维诺道，科恩只读诗不写诗，根本不知道诗该怎么写。她把直白清新的作品抬升到世人无法企及的高度，解读得那么复杂，纯粹是自娱自乐。

萨维诺奚落科恩，说她这样做，既能多发几篇评论吸引眼球，又能为自己不写诗找到借口。她可以想，大作家们思想深邃，我除了解读他们，自己写什么都太浅薄。

实际上，多数大作家们在确定主题后，并不会要求每一个小细节都要反映主题。他们不过是在精挑细选，找到最顺畅的修辞和最生动的情节。很多段落，确实有对历史的含沙射影；很多句子，也确实有象征主义和言外之意。但真正用整本诗集来宣扬某种思想的，已经不是文学作品，而变成政治宣传了。

难道浪漫主义作家都是政治宣传家？

可臆想症语录，我还是必须得写。但每写一篇，都像是在编一个又臭又长的笑话。

夏洛特·史密斯①有一首诗，讲她看到一个年久失修的海滨墓园。因为土地塌陷，白骨都露了出来，在浪花里冲荡着。科恩感慨说，夏洛特很羡慕这些白骨的主人，因为这些人好歹还能长眠。而她，必须肩负起生活的重担，连这样的"安详"的长眠也做不到。

科恩让我们写，为什么史密斯可谓同情心女皇？

搞笑。原来史密斯这个顾影自怜之人，写这首诗是为了同情他人？

但是，我没有反对的权利。我写道：史密斯诗中的"我"，并不只代表她自己，而是代表了天下所有处境艰难的女性。她的先生

---

① 夏洛特·史密斯（Charlotte Smith），英国 19 世纪浪漫派诗人。

嗜赌成性，赌得家境拮据，债台高筑，进了债务监狱，使她和 10 个孩子陷入了困境。史密斯的遭遇，在那个时代，并不是个案。她呼吁人们关注这些生不如死的女性。活人的窘境，永远比白骨值得同情。

我还能把史密斯抬得更高么？

期末的作文更让我无语。

我们读了昆西①的《瘾君子自白》（*Confessions of an English Opium Eater*）。从中，可以看到，作者吸鸦片成瘾后，脑袋里尽是自己在中国被妖魔鬼怪们欺负的幻象。

科恩问我们，为什么？

天哪。我只想劝昆西，把瘾戒了吧。您吸毒就吸毒吧，还把自己写得那么无辜可怜，把一群八竿子打不着的中国人写成妖魔鬼怪，骗谁呢？

查了好多资料，终于把文章写出来了。但这样的文章，连自己都不想看：

> 昆西未染毒瘾前，本是个前途光明的天才少年。不过，他的童年，也有不少心理阴影。他的老妈很专横，逼他上不喜欢的学校。老师们嫉妒这个比自己还聪明的小家伙，处处为难他。他大哥头脑简单、四肢发达，也是经常欺负他。他的老爸早逝，所以，他的生活免不了受监护人的控制。读大学时，他想提前毕业，但监护人不同意，所以，他离校出走，逃到伦敦，独自挨饿受冻，直到监护人良心发现……

———————————

① 托马斯·德·昆西（Thomas De Quincey），英国散文家和批评家，浪漫主义文学的代表性人物之一。

昆西从牛津毕业后，本是大有作为之时，却染上了毒瘾，不能自拔。自尊心深受打击，又恰逢英国殖民扩张，他便把个人自尊和民族自尊联系在一起，国荣我荣，国衰我耻。他天天关注时事，一方面是忧国忧民，一方面也是为了分散自己的注意力，让他忘记自己上瘾的破事……

鸦片战争前夕，国恨家仇一起袭来。昆西看报纸，看到堂堂大英帝国的使者竟被中国皇帝逼迫磕头，觉得受了奇耻大辱。英国商人在中国吃亏，在他看来，是可忍孰不可忍。林则徐在虎门销烟，他这个深受鸦片之苦的人则很是痛恨。鸦片在英国市场自由流通这么多年，为什么上瘾的只有他这样的少数？卖鸦片有错吗？他们不过在做生意罢了。鸦片在中国泛滥成灾，是因为中国人需要鸦片，与英国人何干……

昆西对中国了解甚微。他只知道中国面积很大，皇帝很凶，以天朝自居，不把英国放在眼里。在他的潜意识中，他小时候的心理阴影，已经融入了他的思考方式。就像弗洛伊德所说：越是被压抑的记忆，对一个人影响就越深。而昆西作为一个"聪明的小孩子"，有过被老妈、哥哥、老师、监护人等一群"糊涂的大人"打压的经历，所以，他把这种被压抑的冤屈感转嫁到"欺负"英国的中国人身上。在他梦境中，被他妖魔化的中国人，正在"欺负"他所"代表"的英国……

昆西的梦境，只是梦境而已。中国只是他幻想中的敌人。而鸦片，才是他真正的敌人。他忘不了鸦片带给他的喜悦，更不愿完全否定自己，所以才把鸦片成瘾后的痛苦写成是中国造成的痛苦。

但不管怎么说，鸦片虽然毁掉了一个有为青年，却造就了第一个敢于写出成瘾自白的作家。这既让他以另类的方式成名，也给心理学研究留下了很好的素材……

这篇文章写完，我自己都想抽大烟了。一个受过鸦片战争屈辱的中国人，却去解读一个抽鸦片、骂中国、支持鸦片战争的英国人，让同胞看了，成何体统？

终于挨到学期结束，可以和科恩的血色浪漫告别了。

我倒是解脱了。既然发现了自己和文学博士的差距，我也就学什么都不带感情。再听别的英语课，不管教授说啥，我只管挂上招牌式的微笑，一只耳朵进另一只耳朵出。再写其他的英语作文，全像是在做文字游戏，甭管自己信不信，什么观点好写就写什么。

结果，我却学得愈发轻松，成绩愈发有保证。从科恩的传销中摸爬滚打活下来的，写教授们喜欢听的违心话，已经是小菜一碟。

两年过去了，再想想让我咋舌的美女变魔女，启蒙明星变洗脑专家，我发现初级课和高级课的科恩，变化其实并不是很大。她的解读，其实从布莱克的"羔羊和老虎"开始，就是一种过度解读。如果我那时向施密特或是萨维诺请教，估计会得到差不多的反应。

科恩的课，让我从耳目一新，到视同胡枝扯叶，只是多走了一小步而已。人文专业的博士研究，从新颖到离奇，从高深到晦涩，从海纳百川到混乱杂烩，从文采飞扬到自说自话，也不过多走了一步。而多走一步，就有可能掉进陷阱而不能自拔，白白耽误一个高智商的天才。

当然，接地气的博士生导师肯定不少。只是我胆小，生怕这条路上十面埋伏，再碰上几个终极版的科恩，那就悲惨世界了。

现在想来，跟科恩一年，我并没有损失什么。科恩的解读，确实偏颇，但恰恰是这样的偏颇，最能激发学生的思考。

布莱克描写的老虎，究竟是盲从的反叛者，还是自觉的革命者，我们无从考证，但布莱克显然是推崇老虎的。布莱克写他的小黑人时，对种族问题有怎样的思考，也许需要推敲，但布莱克既写出了对小黑人的同情，也指出了小黑人的思想的幼稚。至于读者更倾向于哪个方面，就是读者自己的事了。

华兹华斯曾在自己诗集的序言中写道，田园诗在诗歌中的地位，一直很低，比不上史诗、记叙诗、抒情诗。但他想通过田园诗，来帮助田园里的普通人。而"帮助田园里的普通人"，究竟浓缩进了多少"革命精神"，也是仁者见仁，智者见智。

也许华兹华斯只是个热衷抬高自己的田园诗人，也许玛丽只是科幻作家，但他们的作品，都在不经意间留下了时代的印记，而如果没有科恩这样的解读者，现在的读者也只能以现代人的眼光，孤立而片面地看待他们的作品。

也许，夏洛特·史密斯只是个时运不济、命途多舛的女性，而非为天下女性鼓吹的斗士，但她的"浪花冲白骨"，既然已被女权主义者印上心忧天下的标签，她对女权事业的价值，已经不容否定了。

也许，一辈子也没有戒掉鸦片瘾的昆西只是自作自受，但既然他的作品已经成为心理学家的读本，他的成瘾史已经成为瘾君子的范例，那么，他坦白的勇气并非一无是处。他对中国的认知，在当时，一定不是少数派。所以，他的自白，对他个人而言，可能是拙劣的辩解，但对于鸦片战争的研究者，却是难得的一手资料。

作品的解读，没有对错之分，而只有观察角度的不同和说服力的强弱。角度越奇特，解读可能越发与众不同，说服力越强，评论者就越有可能把自己的观点强加给作者。然而，评论者的解读，不管是恰如其分还是想入非非，都是作品价值的一部分。

解读，也许会背离了作者的初衷，会对作品重新定义。但一部作品，是否能流传，还真得靠着众说纷纭的解读来支撑。如果一部作品，不能制造解读，不能让人从历史、政治、哲学、个人心理等多个角度窥探，只可能是昙花一现，而非经久不衰。

跟科恩一年，我没有学到科恩的想象术，或是她的演讲术，但她教给我一种包罗万象的思维。她在众议院之家长大，并非马克思主义者，但却在自己的思考中融入了马克思主义的元素。她是个回头率极高的美女，不是愤世嫉俗的女权者，但却力挺史密斯这样的单身妈妈。她热情奔放、积极入世，但在她脑海里，却经常重放法国大革命的血雨腥风，而且，是从各种不同的视角看。

有了这一年的历练，未来，我还是可以像刚进科恩的课堂时那样，不管听到的是真理还是谬论，都会当成一个发现：这件事，原来可以这么想。

我也记住了布莱克的名言："没有反对，就没有进步。"

历史炼狱

　　跟了他一年，我自觉厘清了美式教育和中式教育的区别，也自觉清晰了学习的真谛：学习，就是把自己的脑袋灌满，然后把脑袋清空；就是在河流里寻找金子，然后把金子打造成首饰，最后丢掉首饰，只留下方法和逻辑。

第一堂课，拿着咖啡进教室的犹太老头儿戈德教授重磅登场，点名时用地道的北京话叫出了班里几个中国学生的名字，把我给镇住了。

　　这是中国近代史课。选它，是因为被科恩教授磨炼了一年，想稍作休整。

　　整节课，戈德都在介绍他的阅读材料，其中有自传，有论文集，有小说，有史学著作，还有年代久远的报纸和杂志。末了，他说，我们这课不背书，不考试，就让你们秀秀自己的思想，看看自己的能力。

　　我窃喜。这节课比我想象的还要水，每周也就两页纸的论文而已。

　　第一周的阅读作业是一沓 1919 年 5 月前后的报纸，包括《纽约时报》《华盛顿邮报》《泰晤士报》，还有几种中国本土的报纸。戈德要求我们在阅读的基础上写一篇论文，论文题目可以在三个选项中任选其一：国联在中国问题上的立场是什么？巴黎和会上，为什么巨头们不把胶东的主权交还中国？为什么这一事件在中国的反响那么大？

戈德讲，可以借鉴报纸中的资料，也可以用自己找到的资料，言之成理就行。

他还留了一道加分题，让我们在报纸中，找出一个历史错误。

我在扫描打印出来的报纸中翻找了半天，看着模糊一片的旧字体，研究不出名堂。中国的报纸中，有对学生游行的描述，有对卖国贼的声讨。美国的报纸中，有传教士在宣扬让中国人信教来拯救自己。而英国的一家报纸，则在五四运动如火如荼的时候，报道着已经成为过去式的某地灾荒。

揉揉眼睛，想起中学历史里讲过的东西，我心生一计。写区区两页纸的文章，干吗大费周折呢？

我选了第二个题目，三下五除二就写完了：帝国主义欺负弱小，弱国无外交，尽人皆知。帝国主义的喉舌不懂历史事实、混淆视听，从报纸中的这些报道中清晰可见。大国只顾自己的利益，不管弱国存亡，还把自己的愿望强加于人。

除此之外，还能有什么原因呢？我没有多想，就交卷了。

第二次上课，戈德没有提论文的事，甚至连五四运动的要点都没怎么讲。他乐呵呵地看着被老报纸熬红了眼的我们，说第一代的历史学家就是这么过来的，从堆积如山的材料中一点点抽丝剥茧，提取信息，化繁为简。读几十本书，兴许还没有几本可靠的。

他安抚道，你们现在的条件好多了，有我帮你们挑书、挑报纸；有网络可以查书、查论文，不用天天往地下的档案室里跑。现在，对灰尘螨虫过敏的人，都有可能成为历史学家了。

戈德见气氛轻松了不少，便问大家，有没有人找到他加分题的答案？

没有人举手。

戈德翻出中国一家报纸的头条：章宗祥被罢免。

我很是汗颜。章宗祥没有被学生打死。而在英文报纸中，有报道讲，章宗祥被打后，在医院去世。

多么明显的错误啊。

戈德说，历史学家的阅读与其说是阅读，不如说是扫视，会自动屏蔽掉很多信息。但与此同时，他们头脑中的雷达一直是开着的，眼睛一直是警醒着的。阅读或者扫视不是目的，目的在发现并且记录新的事实或者失实。

更汗颜的还在后面。

下课时，戈德把论文发给我们。我一篇两页纸的小文，他给了四页纸的评语：

> 骂帝国主义太容易了。你可以写一本书来讲帝国主义伤害了多少人，可这是回答我的问题吗？我问的是和会上为什么会有这个决定？而不是问这个决定是否公平，是否损害中国的利益。你整篇文章都在讲"坏人就是爱干坏事"，历史就这样写吗？
>
> 和会的巨头们都不傻，他们是经过许多轮的会谈、权衡多方面才做出决定的。这里面，确实有他们自己的利益所在。但他们也知道，维护"弱国"的利益，对他们利益也是必要的保证。他们难道就愿意激起中国的五四运动吗？
>
> 你知道中国和日本在1915年签订了《关于山东条约》吗？1918年，章宗祥又和日本外务大臣交换了《中日参战借款合

同》。而作为借款的条件之一，中国和日本交换了关于山东问题的换文。这一换文，在巴黎和会上，使日本有了以战胜国的身份，接管战败国德国在山东的一切权益的理由。而不平等条约，也是条约。世上没有真正的平等，也没有真正的平等条约。

你知道中国外交家顾维钧在和会上力陈中国不能放弃孔夫子的诞生地山东，犹如基督徒不能放弃圣地耶路撒冷吗？顾维钧的演说震撼了英国、法国与美国代表，扭转了舆论，也博取了同情。意大利退出和会，英国、法国与美国害怕日本也跟着退出，导致和会流产，只好依日本要求而将山东权益割让给日本。况且，在顾维钧的主导下，中国代表团拒绝在《凡尔赛和约》上签字，山东问题并没有解决，而成了悬案。

和会的决定，是要求德国放弃所有在胶东及山东的各项权利，认同日本自愿担任将山东半岛主权交还中国的责任。而和会悬而未决的山东问题，在1921年的华盛顿会议上得到了解决。在这个会议上，中国和日本签署了《解决山东悬案条约》，日本也在其后交出了"强占"的山东权益。

你知道中国在和会上真正损失的，其实可能还比不上五四运动的损失吗？

所以，请你不要整篇文章都那么苦大仇深。不要用"长期受压迫的中国人民"这个词。写历史文章，不要感情用事。历史，建立在史实上，而不是建立在对弱者的同情上。你可以保持同情心，但若是依着自己的偏见来写历史，就没有公正。历史是历史，证据第一，无关信息请勿入内……

我知道，你写的这些，都是你过去的老师教你的。他们教的没错，因为小孩子需要知道的，就是显而易见、顺理成章、好记好背的东西，学多了也接受不了，但现在的你已经不是小孩子了。

　　你觉得你自己的生活简单么？如果你自己的生活都不简单，充满不确定性和不可预测性，那么多人的历史，怎么可能用一套理论就能解释清楚？所以，不要先确定"帝国主义就是坏人干坏事"这个观点，再找到可以为它服务的论据。你解释不了大问题，就要从小处入手，就事论事，不要穿靴戴帽……

才出龙潭，又入虎穴。新的炼狱开始了。

下课后，我在图书馆的网上狂找资料。用"胶东（Jiaodong）"、"山东（Shandong）"、"巴黎和会（Paris Peace Conference）"等关键词来回搜。

最后，我从一摞相关的书籍中找到了几段有用的话，七拼八凑，凑出了外交史的一个片断：一战时，中国和日本都帮助过同盟国，但日本的贡献更大。战后，两国都想和同盟国分享果实，也都想从德国手里得到胶东的权益。美国总统威尔逊本想把胶东还给中国，因为他觉得中国的要求是正当的。但对于日本的一系列诉求，他大都无法满足。后来在其他巨头的压力下，为了保证和会不至于由于日本步意大利的后尘退出而流产，才把胶东给了日本。当时，日本的法西斯走向还不明显，巨头们对日本维持亚洲和平还抱有期待。

戈德最终的评语是：你查的资料还是太少。但对于两页的篇幅，倒是可以过关了。

论文是过关了。对五四运动的了解，我反而迷糊了。

但是，我对顾维钧更加敬畏，从图书馆借来他的回忆录的第二卷，读了有关巴黎和会的那一篇。其中，有这样的一段话：

> 汽车缓缓行驶在黎明的晨曦中，我觉得一切都是那样黯淡——那天色、那树影、那沉寂的街道。我想，这一天必将被视为一个悲惨的日子，留存于中国历史上。同时，我暗自想象着和会闭幕典礼的盛况，想象着当出席和会的代表们看到为中国全权代表留着的两把座椅上一直空荡无人时，将会怎样的惊异、激动。这对我、对代表团全体、对中国都是一个难忘的日子。中国的缺席必将使和会、使法国外交界，甚至使整个世界为之愕然，即便不是为之震动的话。

读的时候，很是震撼，因为，我没有想到，在那个时候，那么贫弱的国家，居然就能够对列强说"不"。

接下来的一周两页，让我几乎是一周熬两夜。

第二篇论文，问的是五四年代的知识分子和中国传统的士大夫有什么区别。我吸取了上次的教训，尽量客观地谈了他们的爱国、他们对时代精神的引领以及他们以天下事为己任的信念。

依然是四页纸的评语。戈德看来，我写的都是些背景而已，不是知识分子们的本质区别。他不相信这些人就一定比文天祥、陆秀夫等有担当的亡国之臣更爱国。而且，这些知识分子怎么引领时代了？那时候，大部分的中国人都是文盲，不知道、也不可能看过《新青年》，更不懂知识分子宣扬的科学民主。至于"以天下事为己任"，他们和赵普①有什么区别吗？五四游行的，是一部分学生而

---

① 指的是有"半部论语治天下"之称的宋朝宰相赵普。

已。那些在实验室里专心看虫子、配试剂、想要"科学救国"的学生，就不以天下事为己任了吗？

上次错在感情用事上了，这次又错在武断定论上了。

我梳理思路，重新写道，五四知识分子普遍是愿意做行动家的。不管在什么领域，他们大都希望通过自己的行动来改变国家的命运。而旧时的知识分子，虽说也有一些有识之士，但更多的，是只想光宗耀祖的官僚、唯唯诺诺的小吏，或息事宁人的隐士。他们说得多，做得少，即使在国家危亡之时，也以喊口号的居多。

戈德仍是不满意：挺有道理的，不过，你有统计数据么？

后来，读到舒衡哲①关于五四运动的专著，我体会到，戈德的这个题目，绝不是两页纸能够讲清楚的。他出这个题目的目的，不是为了听到一个最好的回答，而只是为了让我们不断思考。历史，很多时候是没有准确答案的。但一个反复推敲过的答案，和一个凭直觉得出的答案，是明显不同的。

戈德的要求与日俱增。

第三篇论文，是任选一个五四年代的知识分子，写他是怎么变成"新"知识分子的，写对他影响最大的人是谁。戈德说，为了保证每一句话都有出处，每句话你们都要做脚注，标明自己是从哪本书的哪一页得到这个观点的。完全是自己所想，就在脚注中标明"我自己的想法"。而"我自己的想法"，是越少越好。

---

① 舒衡哲（Vera Schwarcz），又译为维拉·施瓦支，美国著名汉学家，主要从事中国现代史研究，著有《中国启蒙运动：知识分子与五四遗产》《张申府访谈录》《漫漫回家路：一部中国日志》等。

戈德这样要求，就是让我们写什么都不要带成见。自己不论有什么观点，都要先听听别人是怎么说的。知道别人是怎么说的，才能知道自己的观点值不值得说。

我写的是鲁迅。

按照戈德的思路，我必须先忘掉自己头脑中早已存在的鲁迅的画像，而必须在我掌握的资料的基础上重新构建。

我照做了，其结果是大跌眼镜。

原来，这个神一般的人物，在日本的医学院曾是个成绩不佳的学生。他的弃医从文，确实有"医治人心灵"的责任感所在，但倘若他从医，很可能是条死胡同。这个传说中的道德楷模，从医学院退了学，却继续拿着清政府的留学生资助。他服从家族的包办婚姻，却把自己的合法妻子冷落空房。与许广平一起生活时，也不和原配离婚。

鲁迅的创作，在起步阶段并不顺利，曾经搁笔多年，到了35岁才声名鹊起。在此之前，他的读者，主要是圈子里一些籍籍无名、却有野性甚或匪气的青年。青年中的激进派认为，他不可理喻，只会写黑暗不会写光明，看不到工农大众的优良品质。京派作家和学者们则认为，他是一个病态的人，所以，他们经常在文章里向他叫板。就连他的母亲也不爱看他的作品，却喜欢张恨水的畅销书。

英语世界最具影响的鲁迅研究专家威廉·莱尔①曾耗费近二十

---

① 威廉·莱尔（William Lyell），美国鲁迅研究专家，著有《鲁迅的现实观》（*Lu Hsun's Vision of Reality*），也是鲁迅作品译介者。正是因为他的译介，鲁迅才为英语世界了解和熟悉。

年的时间翻译鲁迅的作品，论述鲁迅的思想，并为鲁迅立传。莱尔认为，鲁迅生活在缺乏"诚"与"爱"的社会里，面对的是缺乏同情心、麻木冷血的民众，他试图通过小说来唤醒"铁屋子里的人"，但经常陷入"人醒了却无路可走"的尴尬境地。莱尔评论说，鲁迅是个在人群边上彷徨，并偶尔呐喊助威之人，是参与者而不是领跑者，是思想家而不是行动派。

也许，莱尔是对的。

鲁迅确实是了不起的作家，但他的"革命"形象，是"革命者们"创造出来为"革命"服务的。其实，鲁迅一生要颠覆的就是这个东西。他把生命看作一个过程，在不断变化。他在讨论问题的时候，会给出确定性的一面，也会给出不确定性的一面。实际上，他回答问题的时候，从来不用"是"或者"不是"。比如，有人向他咨询要不要结婚，他说，年龄大了得结婚，但是结婚有结婚的问题，不过你不结婚你就不知道这个问题，那你还是结婚吧。他对革命对社会也是这样。他主张行动，但行动派内部出了问题，他会毫不犹豫地反对。

鲁迅在北京当了十几年的公务员，但他烦祭孔，就去大学当了老师，到了大学又觉得不爽，最后，他发现自己只能做一个自由撰稿人。他每年都要翻译两三本书，翻译，对他是输血，是接近新鲜的东西的路径，他警示自己不要成为过去思想的奴隶。他就这样不断地自我流放，不断地自己否定。

渐渐地，我原先脑海中的鲁迅图像破碎了。我发现，还有另外一个鲁迅，一个与现实社会格格不入的鲁迅，一个与主流叙事中的鲁迅不一样的鲁迅，一个有骨头也有血肉的鲁迅，一个让人很是敬仰也很是讨嫌的鲁迅。他是一个复杂的存在，不是什么，也没有成为什么。

我写道，这样的鲁迅，才是曾经的存在，才是永远的存在。他是真真实实的一个人，是那个年代的"新"知识分子，也不是什么"新"知识分子，甚至不能用简单的"是"或"不是"来形容他。

本以为自己的论据还算全面，观点也够深入，但我又写砸了。分散我注意力的东西太多，以至脱离了戈德的问题。戈德质问："为什么不写影响鲁迅的知识分子是谁？跑题！"

这门课，成绩八成是毁了。

发愁也没用，只能阿Q一下：尽量多学东西，多享受吧。

可这享受，还真不好找。

戈德布置的下一篇论文，问的是"马克思主义是如何吸引早期的知识分子的？"

熟悉了戈德的套路，我知道，这不是"人民选择了我党"就能解释清楚的。

看了好几本书，得到的解释，都让人心烦意乱。

知识分子们最初学习西方，是希望能够借鉴西方的民主经验。不过，西方在吸引知识分子的同时，又在侵略中国。知识分子不愿把"侵略者"拜为自己的"老师"，也对"侵略者"的理论产生了怀疑。而在中国内部，因为各种社会尝试的失败，他们看不到出路，很抑郁。

这时候，十月革命成功了，李大钊们激动了。其实，他们对马克思主义有多少了解呢？早期的党员，鲜有人真正读过《资本论》，但《共产党宣言》就已经让他们热血沸腾。马克思主义讲了怎么建立社会主义么？列宁主义和马克思主义是一回事么？那时候，能搞清楚的人很少。他们只是觉得，自己可算找到了一个反帝、反封建、反剥削、反军阀的"好老师"了，能帮助中国像俄国一样振兴了。这位老师，也许确实好心，但并没有指出一条明道。

文章交上去，戈德依旧毫不客气：你看《资本论》了吗？

让我烦心的不止如此。戈德说过，我被自己之前的老师洗脑了，学到的是被简化、被美化的历史。

然而，我现在读的这些西方人写的历史，不也是一种被简化的历史吗？不也是一种洗脑吗？西方历史学家掌握的史实，可能比中国人自己所罗列的，要更详细，更确凿。他们的论证过程，也可能更严谨，更扎实。但他们就算是一心向学之人，也难免从西方的视角看中国，用西方的标准要求中国。看到的，可能是树木而不是森林；表述的，可能并没有顾及中国国情。而我，可不想被拐带歪了。

戈德似乎体会不到我们的痛苦。他上课，经常是随心所欲，挥洒自如。原计划讲丁玲，但当有同学问起丁玲的那个小情人胡也频，这节课就改讲胡也频了。

有节课，他让每个同学轮流讲自己的心得。然而，才三个同学讲完，他就兴致大发，一个人点评到下课。

戈德临时想起某个图片、视频、纪录片或是访谈，会当场在YouTube上搜来给我们看。若是没搜到，他甚至会撂下我们，跑到图书馆去借光盘。

每次下课，他把我们的一沓论文往桌上一搁，扬长而去；留下一群人，围着圈，心急如焚地翻找自己的文章，遮遮掩掩地读着评语，黯然神伤地离去。

我去他的办公室找他，他会喋喋不休地讲上半个小时。我明天要交的论文还是一团乱麻，他却在大力推荐一本与课程无关的书，站到凳子上，踮着脚，从书架顶上取来递给我。我抚摸着书脊，从头到尾翻翻，心不在焉。出了他的办公室，却见正在等候的一串同学，个个都是愁眉苦脸。

戈德布置的倒数第二篇论文，是写一篇记叙文，讲"文化大革命"前知识分子的处境。

读的史料很是压抑。那是一段不堪回首的岁月，但相关的英文文献可所谓汗牛充栋，可以刻画的知识分子也是不胜枚举。

交论文的时候，我偷偷扫了几眼其他同学的论文，顿时面无人色。因为，有人写的是沈从文的遭遇，有人写的是胡风的悲剧。

怎么回事？

啊，我突然想起来，戈德要求的是记叙文，而我写成了议论文。

最后一课，我看着戈德身旁那沓将要发下来的论文，心神不定。戈德神采奕奕，在讲期末论文的要求：6页纸，在考试结束那天的中午 12 点前交到他的邮箱。

"不要拖到 12 点 1 分啊，"他笑道，"不然，你就不及格了。"

他又缓和了口气，说："这学期让大家受苦了。不过，请不要把我记成奴隶主，因为我也是和大家一块儿受苦的人。"

那一刻，真是化腐朽为神奇。所有熬过的夜，都一笔勾销了，所有苛刻的评语，都瞬间消逝。

上一篇作文的评语，当然还是要看的。

"啰唆。A。"

我像触了电一般，全身抖着。身旁的一个美国同学，正在拥抱戈德。两个中国同学，正在悄悄议论着什么。我飞快地折起论文，放进书包里，无声无息地离开了教室。

一直进了宿舍，我的手还在微微发抖。

我把记叙文写成了议论文，本以为又是一个"跑题"。没有想到，戈德是个恩威并重之人。他关心的是内容，而不是形式。

但我又犯错了。

戈德的期末论文，我熬夜写成，在截止日期的 11 点 50 分发给他后，一头扎进了洗手间。

回到电脑前，我却发现，邮件被退回来了。

我把戈德的邮箱地址写错了。

邮件再次发出，时间是 12 点 3 分。

我昏昏沉沉地晃荡着，泡了一个长长的澡，混了一口毕业生学姐的酒喝，然后，坐上公共汽车在山里颠着，欲哭无泪。

回到宿舍，已是月色朦胧。再次打开邮箱，我看到戈德的一封五段长的回信。我只是读到了开头的"我知道"，就开始流泪，看不清后面的字了。

我定了神，再去读。戈德把一学期都三缄其口、惜字如金的肯定之语，在此都绰绰有余地补齐了。

我决定再跟他上一门课。

高级课和初级课的区别，就是阅读量和写作量都增大了一倍。不过，论文题目可以自己选。

戈德每周留一本书，有时，也允许我们在他的书单里自主选书。比起初级班的阅读内容，我们读的不再侧重史实，而是有更多的引申话题。

柯文①的《历史三调：作为事件、经历和神话的义和团》（History in Three Keys：The boxer as Event，Experience，and Myth）让我对历史有了一种全新的认知。柯文把义和团打洋人的这段历史，从史实版、经历版和神话版三个视角进行了阐述。

按照柯文的理论，任何一段历史，都会演变为三个版本。历史学家们苦苦追寻、但永远无法达致真相的，是"史实版"。学校课本中讲的、新闻里播的、主旋律纪录片里演的，是为当下政治服务的"神话版"。而当事人亲历的、亲戚朋友讲的、小道消息听来的、戏说剧里看到的，是"经历版"。

大部分公众，是在神话版的历史教育中长大的。但是，等他们忘掉了课本中的教条，就会或多或少地活在经历版的世界里。即使历史学家中，也不乏走神话版路线、却以学者自居的。而就算是一心探求纯粹史实的历史学家，也很难完全摆脱经历版的影响。他们只是在追求一个相对的真相，一种相对的公正，没有一个人是完全正确的。

我释然了，也知道按照柯文的说法，我小时候死记硬背的，是神话版历史。

实际上，每个国家都是如此。就像美国小孩子从小学"人人生而平等"开始，学美国的光荣梦想，长大后，他们中的一部分可能会觉得这不过是一场"蒙蔽"而已。于是，一群幻灭之人发发牢骚，逃避现实，小题大做，凭空弄出不少吸引人的经历版历史。

广为传播的历史往往是胜利者书写的，在哪里都一样。而历史

① 柯文（Paul A. Cohen），美国著名汉学家，"中国中心观"的提出者和实践者。

学家的历史，是一个不断追寻的过程。真正的历史学家，必须有局外人的超然，有苦行僧般的坚韧，否则，既谈不上发现真相，也谈不上追寻公正。特别地，他们必须明知自己只能影响很少很少的人，只能弄清楚一部分甚至一点点真相，也必须得献上十二万分的努力。

《历史三调》让我察觉到，自己真不是当历史学家的料。

历史是复调的，往往是越清晰、越有条理，离真面目就越远。是埋头于浩如烟海的典籍或真伪难辨的故纸堆里，将一个一个的碎片连缀起来，还是去甄别学者和专家的历史良心，审视他们想象与阐释的空间，是个问题。何况，对于历史本身，无论是事件的亲历者、记载者还是未来的旁观者，都会因为价值观的导向性和思维的可塑性而陷入迷沼。

但是，我庆幸自己能有机会用局外人的视角，来重新审视自己国家历史的一些片段。而且，柯文也说了，什么样的视角都不是完美的。揭露"内幕"的故事，无论多么骇人听闻，也不应主导思维。关键是兼听则明，偏信则暗。

和《历史三调》一样令人难忘的，还有一本讲"文化大革命"的书。作者在把施暴者的残忍写得极度露骨之后，却话锋一转，理性地分析起群体施暴的心理原因和社会原因，让人毛骨悚然。

人们经常将历史的"黑"归咎于大人物，是的，大人物应该负责，但大人物负责，不等于小人物可以不负责。人是天使，也是野兽，在"黑"的时刻，为什么你善良的一面没有坚持，邪的一面却被唤醒？既然你表现出来的是野兽，那么，只能将你归为野兽。

牛顿曾讲："我可以计算天体运行的轨道，却无法计算人性的疯狂。"在群体中，个人可能丧失独立的思想而被群体的思想所左右。当群体思想极端化的时候，民众的恐惧或愤怒有可能失去控制，并转变为疯狂而可怕的力量。

在历史长河中，我们不止一次地见证过这种疯狂而可怕的力量。

我想起科恩耿耿于怀的法国大革命，闪现在脑海里的，是一幅幅和"文化大革命"何其类似的场景：阴森恐怖的断头台、盛满首级的箩筐，还有嗜血成性的民众。

在《双城记》里，查尔斯·狄更斯是这样描述的：

> 死亡之车在巴黎街上隆隆驶过，声音空洞而刺耳。六辆死囚车给断头台小姐送去了那天的美酒。自从想象得以实现以来，有关饕餮颠顶不知饱足的种种恶魔的想象便都凝聚在一个发明上了，那发明就是断头台。然而在法兰西，尽管有各种各样的土壤和气候，却没有一棵草、一片叶、一道根、一条枝、一点微不足道的东西的生长成熟条件能比产生了这个怪物的条件更为一成不变的了。即使用类似的锤子再把人类砸变了形，它仍然会七歪八扭地长回它原来那受苦受难的模样。只要种下的仍然是暴戾恣睢与欺凌压迫的种子，那么结出的必然是暴戾恣睢与压迫欺凌的果实。

很恐怖，但很逼真。

上文学课读《双城记》的时候，我虽然清楚故事是虚构的，却依然为故事里的人和事而感动，为正直善良却悲哀无助的马奈特医生而心痛，为才华横溢但醉生梦死的卡尔顿律师而落泪，为因为仇恨而嗜血成性的德法热太太而叹息。

但上了戈德的课后，我再读《双城记》，却感觉是时代假借狄更斯的手记录下了这一切。对于我，《双城记》不再是一部虚构的小说，而是一段真实的历史。

也许，科恩是对的：文学，也是历史。

戈德特别推荐我看哈佛大学教授孔飞力①的《叫魂》。

《叫魂》讲的是乾隆盛世的顶峰时期的一个片段。那段时间，整个大清的政治与社会生活被一股名为"叫魂"的妖术搅得天昏地暗。叫魂冲击半个中国，百姓为之人心惶惶，官员为之疲于奔命，皇帝为之寝食不宁。

在《叫魂》的终章，孔飞力写道：

> 在这个权力对普通民众来说向来稀缺的社会里，以"叫魂"罪名来恶意中伤他人成了普通人的一种突然可得的权力。对任何受到横暴的族人或贪婪的债主逼迫的人来说，这一权力为他们提供了某种解脱；对害怕受到迫害的人，它提供了一块盾牌；对想得到好处的人，它提供了奖赏；对妒忌者，它是一种补偿；对恶棍，它是一种力量；对虐待狂，它则是一种乐趣。

> ……没有什么能够伫立其间，以阻挡这种疯狂。

孔飞力的述说很惊悚，文字却很优美。

作为费正清（John King Fairbank）之后第二代汉学家的典范之

---

① 孔飞力（Philip A. Kuhn），美国著名汉学家，《叫魂》（*Soulstealers：The Chinese Sorcery Scare of* 1768）为其最有影响的著作之一。

一，孔飞力和史景迁（Jonathan D. Spence）、魏斐德（Frederic Evans Wakeman，Jr.）被称为"汉学三杰"。就阅读而言，我很喜欢《叫魂》，也很喜欢史景迁的《利玛窦的记忆宫殿》（*The Memory Palace of Matteo Ricci*）和魏斐德的《大门口的陌生人：1839—1861 年间华南社会的暴乱》（*Strangers at the Gate：Social Disorder in South China 1839－1861*），总感觉他们笔下的历史和我过去阅读过的历史很不一样。

怎样"不一样"？

史景迁擅长以独特的视角观察中国历史，在他的述说中，历史是历史，更是故事。华丽曼妙的文笔，独具匠心的剪裁，生动细腻的描述，让史景迁的"故事"成了最"好看"的历史。而魏斐德曾经的理想是成为小说家，在哈佛求学期间，就出版过三部小说，他把小说家的想象和历史学家的精细结合在一起，以至史景迁称他为抒情诗人和秘密活动家的迷人混合体。

让人望而却步的历史，在他们笔下，却让人不忍释卷。

看他们的历史著作，让我有了一种明悟：历史，也是文学。

同时，还有一个困惑：我们自己的孔飞力、史景迁和魏斐德在哪里？

到了期末，戈德开始用孔飞力们的标准来要求我们了。期末的论文题，就是让我们用一手资料，自己写一段历史。

手头的资料有限。感兴趣的几个题目，只有久远的报纸上的几篇小文支撑，其他，都是二手资料。

我想起了科恩，灵机一动，觉得自己可以在浪漫主义的余晖下，重新读一读徐志摩的作品，如此，也算很丰富的一手资料了。

写个小传，也算是历史，应该不那么难吧。

戈德不太感冒，警告我不要把历史写成评论。

资料确实很丰富，除了那么多诗，还有日记、书信、情书、吊文。而我也多少摸清了戈德的喜好，终于一稿过关了。

在我的叙述中，徐志摩不是传统印象中那个不着调的浪漫青年。作为哥大政治系科班出身的学者，他的政治见地其实比当初很多或"左"或"右"的人物都要偏激。他厌恶美国的民主，也自以为窥到了苏俄蓬勃外表的里层，看透了乌托邦理论的脆弱。他很早就看见了学者参政的必然悲剧，但在动荡的局势中，他也不完全是明哲保身的小资。就像华兹华斯希望用诗来抚平社会底层的创伤一样，他也希望自己的创作不仅有文学上的追求，而且有切实的社会意义。

但毕竟因为生活的经历不够广，公子哥的习气又作怪，他始终离理想的距离很远。那场让他早逝的空难，对他来说其实是幸运的。他同时代的人，后来都面临着在政治派别中的艰难选择，或是压抑思想，或是漂泊海外。选哪条路，对他这样一个爱国却又崇尚自由的人，都很悲凉，还不如在人生精彩之时戛然而止。看看当年左翼作家的结局，再看看他简简单单的"好好过生活"（have a life）的倡议，我们不能不承认，他的思想其实颇具超越时代的意义。

戈德难得一笑，用他自己的方式赞赏道："下学期想不想跟我上节独立研究课？研究什么都行。24小时内把提案交给我吧。"

回到宿舍，我又找出了他有关中国穆斯林史的一部专著。他在专著中，将他对中国西北穆斯林的研究置于对"民族"之类的学术

"话语"的反思和质疑之中，在他的描述中，中国西北穆斯林社会是一个具有二元特征的社会：既是一个缺乏伊斯兰社会调节机制的穆斯林社会，又是一个缺乏传统"中国"社会调节机制——尤其是士绅阶层的中国社会。

在课堂上，他从没提过自己在中国做过穆斯林历史研究，也不曾要求我们读他写的著作。但是，我知道，他的著作，尽管只有英文版，在中国史学界却有很大的影响。研究者评论，说戈德在英语世界中比"其他任何人更熟知中国穆斯林的历史"。

一个令人钦佩的老头儿。

他帮助我矫正了自己对中国社会有点刻板有点单调的印象，多了点国际视野。他让我明白历史是怎么一回事、写历史又是怎么一回事。但是，我仍然决定，不再把历史作为自己的备选专业。

因为，我知道，我虽然也算是一个认真的人，但我的认真，还远远达不到他所要求的那种高度。何况，上了他一年的课，我多多少少也明白，即使那些像他一样——从新的视角解构主流叙事，从既定的事实找出合乎逻辑的解释——"专业化"的历史学家们，也不一定能达致"求真"的最终目的。因为，"真"虽然存在，但不一定属于地球。

也许，最重要的，是我在美国学到的中国历史中，有不少是苦难，是屈辱，是"忽喇喇似大厦倾，昏惨惨似灯将尽"，心是刺痛刺痛的。历史（history）这个词在英文里可以分解成两个词，即"他的"（his）和"故事"（story）。"他的故事"到底是谁的故事呢？强权者的故事，草根的故事，还是历史学家的故事？但无论是谁的故事，我学到的历史是我的故事，最起码是我的先辈的故事。和故事的主角，我有着永远也割不断的血缘，理不清的恩怨，我不能改变血缘，但可以忘记恩怨。有不刺痛的生活，为什么还要去寻找刺痛。历史，意味着过去，过去的，就让它过去吧。

　　我没有按照他的希望提交提案，而且在此之后，就也没有去找过他。最开始是没有回过神来，不知道怎么回复。后来，是越拖越不好意思去找他了。

　　这一拖就是一年多。

　　毕业后，我写了"重拾联系人"的邮件，顺便问起他一直在做的研究。

　　他的邮件回复近 2000 字。除了谈他写的那些没有多少人读的书，畅想他一年后的退休生活，基本上还是一篇洋洋洒洒的"我知道"：

　　　　我知道，你有你的兴趣和爱好。你后来没有把精力放在历史上，我很遗憾，也很理解。每个历史教授都知道，一辈子能教出一两个认真的历史学家就不错了。但我的职业病，就是对自己喜欢的学生，都拿认真这个标准套，标准可能有点高，可能吓跑了不少人，其中，说不定还有史学天才。哈哈。……现在，如果你能在学法律之余偶尔读几本史实版的历史书，我就很满足了。……史实经常不美，也不可能美，因此，我们经常生活在经历或神话中。对于爱思考的你，一面是和美有距离的史实，一面是和史实有距离的经历或神话，可能会有迷茫甚至痛苦。其实，这就是我们每一个人的生活。

　　回信该怎么说呢？

　　我想告诉他，我也许养不成读史书的习惯，但他的课，却把我变成了一个怀疑论者。怀疑不是问题，但沉浸在怀疑中就是问题了。我需要怀疑，也需要理性的精神、乐观的情绪和建设性的态度。

我还想告诉他，跟了他一年，我自觉厘清了美式教育和中式教育的区别，也自觉清晰了学习的真谛：学习，就是把自己的脑袋灌满，然后把脑袋清空；就是在河流里寻找金子，然后把金子打造成首饰，最后丢掉首饰，只留下方法和逻辑。

他对我最大的帮助，就是告诉我能力是怎样通过不背书不考试而培养的。知识不是力量，能力才是力量，我不可能好书读遍，但要知道何处寻书。我不可能把世上的知识学尽，但要知道怎样去学。我可能写不出好的论文，但要会鉴别什么是好的论文。

他留给我最深刻的记忆，就是严厉而宽容，他的课耗时耗力。但他也会让在压力下濒临崩溃的学生有一张安全网，让在压力下坚挺执着的学生有向上爬的梯子。他让成不了历史学家的学生，学到的不仅仅是历史。

但是，我没有说这些。

我的回信，只是祝他退休愉快。我玩笑道：您走了，我们学校的排名说不定又要下降了。

我还说，如果您有时间，可以写一本 MC 史，聚焦它的排名怎么老是往下掉，以至我申请法学院时特别害怕人家不理我。您是历史学家，又是 MC 一部分历史的角色扮演者和亲历者，您写的，会是史实、经历还是神话？我很是期待。

（玖）

室 友

上飞机的前一天，我在行李箱里窝藏美国不让带入境的牛肉干和月饼。我蓦地发觉，自己和艾琳交换的私人信息，实在太多了。连十几年的发小都不知道的事儿，全告诉了那个刚认识十几天的犹太妹了。

艾琳和我，难道就是传说中的一见如故？

去美国的两周前，我收到了学校通报宿舍分配结果的邮件，两人一室，室友名叫艾琳，来自亚利桑那的斯科茨代尔。

这个城市位于亚利桑那州的中南部，毗邻州府凤凰城，大部分居民都在凤凰城上班。

正看着，邮箱里蹦出了一个新的邮件，是艾琳来的。她的自我介绍，每隔几句，都插个笑眯眯的头像。她给出的个人信息面面俱到，简直和来相亲的都有得一拼。

艾琳小时候家住洛杉矶，离环球影城不远。后来因为老爸工作变动，全家搬到了亚利桑那。

她老爸是威瑞森通信公司的高管，和老妈是商学院的同学。不过，她出生后，老妈就辞去了工作，在相夫教子之余，有时做做义工。

她弟弟今年上高一，妹妹刚上小学，家里还有一只 12 岁的金毛，老得牙都掉了，但还是人见人爱。

从初中起，她一共参加过五个乐队，三个合唱团，从大提琴到竖琴，从钢琴到非洲马林巴，所有乐器都能玩上两下子；从教堂的圣歌到黑人摇滚，没什么歌不会唱。跟着乐队的表演和比赛，她去过五大洲。

末了，她问，你呢？

我赶紧提供配对的个人基本资料，从家庭情况，到独生子女政策，到自己多年前养过的兔子，再到业余爱好，一一交代。写到一半，艾琳的邮件又来了。

"刚才忘记附上照片了。是我们的全家福和房子。你的呢？"

这张刚拍下的合影光彩照人。背景是皮沙发、油画和落地窗，前景的大理石茶几上有一束雏菊。艾琳的老爸和老妈都是西装笔挺，而弟弟妹妹，则是私立学校的衬衫领带扮相。艾琳化了很浓的妆，身材微胖，但凭黑裙子衬托，倒很妖娆。

她家房子的外景，也是气派非凡。三层的小楼，玫瑰色的尖顶，米色的墙。前院两棵贵气逼人的棕榈树，后院亮闪闪的蓝色泳池可见一隅。

两张照片，我都没法投桃报李。我独自在家，拍不了全家福。那时是北京时间的晚 10 点，照不出自家楼房的轮廓，我就自拍了一张应付差事。

我说，俺家比较小，不值一提。俺爸妈现在不在家，没法让你一睹真容了。不过，他们都向你问好啊。

一觉醒来，艾琳又回信了。

"谢你夸奖我们的房子！感恩节欢迎来做客啊！"

艾琳对我，几乎每天都发邮件，今天讲自己的男友、前男友和前前男友，明天讲自己追了十年的歌星，后天讲她暗恋多年的乐队指挥，然后便是：你呢？你呢？你呢？

上飞机的前一天，我在行李箱里窝藏美国不让带入境的牛肉干和月饼。我蓦地发觉，自己和艾琳交换的私人信息，实在太多了。连十几年的发小都不知道的事儿，全告诉了那个刚认识十几天的犹太妹了。

艾琳和我，难道就是传说中的一见如故？

艾琳是由老妈陪着来学校的。头一天，学校只允许国际学生入住，还不让美国本地的学生报到。我刚拆了箱子，铺好床，艾琳的电话来了，说她住在学校附近的宾馆，能不能来看看，熟悉下环境？

所谓熟悉环境，就是布置房间。

艾琳的老妈雪莉，是开着搬家公司的小货车来的。她卸下来的，不光有4个特大号行李箱，5个乐器盒子，还有从机场开到学校的一路上采购的沙发、摇椅、地毯、冰箱、微波炉、打印机、水族箱、落地灯……雪莉用新买的小推车，一样一样拉上楼。

我们的宿舍，家具本来就很齐全了。空间不足，雪莉的锦上添花，只能侵占我的地盘。我的家具，被挤到犄角旮旯，床贴着桌子，床头柜进了壁橱。

雪莉深表歉意，说："艾琳的冰箱、微波炉，你随便用噢。"

楼下就是食堂，我用不上这些。

我问："那打印机呢？"

雪莉笑脸依旧："当然可以啦！不过墨钱很贵的，你得分摊点。"

早就听说犹太人精打细算。果真如此。

我问雪莉：艾琳在哪儿呢？

"她正在学校的邮局取包裹呢。"

这都搬了一车了，还有包裹呢！

雪莉爱意浓浓：北极熊、鳄鱼、鸭嘴兽、考拉、企鹅，都是陪着艾琳，从小睡到大的。啊，还有两个大抱枕。没了这些，她怎么睡得好？这些小动物，放在行李箱里太占地方，用压缩袋子又太心疼，还不如邮寄。

我应着，是啊。

雪莉帮艾琳挂起衣服。壁橱不够大，她一边念叨，一边在记事本上写道，要再买一个折叠衣柜，还要买几个粘在墙上的挂钩。

我提醒她，还得再买一个书架，因为学校配给的书柜，已经被用来放艾琳的鞋了。

雪莉给艾琳铺床，在床垫上罩上床罩，盖上垫子，又铺了好几张床单，最后，累得瘫在床上。

我问她，有什么我能帮忙的？

她说，没事。她里三层外三层地铺，是因为艾琳对灰尘、螨虫和羊毛过敏，学校的床垫千人睡万人坐，保不齐里面有什么。

想到和艾琳的通信，我说："还真是。她是不是对大豆也过敏？我当时在想，这得少吃多少美食呀。"

雪莉说："也还好啦。你不是也有点乳糖不耐受么？所以，你懂的。"

"您连这个都知道？"

"是啊。你在亚利桑那出名了。"

我赔笑，心里却不自在。

雪莉在墙上贴哈利·波特的海报，挂披头士的纪念钟，连艾琳和男朋友的照片，她都知道该放在哪里。

雪莉如此呵护备至，会不会审查过我给艾琳的每封邮件？最初那封邮件，是不是她授意写的？所谓的敞开心扉，是不是为了探清我的底细，搞清宝贝女儿到底和谁住？

艾琳抱着一箱子毛绒玩具进了屋。她和我打了招呼，就告诉雪莉，刚才在路上碰上了亚利桑那的老乡，聊得很投缘，晚上请老乡吃个饭吧。

她俩临走前，我给艾琳呈上了自己的月饼见面礼。她又惊喜，又自责，怪自己不该空手而来。

艾琳接过月饼，放在梳妆台上最醒目的位置。她说，这个盒子真漂亮，放在这里，每天早上梳头时都能看到。

每天早上，我们起床的时间差不多，互道早安后，她就会说，昨晚又没睡好。床垫太硬，窗帘透光，或者是自己忘吃过敏药了。但换了床垫，换了窗帘，又在床头贴了"别忘吃药"的横幅，她还是得用强力粉来遮盖自己的黑眼圈。

等她化完妆，我们就一起下楼吃早餐。

她瞧不上食堂里的酸奶，总是边吃自己在冰箱里囤积的牌子，边聊明星。她的最爱，这周要发新唱片，下个月要开演唱会，明年要来我们学校附近。但她的最爱太多，几天一换，我总是对不上号。她的爵士乐团，今天要排练这个节目，明天要唱那首歌。但她的歌曲目录太长，我总是接不对茬儿。

终于，她问我："你根本不感兴趣，对不对？"

我百口莫辩。

第二天，她坐到了人丁兴旺的大桌上，谈笑风生。

第三天，依旧如此。

第四天，她去食堂时，我还在装睡。

艾琳带着一群亚利桑那老乡回屋。她们或是躺在沙发上，或是趴在地毯上，没有地方坐的，就坐在我的床上。她们对艾琳的布置啧啧称赞，可谓现代版的公主房啊。

我看看自己四白落地的墙，四白落地的床，没法插话。

她们一走，艾琳立马打扫房间，但只扫她的那一边。

艾琳也带乐队圈的朋友回屋，轮番秀歌喉，玩乐器。她们唱的，弹的，吹的，宛转悠扬，余音袅袅。可我要考试，就抱着一摞书，说声拜拜，准备转战图书馆。关门的一瞬间，听到了一段女低音：

"你这室友，怎么就走了？"

"书呆子啊。"

我决定向艾琳学习。

我彩印了 20 张风景照，满满当当贴在墙上，免得自己的那部分房间，像是公主的丫鬟住的。

我也开始带朋友回屋。

我先带了个北京老乡。她上门做客，捧着一包稻香村的点心。我们分了绿豆糕、枣泥饼和自来红，吃得津津有味，却见不喜点心的艾琳一直盯着我俩看。

我问："怎么啦？"

艾琳拿着卡通版的笤帚簸箕，跨过那条无形的楚河汉界，嗖嗖扫起掉在地上的点心渣子，说："别招虫子。"

我又带来了凯西。我们进门时，艾琳正在给家里打电话。她怨念地望望我们，把自己关进了壁橱。我听不见她在说啥，只听见"妈妈"、"妈妈"的窃窃私语。

我们知趣地出了宿舍。凯西开玩笑："艾琳在说你的坏话么？

我倒真想听听。"

我还带回过一个家住洛杉矶的美国同学吉娜。这次，艾琳喜上眉梢。

她说，自己小时候也住洛杉矶，现在是多么多么怀念那里。亚利桑那这个大沙漠，又热又无聊，在家里过过小日子还行，出门就没处可去。她之前在洛杉矶上过那么多表演课，搬家后都没法继续。这么多年，在学校里的小乐队里混，啥时才能有出头之日？

吉娜是学校剧团成员，听后很有共鸣。

"艾琳你真坦率！谁不想当明星呢？可现在谁都不敢承认！今天怕笑话，明天怎能有神话？"

她俩坐在羊毛地毯上，各自讲起了自己的遥遥明星梦，坎坷明星路。一坐就是一个小时。最后，她们得出结论，人生不如意，有多少天赋都没人认可，还是得先找个富豪嫁了，再追逐自己的梦想。

我站也别扭，坐也别扭，不能写作业，又不好一走了之。

吉娜注意到我的表情，换了个话题。但刚刚开了头，就被艾琳揪回明星路了。

就这样，我们的关系冷了下来。

我想，艾琳只是个没心没肺的富家女罢了。亲热起来，没完没了。新鲜感一过去，就懒得理你了。

我们的那些邮件，如果是她主动而为，肯定是一时兴起。没准，她也曾眉飞色舞地给老妈讲过我的一篇篇回复。只是在邮件里，我们把该说的话都说了，现在反而没得可聊。

我的生活，除了在睡梦中的几个时辰，和艾琳的交集越来越少。她起床时，我还在睡觉。她睡了，我还在图书馆。白天，我在教室、体育馆、食堂和湖边轮番转，忘了带东西才会回屋。

每次回去时，我都在心中默念：最好别撞上艾琳。

一次，她蜷缩在床上，枕套哭湿了一片。

原来，她西班牙语考试得了C。

说实话，我并不意外。每天放学，艾琳不是聚会，就是吹拉弹唱，从来没见她写作业。

我不便点出，就帮腔怨教授给分不公平。

艾琳纠正道："不是教授不公平，是我确实学得不好。"

有自知之明，还跟我哭什么呢？

她说："你的英语，怎么就能比我的西班牙语好？"

我学英语吃的盐，比她学西班牙语吃的饭还多呢。

又一次，我回屋时，见她对着垃圾筒撕报纸，边撕边骂，磨刀霍霍向猪羊似的。

又怎么啦？

"你没看中期选举么？"

"没……"

"亚利桑那全成共和党的天下了，我们民主党怎么活啊？早就该跟我爸说的，当初就不该离开加州。哪怕换份工作，也要和志同道合的人生活在一起。这下好了，这群乌合之众领导我们，又得倒退20年了！而且，我喜欢的那些明星，尽是讨厌共和党的，说不定不来亚利桑那开演唱会了！不行，我要搬家！"

得知艾琳是死忠的民主党，我挺惊讶。共和党里保守派居多，更倾向于霸权主义，而相比之下，民主党要自由开放，对其他势力更加包容。没想到，艾琳这么一个活在自己世界里的富家女，也这么关心政治。难道是仅仅为了她那些明星么？

我想不出怎么安慰她。

回屋撞上的最大的一次场面，是她一家五口都在。

她老爸站在艾琳的书桌前，研究她的课程表。老妈雪莉坐在艾琳的床上，皱着眉头说，加了这么多层垫子，床还是不够软，苦了艾琳了。小弟一边翻艾琳的乐谱，一边哼着歌。小妹抱着艾琳的毛绒企鹅，穿着艾琳的高跟鞋，踢踢踏踏地走，惹得全场欢笑。

艾琳用牛奶、香蕉和香草冰激凌做鲜榨奶昔，见我进来，容光焕发，说这周末是家长日，我们家提前来了。

我从老到小，一一问候。

我伸出手，但没人做和我握手的姿态。我只好做了个介于点头和鞠躬之间的动作，不伦不类。

艾琳的老妈雪莉说："最近学习很辛苦吧？我觉得你脸色不太好，和上次看着不一样了。"

老爸说："没有吧？我觉得和那张自拍挺像的，没什么变化。"

小妹晃晃悠悠地背对着我站着，尖声道："这就是那个中国人么？"

全场欢笑。

艾琳的奶昔做好了。她给小妹倒在粉红的大杯里，一起欢天喜地出门了。

我给北京老乡打电话，一起大骂这个不期而至的家长日。

热闹不是我们的。

家长日过后，我若不是十万火急，白天尽量不回屋。就连忘记带书，也是临时借图书馆的。

我和艾琳，一连好几天也见不到正脸，说不上一句话，相安无事到了感恩节。

感恩节放假前，艾琳成天在屋里收拾回家的行李，我俩才打了照面，她问我打算去哪儿。

她还记得那句时过境迁的客套话么？那句"放假来玩"的邀请？

我说，学校里待着多闷，我去凯西家。

她说："她住新罕布什尔州么？听起来，比学校还冷。"

"是啊。亚利桑那倒是暖和。可惜我没那缘分。"

"是暖和。"她耸耸肩，"你看这条裙子怎么样？我专门买来回家穿的。"

她走的时候，把自己公主区的大面上，都清得纤尘不染。她的冰箱空空，大门开着，插销也拔了。打印机上，不留一张打印纸。而她平时放在桌上的文具，都被锁在了抽屉里，唯恐被我贪污了什么似的。

但她忘记了倒垃圾，弄得满屋子香蕉皮味。

我去墙角拿她的垃圾筒时，发现了那个从梳妆柜上掉下来的月饼盒子。

我捡起来，拿去和北京老乡瓜分了。

感恩节过后，我正在健身房的跑步机上锻炼，突然接到舍管的电话。艾琳到学生中心告了我一状，舍管希望调解一下我们的关系。

我赶到时，艾琳正在和舍管倾诉，哭得梨花带雨：

"我来这儿上学之后，就没怎么睡好过，黑眼圈总也下不去。我最初以为，是窗帘的问题，或是床垫的问题。现在我终于知道了，那是因为她回来得太晚。有一天晚上她没回来，可能是在图书馆开夜车了，那是我睡得最安稳的一次。

"她不爱理我。我有什么困难，她从来不帮我。我跟她说什么，她都不会安慰我。我今年遇到那么多烦心事，她却逍遥自在……

"我从西部到东部上学，离家那么远。坐飞机要好几个小时，回去一趟又不方便。我要适应新环境，本来就不容易。又赶上这么个室友，叫我怎么活？

"我们在见面前通过信。当时，我还觉得自己运气真好。没想到一见面，就不对劲儿了。她分明就是书呆子一个，还把自己写得多有业余爱好。她送我一个什么怪怪的饼，后来竟然自己偷走吃了！我们处成这样，她竟然还暗示我，感恩节我该带她回家做客！你说她是不是应该看看心理医生？

"我要换室友！"

我听得，怒火中烧。

好吧，就算我回屋晚，可每次回来，我连灯都没开过，最多拿手机照着亮，就是拿洗漱用品，也是蹑手蹑脚。你睡得不好，分明就是神经衰弱。

好吧，咱俩是好久没说话了。可话不投机三句多。我又不是你的爸妈、男朋友，凭什么要哄着你？

你说你家住得远，和我能比？我一年能回家一次，就阿弥陀佛了。入学时，没人帮忙布置房间；家长日，不能秀恩爱；给老妈打电话，还得考虑时差。你倒抱怨我不帮你适应环境了，不关心你了。你帮助过我，关心过我吗？

再说，一开始，就是你欢迎我去你家的。要我打印邮件看证据吗？

这等事，怎么还扯上心理医生？

艾琳的老妈也说我脸色不好。她的言外之意，难道是我脑子有病？

和舍管说话时，我尽量平心静气。我说，我的语言也许不够流利，很多事情没有和艾琳交流清楚，造成了误会，我很抱歉。我没法早回宿舍，但我可以脚步再轻一些，动作再小一些，不把艾琳吵醒。我不会察言观色，不知道艾琳一直这么委屈。但她要早跟我说，我是会改正的。我人要是不在，她可以写邮件啊。

一提到写邮件，我忍不住要笑。

舍管点头说，艾琳要找和自己作息时间一样的人，难度比较大。换室友的申请，艾琳交了，但重新分配要等多久，就说不清了。你们先自己协调吧。

不过，未兹你还是去看看心理医生吧。你脸色不好，是不是学习压力太大？咱们学校的心理医生免费服务，干吗不用呢？不要等到精神崩溃，再去寻求帮助。小事情，疏导一下，就不会积郁于心了。

我茫然点着头。艾琳盯着我，也点点头。

调解结束，我悄悄问舍管："真需要看心理医生？"

舍管低声说："你自愿呗。我很遗憾，帮不了你和艾琳什么忙。你去一趟也好，可以找人诉诉苦，说你室友无理取闹呗。别为这事太烦心。"

我听了舍管的话，还真去了。

冤家路窄。我在候诊室里，撞见了艾琳。她正在读一本时尚杂志。

她听见我的动静，抬头看了我一眼，没吱声。

我们就那么尴尬地并肩坐着，直到有人喊艾琳进里屋。

调解的最终结果，是我们的关系更僵了。期末来了，我把心思放在考试上，早出晚归，回宿舍倒头就睡。

等我注意到时，她的床已经连着空了几天。她应该不仅仅是找她男朋友去了。

一问舍管，艾琳正在办退学。

我思维定式地问，"那她考完期末了么？"

舍管一摊手："也许提前考了，也许没考。反正没有人告诉我。"

第二天晚上回来，我发现她的物件少了一些。不知是她白天回来收拾过，还是把东西都送给自己的亚利桑那老乡了。

第三天，她的衣服，都已叠放整齐，摞在搬家公司的专用大纸箱里。

她当年拆箱都要靠老妈，感恩节打包要花一周，现在，怎么这么神速？难道她的老妈已经过来过？

期末的事情忙完，我再回来，屋里就剩下那张坐过她无数老乡的地毯了。

有新室友后，我和她讲起了艾琳。室友道："这就是养尊处优的结果。我出国，就是怕自己一直活在父母的庇护下，一辈子也长不大。要是在国内，外地人看我，八成就像你看艾琳。"

萨维诺对艾琳的评价更苛刻。他说："美国说不定要毁在这些孩子手里。不过，你们中国的富家子弟不也这样吗？"

同是富家女的冬冬持反对观点："这根本不是贫富问题。关键是，邮件这玩意儿害人，你们双方，都只展示了自己随和的一面。期望越高，失望越多。"

我在国内上学的同桌，大学宿舍里有六个室友。她嘲弄我说：你们这些事儿，算什么呀？你见过睡你下铺磨牙的人么？见过醉酒吐在你身上的人么？见过抄你作业、但考试得分比你还高的人么？你就这一个室友，还把人家逼走了，不该反省么？

我是应该反省。

我给艾琳写邮件的时候，美化了自己，本是人之常情。但我没有必要回得那么勤、那么详细，让她以为，陪她聊天是我的乐趣。她心直口快，也讨厌别人藏着掖着。而我若是趁早坦言，自己不是追星族，也没有什么艺术细胞，就不会有餐桌上的百口莫辩了。

我的生活环境，和艾琳相差太多。我的姥姥，70多岁时出门，还在挤公共汽车；没有挎包，用的是布袋子；没有钱包，装钱用旧信封。姥爷是院士，但他住的房子，一定是全国所有院士中最小的。他谢绝了多次的搬家机会，却给慈善总会捐了很多钱。我的老妈，缺衣服时，经常不去买，而去翻箱倒柜地找。我的老爸，在外面吃晚饭时，经常是一碗刀削面了事。我出国时的家当，都是两手能提的。

艾琳的生活经历和我不一样，生活观念也是相距甚远，如果我能及时和她沟通这些差异，我们之间的误会是不是会少一些？

她带到学校的东西太多，却不愿与我分享，我是不是一开始就带着怨气？她愿意和志趣相投的朋友在一起，对我的感受却不够留心，我是不是有点耿耿于怀？

如果是，我是不是应该了解一下美国文化对私人财产和私人空间的理解？

她西班牙语考试得了 C，寻求我的帮助，却词不达意，而我的反应是不是有点小题大做？她的家人来探望，我却顾影自怜，我的心胸是不是有点窄？

如果是，如果我能多一点同情心，就应该和她讨论讨论美国政治，为她的家庭欢聚而高兴。如此，我们之间的距离应该能拉近许多。

她不懂得圆滑，但总比处心积虑的人，要好相处吧？

她有点情绪化，但我就算给不了像样的安慰，也该给点温情吧？

那个月饼，没准，她本是想感恩节带回家的，是不小心掉到了地上。我为什么不问问她？

一个巴掌拍不响，艾琳有错，但我就没错吗？

我又开始给艾琳写邮件了。

我说，那一年，没想到你会那么郁郁寡欢。我初来乍到，自以为对美国有些了解，但其实只是一点皮毛。加之既想接近你，又怕干扰你，所以出了不少错，犯了不少傻，让你失望，我很抱歉。你离开学校后，想起和你相处的一年，既感觉从你身上学到了不少东西，又认识到了自己的自以为是。也许，这就是我们中国古话讲的不打不相识吧。

我的邮件，泥牛入海。

我们的联系，以邮件始，以邮件终。

离开 MC 后，我上过艾琳的 Facebook 主页，发现她正在读康奈尔大学的 MFA（Master of Fine Arts 艺术创作硕士），专攻写作。

MFA 申请者大都有工作经历。而本科毕业直接申请的，大多都发表过著作。艾琳难道转了学，跳了级，还出过书？

我无从知晓。她的 Facebook 个人资料一片空白，连 MC 的这一段都没有记录在案。不过，她的主页上，分享过五花八门的链接，诗情画意的风景照。一年前的 4 月份，有几十条祝贺她被康奈尔录取的留言。

她的头像照片，不再是那个胖胖的浓妆追星女，而是个站在沙滩上眺望远方的背影。

这是什么情况？

我不知道，专攻写作的艾琳会写些什么呢？

写自己娇生惯养到 20 多岁，突然决定逃离富二代的金丝笼子，追寻不平凡的梦想？

写自己本想以歌喉来进军娱乐圈，后来发现文学创作，才是自己的真爱？

写自己大学时曾徘徊在忧郁症的边缘，一度退学，却最终三年就毕业？

写自己那个大一室友？原来相见恨晚，最后形同陌路。

在艾琳成名前，让我先写写她吧。

我喜欢过她，因为她美艳妖娆，却心地单纯；天赋过人，却并不自恋；身为富二代，却能放下身段。

我讨厌过她，因为她情绪波动，旁若无人。她有追求，但不愿付出。

但这些，都只是表象，都不是真正的艾琳，全部的艾琳。我不懂她，就像她不懂我一样。

很多天才，在把他人喝咖啡的工夫用在事业上之前，与他人并无区别；很多普通人，和成功之间，只差一点点机缘；很多伟人，在周边人看来，实在无法理喻；很多凡人，也曾有不凡的梦想甚至行动；很多善人，有着凛然正气，却不为人欣赏；很多恶人，带着无数秘密进了棺材，却留下了完美无缺的形象。

艾琳呢？

她是否是天才，是否能成为伟人，我不敢断言。但我确定，如果她能把花在聚会上的时间利用得当，她一定不会是凡人。还有，她应该是一个善人。

也许，若干年后，我能在书店里看到艾琳的书，并在书中与她对话。

（拾）

凯　西

　　凯西不是绝对的素食者，她称自己是有良心的杂食动物。她休学的那年，在自家的仓库里养鸡，保证它们睡得香甜，吃得营养，闷了还能去外面的草地上遛弯。

　　几只鸡长到足够大，凯西就会把它们一起杀掉，免得剩下的两三只，失去了同伴，还要在坐以待毙中度日。

我是在学校登山队的秋游中认识凯西的。那时候，我刚到美国，一切都很新鲜。登山队一忽悠，我就找出收在行李箱里的傻瓜相机上山了。

　　凯西走在我身边，穿着洗得起了毛的 T 恤，蓝牛仔上还贴着两个星形的补丁。若不是她眉清目秀，如出水芙蓉一般，说不定会被人当作嬉皮士。

　　山上眺望点很多，每到一个眺望点，大家都会停下来，看看景，拍拍照。山谷间的红叶沁人心脾。凯西不忍心摘树叶，而是托在掌间，悄悄欣赏。

　　看到她陶醉其中，我问："要不要来一张？你的扮相，有点艺术家风范。"

　　她乐得脸红，先是大跳，再是做鬼脸，换了好几个姿势。我连连按下快门，递给她相机。她一张一张地翻看，心满意足，说："回去发给我。你会让 90 多岁的老太太心花怒放的。"

　　那是她姥姥，最喜欢她寄的照片。照片是用彩色打印机印在 A4 纸上的。老太太眼花，图像越大越开心。

　　凯西夸我的相片像素高，别说用 A4 纸，放大做成海报都行。

她用的老式单反机，旧货店里 20 美元淘来的，太沉不说，照片的质量还飘忽不定。

而我的相机呢？两千多块钱的索尼数码相机，好多中国人的入门机。

见到一个不化妆、不摆谱、不忘老人的美国同学，觉得很特别。我俩一边爬山，一边聊天，有了相见恨晚之感。

凯西本该上大四了，但她去年休学了一年，所以还在上大三。

为啥呢？她老爸去年失业，弟弟刚考上大学。所以，她买了一枚学校的纪念戒指，退了课，退了房，去她妈妈工作的医院兼职做接线员。这份工作收入微薄，攒不下几个钱，但好歹暂时不用父母给她交学费。

她老爸的再就业问题还没有着落，但学校发了善心，给她追加了助学金，她就回来上课了。

我直冒冷汗。美国人不爱存款爱贷款，一出事就抓瞎，这倒不稀奇。可像凯西这样差点失学的，我还是第一次听说。

凯西不以为意，说她如果一开始就去助学办哀求，再加上几位教授的请愿书，学校肯定会施以援手。但大二那年，她学得很累，一想到能放个长长的假，顺便还能体察体察社会，也就认命了。

做接线员，她天天都要面对病人家属的投诉，陪人哭，劝人架，觉得没灾没病就是福，更别提没灾没病还能上学的了。现在回来上学，她不再计较她的社会学专业前途不好。自己的那点担忧，比起婴儿被护士失手摔在地上的新妈妈、猝死的 IT 精英，或是刚做完手术就在厕所滑倒的老太太，实在是微不足道。心无杂念，学习更加事半功倍。

爬完山回到学校，我把凯西请到我的宿舍，将相机里的照片拷到一个新 U 盘上。我说，自己的邮箱发不了这么多照片，你把 U 盘拿走吧。

凯西举棋不定，但最终没有拒绝。

一个穷留学生，能向比我更穷的老美表表心意，还是挺过瘾。

分手的时候，凯西约我第二天在学校的素餐食堂吃晚饭。约定的时间快到了，我给她打电话确认，却怎么也打不通。外面忽作狂风暴雨，我一时找不到伞，又懒得去楼下的餐厅，就在房间里吃了点燕麦充饥。

快 9 点钟的时候，她终于接了电话。

原来，凯西冒雨去了我们约好的素餐食堂，也曾在心里数落我。电话那端，她不解道："不是已经约好了么？干吗还用手机？没有手机的年代，人们也是有约会、有聚餐的呀。"

我连忙道歉。她也给我台阶下，问我：她自己是不是太老土了？明天，老时间、老地方，再一起吃，行不？

我赔笑道：不带手机，风雨无阻。

每周一起吃一两顿素餐，成了我们的必修课。

凯西确实很老土。手机不是智能的，电脑不是苹果的，裤子上的补丁，也不是假冒的。她没几件两年内新买的衣服，但打补丁的裤子，她也要天天换。

她从家里搬来一台缝纫机，一闲下来，就织些毛袜、帽子、手套之类的小件送人。她为我织过一条围巾。不过，我的脖子太爱发痒，用不了。她又买了敏感肌肤专用的毛线，计划在圣诞节前织条新的，给我惊喜。但她一忙起来，忘了这茬儿，便拿着一团毛线和缝衣针来找我请罪。她说，东西留我这儿，让我记得催她做。

凯西喜欢找我吃素餐，因为她在学校认识的素食者们，大都太极端，聚在一起，就爱讨论怎么把天下人都变成素食者。她说，有个作家讽刺极端素食者，说他们"自命清高、目中无人，殊不知蔬菜水果也是会痛的"。

植物会不会痛我不知道，但这些人的自命不凡和难以沟通，我可是领教过的。

凯西不是绝对的素食者，她自称是有良心的杂食动物。她休学的那年，在自家的仓库里养鸡，保证它们睡得香甜，吃得营养，闷了还能去外面的草地上遛弯。

几只鸡长到足够大，凯西就会把它们一起杀掉，免得剩下的两三只，失去了同伴，还要在坐以待毙中度日。

别的鸡，她是不吃的。

只吃自己杀的鸡，你说这善人神不神？

凯西自有一套理论。她说，你知道大养殖场的动物们是怎么生活的么？

小牛被圈在无法转身的格栏里，为了保证肉质细嫩，肌肉肥肉不分家，一岁多就被杀了。

母猪被五花大绑地注射激素，不是处在怀孕，就是处在产仔的状态，而小猪一出生就被拉走去做烤乳猪。

鸡的成本是最低的，几百平方米的厂房，可以容纳成千上万的鸡，如果从空中航拍，就像是密密麻麻的一大片鸡毛掸子，根本不像活物。而每天喂食的场景，更是触目惊心：鸡们争相抢夺，互相踩踏。而踩踏过后，被挤在一旁的伤兵败将，也许会黏在成堆的粪便上饿死，发霉了也没人去清扫。因为活下来的鸡，已经足够盈利了。

有机农场的动物，生活质量倒还过得去。超市也会标明肉品的来源。可凯西觉得，还是自己养的最踏实。

"如果对肉的生理需要，超过了杀生的负罪感，那就吃肉。"凯西说，"如果只是一时的嘴馋，那就想想围裙上溅的血，想想五花大绑的母猪。或许，你会觉得，还是吃块豆腐补充蛋白质要好些。"

凯西也问我，为什么吃素？

我的境界不高。

我坦言道，自己其实是吃肉的。不过，食堂的牛肉做得太生，时不时还看到血丝，心里有点发毛。鸡肉做得太老，嚼得我满脸抽筋。猪肉做得太糊，有致癌的风险。鱼肉不是油炸，就是太腥。这样的肉食，还不如吃素算了。

凯西倒不介意，说："我吃素，是因为自己的好恶，并没有改变世界的念想。有人说，同样的一亩土地，稻谷蔬菜的产量远远大于牛羊的产量，所以，应该鼓励所有人吃素，这样，可以喂饱更多的人。问题是，这两者可比吗？不可比。吃素还是吃肉，对我不是问题，但对有些人，则是大问题。人的欲望，各不相同，应该顺其自然，而不是强求一致。有的人不吃肉就写不出好文章、做不出好曲子，谈不成生意，创造不了价值。这样的人，当然要给他们吃肉的自由啦。食肉者杀几只动物去造福更多的人，总比食素者伤害他人强。"

我说："没错。甘地是素食主义者，可希特勒也是。"

凯西吃饭前要祈祷。

总有那么一两分钟，我会觉得尴尬。后来，我也会装模作样地合起手，嘴里念叨点什么。

凯西问我信什么教？我支支吾吾地说，自己是不可知论者。她很虔诚，而我若说自己是无神论者，恐怕有点伤人。所谓不可知论者，就是相信宇宙不完全是由自然法则统治的人，但并不明确哪一种信仰。

她坦言道："不可知论者是不做饭前祈祷的。你是无神论者就直说呗，我不会逼你入教的。"

我狼狈地笑笑，说，家里没这个习惯，学校也不教这个。但我是个什么都想知道的人，没准你可以说服我？

凯西摇了摇头。

她说，她有个叔叔在哈佛神学院当过副院长。她小时候也考虑过要不要进神学院。不过，她是个不会传道的人，何况把自己的思想强加于人，也有违她的意愿。她觉得信教，就是为了让人有信仰，有准则。

有些人，不需要信仰的约束也会一心向善。有些人，表面虔诚，实则龌龊不堪。还有人打着宗教的幌子到处聚敛钱财，笼络人心。这样的人，也许不信教，还能真诚一点，收敛一点。

神父们受教规禁锢，不得结婚，于是性欲长期压制，闹出一堆绯闻。教会天天募捐，但财务支出却没有什么透明度。何况，从古至今，有多少宗教迫害和宗教战争，波及了多少人。

我说，的确，人的道德高下，和信教不信教没有绝对关系。

凯西也不为教会辩护。她说，她小时候上过几年天主教小学。

老师都是修女，每天都要晨祷和晚祷，每周都要见忏悔神甫。听她们上课，就好像在听布道，气氛压抑得让人窒息，却学不到什么有用的东西。后来，转学到了公立学校，她才听说了进化论，觉得比神创论要靠谱得多。

看总统大选的辩论，凯西也瞧不上虔诚的副总统候选人保罗·瑞安。当被问到未来政府的生育政策时，瑞安说出了美其名曰"胎儿权利"的宣言。瑞安反对避孕，反对节育，反对堕胎。他说多年前，看到妻子怀孕三个月时胎儿的彩超，感觉上帝创造这么美的东西，是让我们当护花使者，而不是扼杀生命的凶手。凯西听了直想吐，说，瑞安富得流油，养五个儿子不费吹灰之力，而社会底层却没有这样的条件。贫民窟的小孩子不应为父母的一时之快而受一辈子的苦。

凯西和我谈起美国早期节育学家的话："上帝怀里的小孩子如果和未来的父母通个电话，发现老爸酗酒，老妈和两个哥哥挤在一张床上，还会愿意来人间么？"她还讲起罗马尼亚禁止使用避孕套年代的孤儿遍地，犯罪率飙升，说推行这些政策的人，还都以信徒自居。

我接着道："所以，我很讨厌美国人骂中国的计划生育，说它非人道。让女人少受点罪，让小孩子多享点福，让大家都能有饭吃，这不人道，那什么是人道？"

凯西道："我可以和教会的朋友讲讲这些，帮你宣传一下。"

她知道，教会有教会的问题，但这不妨碍她坚守自己的信仰。小时候在教会学校里学来的规矩，她样样遵守。除了天天祷告，一有空，还要做礼拜和忏悔。所有斋戒日，她都严格遵循。尤其是复活节前的大斋节，整整一个月，她都不碰自己喜欢的东西，靠胡萝卜、芹菜度日。她说，忍受这一点，比起耶稣受的磨难，算什么呢？

第二次去凯西家，是圣诞节的时候。

那天早上，一觉醒来，看到一张字条：我去教堂了，你多睡会儿。早餐在桌上。

凯西结识我后，也一直想把我介绍给她的朋友们。她让我去看她乐团的排练，剧团的表演。她教会圈子的新年聚餐，也会拉上我。男朋友麦克约她逛街，她问我有没有想买的东西，要不要一起去。我不愿当电灯泡，但推辞无果后，考虑到自己又确实需要添件外套，就跟着去了。

但是，一件事比一件事尴尬。

凯西乐团的人排练结束，个个都累得人仰马翻，无心和我搭讪。我把"太好了"和"棒极了"轮番说了几遍，也就没话了。

她的剧团演的是得过普利策奖的名篇《九死一生》（*The Skin of Our Teeth*）。第一次看这个话剧，我深感时间错乱，情节混杂。看得一头雾水，我坐不住了，溜出去上网查剧情简介。但返回时，却被锁在门外。凯西期待的落幕拥抱，自然成了泡影。

新年的聚餐十分丰盛，我和她的几个朋友聊得也还算融洽。吃到一半，我们谈到了 MC 去密西西比州的一个支教项目。我想起一个笑话，说，密西西比的州训是，"来玩吧，你会更喜欢你自己的州的。"[1] 身旁的女生瞪着眼睛说：我就是密西西比的！

---

[1] 密西西比是全美最贫困的地区之一。

有了这次教训，我倒是没有再说过错话。见凯西男朋友时，也还算得体。

不过，这次轮到凯西说错话了。

凯西的男朋友麦克比她小三岁，见面时送了她一条价格不菲的项链。凯西戴上它，和麦克喜气洋洋地逛街，路过一家珠宝店时，发现麦克买亏了。

凯西心疼道：你以后可别再花冤枉钱啊。

麦克不悦，说：攒钱干吗？给孩子买学区房么？

最初，我以为这是姐弟恋的常见问题：男的活在当下，女的想得长远。

后来我才了解，以麦克的家境，买多少学区房都不是问题。

两人当时没有吵架，依旧是有问有答，但没了兴致。

没过一个月，两人就分手了。

我不是滋味："别让我成了你的灾星啊。"

凯西说："哪能怪你？我们本就不合适。他不会再去我家了。你什么时候去做客呢？"

感恩节，我终于去了。

我是带着课本去的，却一次都没有翻开过。每天，在凯西的影响下，我睡醒了做饭，吃饱了散步，累了回家看电影，困了就上床，优哉得不能再优哉。

凯西的老妈是护士，在教会医院干了 30 年。老爸是个有点跟不上时代的电脑工程师，被公司裁掉后，曾经醉酒驾车撞倒过路牌。有了不良记录，工作变得更难找。

凯西休学后，他也赶忙戒了酒，安心管起后勤，送老婆孩子上班，在家里潜心研究烹饪。现在，他可以手工炼制黄油奶酪，制作腊肠火腿，还不时研发新菜，端出一道意式千层面、法式可丽卷之类的惊喜。他老爸自诩道，贫民的价格，餐馆的质量，哪里去找？

她私下告诉我，老爸绣花似的做饭，所有工序的成本算下来，一点也不省钱，还不如多花点时间找工作。但只要他不喝酒，这都好说。

凯西的家在树林里，是她老爸20年前搭建的小木屋。楼上楼下，三室两厅。房子的地板有些起皮，窗户带着小裂缝，家具很不配套。不过，屋里四处都干干净净，墙上挂着凯西的油画，凯西弟弟的海报，老爸老妈的照片。纱门上，还贴着一条工整的标语："莫伸手！本公馆安装有ADT防盗系统"。那是凯西刚会写字时的恶搞作品。

凯西把她的房间让给我，自己睡客厅。因为她的小狗玛吉的窝也在客厅里。她叮嘱我，玛吉有时会梦游，舔人的脸，我睡觉时，要把门关起来。

她家的前院后院，一亩三分地，有鸡舍，鸟棚，还有一小片菜地和几棵果树。

鸟棚是凯西的弟弟做的，用铁丝网围成，上面缠着藤本植物作装饰，没有经济价值，主要是观赏用。不过，里面的几只鸟，观赏价值也不高。小孔雀的尾巴断了一半，从不开屏。几只小鸽子都不是白鸽。小山鸡肥得睁不开眼睛，细腿撑不起大肚子，走路一步三晃。这些都是凯西的老妈从动物救助站收养的。

菜地里种着南瓜和西葫芦，灌木丛长着覆盆子和草莓。平常年份收获的瓜果，很快就能一扫而光，但一逢丰年，就会有盈余。这时候，凯西就会帮着老爸熬果酱，做南瓜罐头。他们把旧果酱瓶的包装纸撕掉，洗干净，再贴上自家电脑设计的广告标签，如"凯西山庄"和"2012 全美畅销品"之类，就像是大模大样的品牌。

母鸡们是最让人操心的。某夜，有不明生物闯进了鸡舍，留下了几根黑毛和一个模糊的小脚印。六只鸡中，一只被咬伤，五只受了惊。原本一天六个蛋的产量，从此没了保证。

凯西向朋友借来了监控摄像装置，一心想为母鸡们报仇，但折腾了几个晚上，连凶手的影子都没有看到。

她开始做善后工作，照顾受伤的鸡，到超市购买最好的饲料。一有空，她还带着母鸡出舍散步，陪着母鸡咕咕叫。

感恩节，母鸡吃了凯西烤的蓝莓派之后，破纪录地一共生了七个蛋。如此感恩之心，让人动容。

平安夜，我求凯西带我去看圣诞弥撒。

她说：上次没叫醒你，是因为领圣餐时，神父会把圣饼递给你。你不是教会成员，不应该接受圣饼；但拒绝神父，又有点难堪。

我打消她的疑虑：没有圣饼，也有教会的福音，我沾沾光，何乐不为？

弥撒在午夜 12 点开始。大主教的开场白是一个小故事。主教孩子马修上的幼儿园的圣诞节表演节目时，要朗诵一个叫 *Christmas love*（圣诞之爱）的童谣。台上的孩子，每个手里都有"Christmas love"中的一个字母。马修拿的是"m"，但拿倒了，变成了"w"，但台下的人，却没有一个笑话马修。小家伙把"Christmas love"变成了"Christ was love"（耶稣即爱）。在主教看来，这个所谓的错误却道出了宗教的真谛。圣诞节是个家人团聚、爱意洋溢的节日，耶稣给我们的爱，时时刻刻都在，他就是爱的化身。就像今天相聚于此的人，不管相信耶稣与否，都一定相信爱。

后来的布道变得艰深，瞌睡虫就缠住了我。直到唱诗班的圣歌让我醒过来，我才睁开了眼睛，也才看到，在烛光下，有一群小正太。

凯西捅了捅我的胳膊：第一排最右边，就是马修。是不是很帅？

往外走的路上，凯西轻轻问我感受如何。

我说，没太听出门道。唯一的领悟，就是这位主教能够包容和尊重不信教的人，真好。

她意味深长地看着我，说："我一直都希望做他那样的人。"

圣诞节的清早，我穿上靴子，和凯西一起遛狗。

我们穿过丛林草地，沿着小溪行走，玛吉在前面跑，在泥泞的冰水混合物里打滚。

凯西说，回去得拿干洗液在玛吉身上喷一喷，再剪一剪它耳朵边的杂毛，因为晚上她姥姥会来做客。她老爸要做意式千层面，烤俄式黑面包，招待老太太。

我问："你姥姥收到你爬山的那些照片了么？"

凯西说："当然！她谢谢你呢。不过，她 90 多岁了，有点老年痴呆了。今天，她也许会问好几遍你是谁。"

我张口结舌。

一见面，我发现自己的担心是多余的。老太太腰不弯，背不驼，鹤发童颜，声如洪钟。她坐在餐桌的首席位置上，大谈特谈自己上个月的加拿大纽芬兰之行。她讲自己的小车半路抛锚，是两个路过的壮汉帮她换的轮胎。

她说，最开始看壮汉停下 SUV 朝她走过来，她还捏一把汗。不过，一看到壮汉车后座上有刚买的有机牛奶和动物饼干，她就如释重负：是好人，才会买有机奶！

大家都笑呵呵地听着，我情不自禁地问："奶奶您一个人开车去加拿大？真了不起！全天下的女人都佩服您啊。"

老太太更得意了："是啊。我刚办的驾照延期。当时，我还怕办不成了。可人家给我续了 10 年呢！我肯定要活过 100 岁，对得起这新驾照。"

吃完饭，老太太执意要回家过夜。凯西的老爸送她回去。

他们走后，凯西提醒我："你可别乱说这驾照的事啊。姥姥背着我们办的。我们都不知道是怎么办成的。车管局的人要是好好调查一下，没准就要吊销。那她可就难过了。"

"可她一个人这么疯玩，你们怎么放心呢？"

"哪有啊。"凯西捧腹，"那是多年前，姥爷还在世时的事儿了。她老是分不清楚时间。"

那个冬天，为了给家里再省点钱，凯西提前一个学期毕业了。

她过了两个月毕业即失业的日子，睡在朋友家的沙发上。之后，她找到一份志愿者类型的工作。

她给我写邮件说，自己在一家公益机构，主要任务，是教拉美移民英语。当初为了混学分而上的西班牙语，现在派上了大用场。刚去一个星期，她就和拉美人打成一片了。

那家机构有教无类，学生也鱼龙混杂，有勤恳的劳工，有偷渡客，有难民，还可能有前毒枭。机构不想惹上官司，在助人为乐和知情不报的两种状态间度日，如履薄冰。

凯西也是从老员工的八卦中才知道，那位气度不凡，走路瘸腿的墨西哥人，不是老兵，而很可能是火并过的黑帮分子。而那个蔫巴巴的委内瑞拉小男孩，原来是个落魄贵族。

她带着小男孩去公共图书馆儿童厅，经过诗集区时，却见小男孩盯上了艾略特[①]的诗集。小男孩低声告诉凯西，他原来的家教最喜欢这位的诗。凯西这才知道，小孩沉默寡言，不是因为英语不好，而是因为变故太多。轻声细语，不是因为没有自信，而是因为曾经很骄傲。

后来，小孩就读当地的小学，还跳了级。

凯西的工资，交了房租，就所剩无几，好在政府每个月给她200美元的购物补助。这钱只能用于在超市买食品，别的花销不行。她胃口小，吃不完，一到月底，就四处送礼。看着她寄来的巧克力、杏仁和榛子，在 MC 食堂饱食终日的我不知道如何是好。

她也常说要回 MC 看我。

公益机构离学校的车程不到两个小时。我对她讲，我会把宿舍的床让给她，自己睡瑜伽垫。

但她很忙，每天晚上都在钻研英语新教法，一直没空。

又是感恩节。她好不容易有了点积蓄，也给全家置备好了礼物，准备回去过节，顺路拜访我。

---

① 托马斯·斯特尔那斯·艾略特（T. S. Elliot），诗人、剧作家和文学批评家，美国诗歌现代派运动的重要领袖。

天下着大雪，我老早就坐在宿舍里等她，却迟迟没有等到。

过了两天，她从家里打电话过来，说她路上加油时，被漫天飞雪搅得昏头昏脑，把汽油错加成了柴油。她的小福特，哪里受得了重型机车的油，当场就被拖走维修去了。幸好老爸大老远过来解围，她才没有在加油站过夜。

我替她发愁：这一番折腾，她的信用卡估计又得透支了。

她自我嘲解道："最穷的人加油，一定会一眼挑中最便宜的那一种。柴油比汽油贵，这说明我还不够穷。也说明，上帝对我够好的了。"

但她居然还想让自己变得更穷。

在公益机构一年半，因为经常在图书馆里给移民们挑书，她爱上了图书管理学，申请了这个专业的硕士。虽然，她老爸还没有找到工作，她老妈又要退休。

这样，她未来两年的学费，基本上要靠贷款，而她本科的助学贷款，还没有交齐。

图书管理员的平均工资，低榜有名。

现在，她在密歇根大学，学得很带劲儿。

她唯一的不满，就是那里秋天的红叶没有麻省多。

我想起初识凯西时，给她照的掌托红叶。

四年过去了，她还是一样的天使面孔和模特身材，一样的起毛T恤和补丁牛仔；还是会忘带手机、算"错账"；但一说话，就让人肃然起敬。

凯西算是个苦孩子。老爸失业、酗酒，自己穷到休学打工，好不容易交了个有钱的男朋友，还被甩了。

凯西可能还要过苦日子。将近八万美元的贷款，以图书管理员的工资，她得还多少年呢？

可凯西不想这些。她想着素餐的食谱，想着教堂的弥撒，想着怎么把一个身在异国的朋友拉入自己的圈子，想着怎样让移民们把英语学好。

她也许一辈子都发不了财，但她一辈子都会有开心。

被凯西影响了好几年，我还是死硬，不吃素，不信教，不敢欠债，离不开手机。但凯西这面镜子，给我的教导，就是无论做什么，至少要让虔诚、慈悲、达观的人瞧得起。自己活在这世俗纷扰中，可能永远达不到凯西的境界，但至少应该有凯西奉行的态度：幸福，不是得到的多，而是计较的少。

漂二代

但我能说什么呢？现在的美国，除了楠楠学不来的计算机、会计和电子工程，几乎没有就业容易的专业。商、法、医倒是有出路，可成本太高，不是她这样的漂二代能够承受的。而回国，她既没有爹可以拼，又没有大牌文凭可以显摆，何况，她还不喜欢十厘米的高跟鞋。

楠楠是"地下党"最早的党员之一。她长得袖珍，话又少，但因为是传说中的小海归，我们这些土包子对她是既嫉妒又好奇。

楠楠第一次和我搭讪时，我正在看 SAT 的复习资料。翻页的刹那，耳边忽来一句细声细语的责备："浪费纸张。怎么不双面打印？"

海归主动和我说话，我理应是感恩戴德的。可她打招呼的方式，这么雷人，怎么都让人高兴不起来。很想来句"管得着么"，话到嘴边又咽了下去。

"党"组织这么小，不能内讧啊。

我说："骂得好。"

这一示弱，我俩就熟了。

楠楠是本美国大学宝典。前一百的学校，她不光把排名倒背如流，就是对很多学校的宿舍、教学楼、食堂，都是门儿清。说起地理位置，她记住的不仅是州名、城市名，还有冬天下多长时间的雪，夏天刮过几次龙卷风，校园附近有几个贫民窟。她把每个学校的官网和论坛，都当作小说来读。时间一长，我从她那里，也淘来了浓缩版的美大百科。

当然，也不是白淘。这些学校的情况，都是她坐在我自行车的后架子上和我说的。只要在学校碰到我，她就会预约当晚放学后的自行车送站服务。我会顺路载她到离学校两公里的一个公共汽车站。校门口的车站，人多秩序乱，她个子太小，经常被人挤到一边，上不了车。

我的高中推崇艰苦朴素，靠私家车接送上下学的同学不多。我除了下雪路难行的那么几天，老爸上班时绕路带我一程，绝大部分时间，也都是骑自行车上学。所以，看到海归为了挤公交而颇费周折，也没有多想。

楠楠讲起美国大学，总是头头是道，但讲起自己，却是语焉不详。

我问起她之前在美国上中学的事。她说，大部分免费的公立学校，都差得要命。她在美国上学时，只求椅子不被抹上胶水，午饭便当不被偷走，楼道里没有打打杀杀的喊声，放学路上不被流浪汉挡路。这样的学校，她根本不用听讲，就能考个第一。

我问："你怎么住在那样的学区？"

她说："就那么住呗。到站了。拜拜。"

还有一次，她无意间说起耶鲁如何如何，连哪个楼的暖气足、电脑设备新都了然于心。然后她就说漏了嘴：她老爸在那儿的实验室干过三年。

我以为神龙现身，抓住不放。她立刻警觉了。挥挥手，说："耶鲁的楼群很阴森，镇子的治安很糟糕。学校是很牛气啦，但根本不是你想象中的那般。好啦，我下车了，谢谢你。"

老是被搪塞，心里自然不爽。

当我是朋友，就不该这个态度。何况，我既不是包打听，也不是长舌妹。而且，她问我什么，我从来都是很坦白的。

不想，楠楠失踪了。一打听，原来进了医院。

我给她打电话，她说，她现在是左手打着石膏，右手打着点滴，歪着头，把电话夹在肩膀上听我讲话。她住院四天了，一直坐在留观室里。病房里没有床位，医生又不敢放她走。

她是自发性气胸，摸黑上楼时，摔了一跤。

她说，我是"地下党"里第一个给她打电话的。而且，医生刚说过，她很快就可以回学校了。

我说，我晚上去她家里看她。

她怎么也不同意，也不告诉我她家在哪儿。

这难不倒我。我去找她的班主任，说要代表同学去看她，班主任就把地址给我了。

我去楠楠家的时候，正赶上楼里停电。我拿着手机当手电，照着亮，上到三楼。

我敲了敲贴着 302 门牌的铁门，出来了一个尖嘴猴腮的小伙子。我报了楠楠的名字，他摇头说不认识。

楠楠走过来，边怨我不请自来，边拉我进了她的房间。所谓房间，是一间小卧室隔出的一半，五六平方米的样子。房间里有一张上下铺、几个大旅行箱，还有一套课桌大小的桌椅。屋中的亮光，来自楠楠还剩一格电的笔记本电脑，还有窗户外的月色。

即使是学生宿舍，都没有这么窘迫。

房间里闷热难耐，我下意识地走过去开窗，却发现这窗户也是"一半"，能打开的那一端，在隔断墙的另一头。

我给楠楠买来的一束太阳花，实在没有地方搁，只能扔在旅行箱上。

"你爸妈呢？"

"我妈出去洗澡了。群租房，不是停电，就是断水。上次停水，有人忘了关水龙头，水一来就把厕所淹了，到处长毛。我妈买了张澡堂的年票，一泡就是一整天。她这岁数，找点娱乐活动不容易，是不是？"

"那你爸呢？"

楠楠坐在床上，斜倚着一堆枕头被子。电脑屏幕的亮度映在她闪着油光的脸上。她应该好几天没洗澡了。

"美国漂着呢。具体在哪儿我也不知道。这不，又到月底了么？该交房租的时候，他就玩失踪。QQ不上线，电话接不通。"

"嗯？"

"访问学者，逾期不归。"楠楠交代了谜底，"他自己在博士站里刷试管、敲石头，每三年还得换学校搬家。国内房子被没收了，老婆的工作没了，孩子还非得出国不可，不然白白废掉一张绿卡。"

她生在教师家庭，也曾有过快乐的童年时光。但自从他老爸成为美漂，她的生活就变轨了。慢慢地，她和她妈妈当上了北漂。

楠楠上学，爱背黑书包，穿黑毛衣。不是因为性子孤高，而是因为黑色的东西看不出贵贱。她的节俭，始于无奈，后来就习惯成自然了。

楠楠话少，不是因为不爱理人，而是因为她的事，说来话长，一言难尽，还是不讲为妙。

她在美国读过两年中学，住在老爸的单人间里，睡过衣柜，睡过地板。现在和老妈分上下铺，已经是改善生活了。她把大学的官网当小说读，是为了提醒自己，没有爹拼，就不能有一丝的懈怠。

偶有闲暇，楠楠最爱一个人逛红星美凯龙、居然之家这类的家具城。她穿着便宜但可爱的公主裙，扮作小朋友，在这家皮沙发上坐坐，那家床垫上躺躺。若有售货员来做产品介绍，她会装成为忙碌的家长打前站的小能人，问这问那。

而碰上睁一只眼、闭一只眼的售货员，她则是一边在摇椅上晃，一边表情萌萌地玩着手机。

她问："什么时候我也能有个像样的家？"

有那么一年多，她确实有了间像样的屋子。她拿到了一所州立大学的全奖，住的是荣誉学生的专属宿舍，单人间。作为漂二代的她第一次有了一个不用放碗筷的书柜，一个正常大小的床铺，一个不用把刚洗完的湿衣服和将要洗的脏衣服挂在一起的衣柜。打开窗户，没有修路的噪音，只有树梢的鸟鸣。

但是，这所学校教授的水平让人不敢恭维。一个个照本宣科的迂腐样，比起国内的差校也是有过之而无不及。他们作文不写评语，考试不批试卷，上课照搬网上的教学幻灯片。这个南方州又穷又保守。她的美国同学中，对她友好的，基本都要把她往教会里拽。

楠楠想到了转学。这可惹恼了那些不务正业的教授们。成绩很突出的她，一和教授聊转学的事，就开始吃闭门羹。

不爱学生的教授，原来很为学校着想：好不容易来了个又勤奋又有天分的好学生，可不能让她溜了。

为此，她专门选了一个访问学者的电影课。此人刚来，暂时还没有爱上这里。

她还挑了一个在这里干了30多年，却没有拿到终身教职的教授，上了他的心理学课。

两门课，她给教授留下的印象很是深刻。

第一个教授说，孩子，你应该学的是电影而不是金融，这样，世上会少一个平庸的小职员，而多一个有天分的艺术家。

第二个教授说，孩子，此地不宜久留，去迈阿密大学吧。

迈阿密是第二个教授的母校。

楠楠靠着两封推荐信和一张成绩单，又申了十多个学校。结果揭晓，给钱最多的，还真是迈阿密，但也只是包了学费。

她放弃了荣誉学生的宿舍，在迈阿密找房住。房价低的地方，离学校远，治安又乱，何况，南加州大学的劫车杀人案正闹得沸沸扬扬，她也不敢冒险省钱。

在学校周围的富人区里溜达，她发现一个快要撑不下去的拉美裔富二代，正在以600美元一个月的价格出租自己的车库。于是，她拉着两个大行李箱搬了进去。

她靠着学校游泳馆的淋浴，来维持形象。每天一起床，就匆匆骑车往学校赶。车库房的简易马桶力道不足，内急的后果，是身上老带着从猪圈里出来的味道。

房东不在家、马桶没人修的日子里，她干脆睡到了学校电影系机房的沙发上。

最搞笑的，是每次填表时写到地址那一栏，人们都会对这位身材娇小、深藏不露的豪宅区公主肃然起敬。发现她骑着破车，睡在机房，美国同学还以为她是一个一心想脱离有钱父母的艺术家呢。那种敬畏之心，就像我们这群当年的土包子看待她这个海归。

楠楠这个会伪装的漂二代，也确实想过要当艺术家，真的学了电影专业。

她时不时会发一些她自己做的视频、广告、微电影给我。上传的时间，基本上都是夜里三四点，可见这位制片人的敬业。她认识的同学中，找不到几个愿意出头露脸的群众演员，只能支起三脚架，自己拍自己，并将功夫下在特效和后期制作上。

她的处女作，是温迪餐厅（Wendy's）新款"薯条汉堡"的广告。她把脸扑得粉嫩，扮成梳着两个羊角辫的小女孩。她小心地揭开汉堡上层的面包，脸上尽是热气。牛肉饼上，没有黄瓜和番茄酱，而是一层金灿灿的炸薯条。她带着哭腔，冲着镜头说，"妈妈，他们怎么偷走了我的创意？"

她说，为了那一句台词，她反复实验过好多种表情，以至汉堡店的食客都有意见了。她只能回家继续演，演到自己给自己打90分。

楠楠装过嫩，也扮过老。她借来灰白的假发，在地铁站附近演一个步履蹒跚、看着装满购物袋的小推车发呆的老太太。

老太太的小推车坏了。

她让一个朋友隔着对面快餐店的玻璃，拍摄周围人的反应。第十个视而不见的路人走过之后，第十一个路人，捡垃圾的大叔，过来帮老太太修车。两人一起低头看车轮时，楠楠的假发掉了。

假发落地，本来是计划之外的一瞬，反倒成了亮点。

她买不起回北京的机票，又不愿意接受朋友的资助，所以拍过自己梦回故乡。老照片被她翻拍处理后，很有立体感，真像是身处梦境。

耍酷的时候，她拍过校园绑架案。她是受害人哭哭啼啼的好友，也是隐藏最深的绑匪，到最后一刻才揭露。她背对着镜头，处理着带血的手枪：抹了番茄酱的玩具枪。

郁闷的时候，她会拍逃学的一天：飙车、蹦极，后来竟坐上飞机到拉美疯去了。当然，惊爆的镜头，是她从别的电影里剪过来的。

上学和拍戏之余，她的时间都耗在做兼职、找实习上了。她像老一代留学生那样，在餐馆打过工。但她个子太矮，当不了服务员，只能刷盘子。而她的小手，剪电影很巧，刷盘子却很笨，一次就摔碎了两个。老板一生气，立马就把她辞了。

她又在学校做起了中文助教。但是，迈阿密是个有名的派对校。中文课的学生，不是夜里喝高了，就是早上睡过了，经常放她的鸽子。她跑到教室，等上半天，还挣不到一分钱。

她在迈阿密热火队找到了一个编辑视频的工作。这个工作的名头闪亮，还能常常惊鸿一瞥，看看刚比完赛、坐在一起涝汗的球星。楠楠也一鼓作气，贷款买了辆小尼桑，每天晚上驱车半个小时去上班。

不过，干了两个月，她的热情就消磨完了。老板腹黑，常常让她加班到凌晨两三点，而她第二天还要上学。虽然加班费有保障，但她要付房钱、还车贷，还要掏上班跑路汽油钱、过桥费和停车费，累得要命，还是入不敷出。

她为了这份兼职而买车，结果车贷压身，想辞职都难，简直像签了卖身契。

　　她下班后实在太累，一上车，就坐在司机座上睡着了。发动机一直转着，车灯一直开着，车门也没有锁。深夜的露天停车场里，没有管理员，全是游荡的酒鬼和流浪汉。她竟然就那么睡到天亮，也不知有没有人敲过她的玻璃，拉过她的车门。

　　第二天，她下决心交了辞呈。

　　她改去一家小公司当秘书，薪酬很可怜，但不会再在车上睡觉了。

　　钱不够花了，她必须想办法。她知道自己老爸的前任女友正在迈阿密当博士后，为了省钱而一直住在贫民窟。她给这个从来没联系过的女人打电话，说，"阿姨，我住在幽静又安全的豪宅区，您要不要过来合租？您一个月只用交500块呀。500块！"

　　女人见价位划算，还真搬过来了。

　　楠楠改睡地板。

　　我问："你这什么情况？你怕自己睡汽车，才辞了职。结果怎么又沦落到睡地板了？"

　　楠楠答道："睡地板，安全没问题。再说，我收这种女人的钱也就罢了，怎么能和她挤在一张床上呢？"

　　楠楠的老爸赖在美国不走后，和合法妻子分居十多年，一直没有离婚。

　　他一个人在美国漂着，没有精力去打离婚官司，却不知交了多少个女朋友。

　　老爸的前女友走后，楠楠嫌自己的新车利用率不够，便约我圣诞假期到迈阿密玩。

　　我也知道她的小算盘。她从不占人便宜，但也不会死要面子活受罪。有我出油钱，她才舍得去远的地方。她一个人在迈阿密待了一年多，除了学校和打工的地方，哪儿都没去过。她每学期都超负荷上课，想提前一年毕业，省学费。现在快要毕业了，她觉得自己不能白来一趟迈阿密。

　　想起佛罗里达的海滩和棕榈树，心里痒痒的。于是，我取消了既定的旅行计划，买了张机票，就飞过去了。

　　楠楠开车来机场接我。后座上是那两个跟着她满美国跑的箱子，还有堆在箱子上的被褥枕头。我有种不祥的预感。

　　她解释着："房东不知惹上了什么案子。整天有警察上门找，我只好亡命天涯了。"

　　"不做亏心事，不怕鬼敲门。你躲什么呀？"

　　"秀才遇上兵，有理说不清。房东最爱召唤他的狐朋狗友。一群人哈欠连天地来，疯疯癫癫地走。搞不好，没准是个毒品窝点。"

　　"天哪！"

　　"反正合同快到期了，损失不是太大。既然你过来了，就陪我跑路吧。现在出发。你先帮我找找劳德代尔堡的那张路线图。一会儿要上高速，我还搞不清走哪一条呢。"

　　她没有 GPS，而是给了我一寸厚的一沓 Google 地图，囊括了我们三天半行程中的所有景点。不过，图是一回事，路可能是另外一回事，以致有时候我还没看清楚路牌，车子就开过去了。害得她经常停在十字路口，打着双闪灯，敲着方向盘："到底转不转弯啊？！"

　　好在每次走错了，都能找回来。

楠楠把行程安排得很紧凑，事先应该做过不少功课。整个行程，她灵活机动，好玩的地方就多待，无聊的就快闪。她很少购物，去购物中心都是为了用洗手间。她把吃饭的时间都压缩在游玩之内，拿着预先准备的水果和干粮，在风景最好的眺望台野餐。

楠楠穿着大 T 恤，戴着小墨镜，继续过她的儿童瘾。在劳德代尔堡的豪宅区，她和富翁的游艇合影；在大别墅门口，她对屋顶的红瓦和院里的花草评头论足，直惹得看门犬汪汪叫。在比特摩尔酒店，她摸过圣诞树上的雪球，还偷偷溜进闲人免进的贵宾游泳池和 Spa 馆，一探究竟。在大沼泽地国家公园，她疯疯癫癫地往鹅群鸟堆里跑，吓得鹅鸟们四散而飞。她逗小鳄鱼，手伸得那么近，公园工作人员看见后赶忙对我说："请看管好您的孩子！"

我乐了。她却像是霜打茄子，蔫了。她说，她有好几周找不到她在国内的老妈了。她出国前，在国内的电脑上装过 Skype。老妈也许是没学会，从来都没上过线。她打过好几次国际长途，想教她老妈用微信，但她老妈的电话却停机了。

那天是新年夜。我们去比斯坎湾海滩看日落，周围是一对对情侣。她来了兴致，站在情侣身后，用电影专业的标准来了个美图取景。

她说，这个美女用来做比基尼广告，交下学期的作业，不算侵权吧？

但我们去海湾公园看新年礼花时，看到车上下来的不是一对就是一家，她又磨磨蹭蹭，不愿意停车了。我会意地说："太乱了，我们回窝去吧。"

我们的窝，就是楠楠的电影系机房。里面的电脑都是最新的苹果机，装有各类专用的视频软件，电影系的学生刷卡就能进，而且，假期里，也没有别人在。

楠楠搬出富人区后，晚上把被子和气垫床搬进机房，白天再搬回车里。有一次碰到打扫卫生的大叔查房，她来不及藏好气垫床，就立刻打开电脑，装作放假还在熬夜做视频的工作狂，引来好心大叔的惊奇赞叹。

我来后，她不让我住酒店，而是两人睡在一个气垫上。气垫不堪重负，漏气严重，让我听着嘶嘶声入睡，半夜醒来，已经是后背贴地面了。

楠楠说："没事。沃尔玛的 90 天退货期还没到。等你走了，我把它擦一擦，退了再换一个新的。"

新年夜，楠楠躺在嘶嘶作响的气垫上，又给她老妈拨了个电话，依旧是停机。这情况，让我也不好意思给家里打电话了。

新年的钟声敲响时，在最新款的苹果机上，我在写毕业论文的提纲，她在写求职信。

她问我："你听说过那句话么？Nobody works on holiday. We are nobody①."（没有人在假日工作。我们碌碌无为。）

我木然应着："新年快乐。"

迈阿密毕竟是拉美移民的天下。不会说西班牙语的华人，就业机会很少。楠楠这样一个电影专业的学生，找得到短工和兼职，但一毕业，就没有用武之地了。

她再联系我时，用的是加州的号码。我说："好莱坞的大导

---

① "nobody"在英语中有碌碌无为的双关之意。

演么？"

她气鼓鼓地说："小报的小记者。"

她住在旧金山湾区，还是车库改造房。在湾区，这样的房东很多，市场有竞争，车库也能改造得比较专业。楠楠住的车库，竟然划分为楼上楼下，分开出租，还都配有厨房和浴室。楠楠住在楼下，而楼上那户人家的电视声音太大，搞得她害怕天花板都会被震塌。

她就职的报社，在世界很多城市都有网点，可说是华人报纸的龙头老大了。但比起美国本土的媒体公司，也就是个尾巴。报纸的读者，主要是连26个字母都认不全的华人大妈。

报社有网站，有新闻视频，也在别的小电视台买了新闻时间，但它的大部分新闻，是从别处抄袭的：别人家的镜头，七拼八凑，再配上自家主播的声音，就上电视了；别人家的文章，复制粘贴，改改措辞，就成了独家报道。

楠楠是报社旧金山湾区唯一的文字记者兼摄影记者，每天要出报社里唯一的原创新闻。她是以摄影师的身份被录用的。来了没两天，和她搭档的上镜记者辞职了。在老板的逼迫下，她买来二手西装和廉价化妆品，就像大学时代那样，过起了支三脚架自己拍自己的日子。

因为是科班出身，她后期制作的技术无人能比，于是每天拍完新闻回来，她还得自己做视频。这个集摄影师、记者、撰稿人、制片为一身的大能人，干几个人的活计，却拿着全社最低的工资。

她和我讲起她第一次出任务的事。

当时，旧金山市刚刚出台了保障房新政策，报社老板让她拍拍豪宅区和贫民窟的内外景，谈谈当下湾区的贫富悬殊。楠楠扛着比自己还高的摄像机，到了富人街 Millionaire's Row。想到自己从小在家具城里做梦，大学时在劳德代尔堡的别墅区取乐，现在工作了还要在豪宅前办公事，心里一阵苦涩。她拍了旧金山的首贵，3300万美元的公馆，采访了曾经进过公馆做客、当时正在遛狗的路人甲。

拍贫民窟时，她找不到愿意让自己上门取景的贫民，于是决定拍自己家。她拍那放不下三脚架的厕所，拍那个和"卧室"只隔着一层纸板的厨房。她报道说：就这么个地方，月租也要800多美元。

她的老板发牢骚：为什么没有拍豪宅的内景？3300万的公馆进不去，也可以去路人甲他们家啊。能被3300万邀请做客的，房子肯定不差吧。

她还拍过一家要倒闭的汉堡店。70多岁的店主口若悬河，义愤填膺地讲自家的汉堡选料多么精良，肉是上好的瘦肉，生菜和西红柿是每天现买，面包也是自己烤的。就是这样，他的店在麦当劳和肯德基之类的大连锁的挤压下，还是无法生存。那些无良商家，用的原料是吃激素长大的动物，汉堡中的肉饼是把皮肉筋骨绞碎混在一起的廉价鸡肉泥做的。

讲到最后，店主动情地说，自己的汉堡成本太高，破产是难免的，只是觉得很对不起那些一直买他的汉堡的老主顾。

楠楠的老板更不满意了：光是采访有什么意思？为什么不到后厨，去拍一拍小工切瘦肉？为什么不自己买个汉堡吃，笑着竖个大拇哥？明天再去一次，补镜头！

楠楠去拍元宵节的花车大游行。老板大发雷霆："为什么只拍西南航空、美林证券的花车，而报社自己的花车却不拍？"

她不敢吱声。报社小，估计花车也就一丁点大，她愣是没看见。

楠楠还拍过法国总统奥朗德访问旧金山市政厅。老板看了，恨不得要砸摄像机："这能播么？前面这么多人头，奥朗德在哪儿呢？明天赶紧买双十厘米的高跟鞋！"

能重拍的，她拍了，高跟鞋，她买了。但这个行业，可怕的不光是老板，还有新闻本身。车祸现场、凶案现场、火灾现场，她都去过。虽说能拍到警察和封锁线，采访心有余悸的邻居或路人，也算经风雨、见世面，可天天杀气腾腾的，害得她噩梦频频。

除了被绑架、被打劫的噩梦，她还常常梦见自己又接了一张罚款单。抢不到新闻的结果，是被老板扣工资。而为了抢新闻，她经常要把车停在不该停的地方。

大四的时候，我去旧金山看她。她执意要给我做饭。车库房的小木桌摇摇晃晃，她剁起香辣蟹，好几次都把蟹肉弄到地板上。她捡起来洗洗，接着剁。她拿起铲子炒菜，因为没有抽油烟机，油光四溅，竟把卧室的隔板弄着火了。她很淡定，就像吹生日蜡烛那样，把火苗吹灭了。

周末，我俩一起开车，去了加州和内华达州交界处的太浩湖。她脱下工作装，换上T恤牛仔。吃自助餐时，她还打趣地问服务生，能不能半价，但已经没有半年前装小孩的玩兴了。

她在湖边的沙滩上，说句"真美"，就坐下不起来，连照相也不换姿势，不拿表情。

她说："要是就这样待着，多好啊。"

我特意订了家不错的宾馆。她一进屋，就去泡澡，一个多小时才出来。她说句"真舒服"，就倒在床上不动了。从不睡懒觉的她，早上盯着天花板，双腿叉开地躺着，手按着软软的床垫。

我不忍心催她走。

但她毕竟是上班族，工资也经不起扣。我只好坐到了她的床边，摇摇她。

她没头没脑地来了一句："前台的那个小伙子多帅啊。我也来这儿应聘吧。不但能和他共事，每天见到的，也都是开开心心的游客。"

话音未落，她又否定道："乡下小地方，退休还行。一辈子也不能就这样啊。要混，还是得进城漂着。"

我刚回国，就听说她出事儿了。

报社好不容易给点福利，赠送了健身课。没上几分钟，她就晕倒了。

同事叫了救护车。但一被抬上担架，她就醒了，大呼小叫，让医护人员放她走。

她说："我付不起救护车钱啊！"

负责的医护人员还是把她绑架到了医院。检查发现，她的心脏真出问题了。

她在 Skype 前和我诉苦：如果是采访途中发病，还算是工伤。这下好了，工作可能保不住了，难道要申请破产么？

天见可怜，她老爸的前女友，她曾"帮助"过的那个阿姨，现在当了讲师，愿意收容她一阵子。

她打算一等合同到期，就不干了。她要一边休养，一边研究自己考个什么专业的研究生。

"肯定不学电影了。你推荐推荐学什么吧。"

我安慰了她一番。但我能说什么呢？现在的美国，除了楠楠学不来的计算机、会计和电子工程，几乎没有就业容易的专业。商、法、医倒是有出路，可成本太高，不是她这样的漂二代能够承受的。而回国，她既没有爹可以拼，又没有大牌文凭可以显摆，何况，她还不喜欢十厘米的高跟鞋。她的境遇和现在不会有太大的差别，工资，可能还是一样的低；房价，可能还是一样的贵。

我曾把楠楠和表妹帆帆做比较。帆帆老爸和楠楠老爸一样，也曾是美漂一族，但前者现在升至终身教授，工资至少是六位数的美元。每个夏天，他都在北京常住，因为，他在国内也有大把的人民币可挣。帆帆家的房子是一座 400 多平方米的洋楼，电梯、电影室、健身房一应俱全。帆帆中学时就开着自己的汽车上学，现在要上大学了，也根本不担心学费问题。

我也曾把楠楠和凯西做比较。两人都是苦孩子，都有一种能屈能伸的坚韧。但楠楠做不到凯西的恬淡寡欲。凯西是个虔诚的教徒，不论在哪儿，不论多穷，都相信有主的眷顾和庇佑。而楠楠在中国是北漂、在美国是漂二代。她没有归属感，又不能随遇而安，只能靠一颗进取心活着。

楠楠的例子也许极端，可像她这样，在太平洋两岸都要挣扎的漂族们，实在太多了。国内的社会流动性越来越差，漂族们能混出样儿来的，也越来越少，越来越难。而美国，也早已不是当年的玉米地了。

前天和楠楠通话，我问了她一个总想问的问题："你当年总说自己是绿卡奴。但你其实可以不要绿卡，不做漂二代呀。现在后悔不?"

她说:"也没有。放弃绿卡又会如何，不做美漂做北漂?何况，如果不出国，我能认识这么多像你这样的好人吗?"

我知道她不会放弃，也知道她正在努力。

如果真的有上帝，他是不会埋没楠楠的。

奇　葩

　　她来图书馆，不是为了看视频，就是为了打游戏。

　　我没有和她一起上过课，也曾好奇她上的是什么专业。刚开始，学经济的人说，她是经济系的，因为宏微观、博弈论和概率论，她都学了。后来，我们怀疑她要么是学了德语，要么是学了工程。不然，她怎么能在德国的西门子公司找到暑期实习？

冬冬也是戈德教授的门生。出师后，她义无反顾，主修了历史，但她的研究重心不在东亚，而在欧洲。

大四的时候，她住我隔壁的宿舍。

学年的最后一天，早上八点半，冬冬敲开了我的房门。她左手一盒茶叶，右手一大包零食。

"给你，"她眨巴着熬红的眼睛说，"打包装不下了。"

还有三个小时，就是所有考试和论文的最后期限，也是宿舍楼的大部分住户必须搬出的期限。

我问她需不需要帮忙，她点头称谢。

注意到我房门上的标示，她问："你可以再住一个星期？"

"对。"

我在联盟校选的一门课，还没有考试，所以得到特许。

"好啊！"我一说完，她的精神就亢奋起来。

她的打包工程，顿时简化了许多。

她从家当中挑出必需品，塞进行李箱，然后把满屋子的杂物，连踢带搬地挪到了我的宿舍。

于是，宿舍里连我都没有了落脚的地方，被子、枕头和衣服堆成了一座大山，冰箱、微波炉和热水壶堆成了一座小山，大山和小山的周边是书堆起来的一个个山包。

冬冬背靠大山，在键盘上敲着论文。她说，还有两篇 15 页的论文，不过，只差"一点点"了。

"要延期了么？"

"亨特教授又给了 24 个小时，到明天中午。劳伦斯教授还没有回复，按他的脾气，应该不是问题。"

"还是去找一下劳伦斯吧！"

"也对。正好还有法语考试，拐个弯就是他办公室。"

都这个时辰了，居然还有考试。

冬冬去考试了。我从她的杂物山里把脏衣服挑出来，放进筐里，正要下楼去洗，她来了电话。

原来，劳伦斯教授不在办公室。

给劳伦斯的论文，只能赶紧提交。好在把字体换大号的，把行距拉长点，就够 15 页。

她的电脑还开着。扫视桌面上那篇讲拉丁美洲学生运动的文章，还真不像是熬夜赶出来的。

我帮她修正了几个笔误，用她的名义，给劳伦斯写了邮件：已经不需要延期了，谢谢您。

洗衣房里，洗衣机、烘干机都在嗡嗡叫。几个同学盘腿坐在地上一边敲电脑，一边排队。好不容易轮到我了，正塞着衣服，冬冬发来短信："《残酷金星下》。我考完了就要。"

她是不是躲到厕所里发的信息？这时候，考试应该已经开始了。

我来到图书馆。管理员看我这个时候还要借书，满脸的悲天悯人。

《残酷金星下》讲的是纳粹统治下的捷克，而冬冬还没有完成的论文就是关于纳粹大屠杀的。

十一点半，冬冬提前交卷，回到宿舍。

我问她考得如何？

"不难。"

她顾不得细说，就一屁股坐下，把《残酷金星下》里可以引用的史料都敲到她的电脑里。

午餐的时候，我们一起下到楼下的食堂。她边吃，边念叨书中的片段，顾不上理我。

我回到宿舍，继续帮她收拾。她则去了图书馆，接着查资料。

她回来的时候，已经快6点了。

楼下响起了轻轻的喇叭声，应该是冬冬的朋友来接她了。她要到纽约，坐晚上12点的飞机去法国，到里昂的一家博物馆实习。

她把电脑收好，和我拥抱，笑着说："这年头，有护照和信用卡就可以走遍全世界了。"

她走了，留下了冰箱、微波炉、台灯、枕头、被子、几堆书，还有刚在洗衣机里转过圈的衣服。

早上还只有陈茶叶、破零食的待遇，下午却成了她全部家当的继承人。

一个星期后，这些东西怎么办呢？

太贵的，我姑且帮她存着。

剩下的，估计又得便宜楼下的捐赠屋了。

晚上 10 点，我给冬冬打了一个电话，问她情况如何。

她正在肯尼迪机场的候机厅，继续她的论文大业。她不敢多说，因为她把手机充电器落在我的房间了。

而且，不光手机，她电脑和 iPad 的充电器，也被遗忘在电器山里面了。

电脑没电了，她用 iPad 写。

iPad 没电了，她用手机写。

她坐的航班，可以使用电子设备，所以她整夜都在写。

第二天早上，她在伦敦转机的时候，我的微信不断地跳信息。

是她在发论文，一段接一段。

论文后面还有一条指示：帮我拼接一下，打印出来，送给亨特教授。他不收电子版。

我马上照办。

后来，她寄来了一大盒马卡龙，作为谢意。她告诉我，她在里昂的实习非常顺利，现在已经被达特茅斯和西北大学录取，正纠结读哪个学校的研究生。

冬冬是个拖延派，不到最后关头，决不放手，时间越是紧迫，才思越是泉涌。

MC 是个宽容拖延派的地方。很多作业，时间上都有弹性，在规定的时间里做不完，还可以申请延期。

MC 的活动，很多安排在平日的晚上，也让人有理由把正事推到周末。周末再有别的安排，就拖到下周。

MC 的图书馆，周五 10 点关门，但周日和期末考前，却通宵开放，还免费提供夜宵。

校方有意无意地鼓励，使得拖延派们潇潇洒洒，无所顾忌。

上课前 15 分钟，美国同学劳拉哼着歌跑进教室，然后是一目十行，扫一眼教授要讲的内容。

就是这 15 分钟，让劳拉的课堂表现很是出彩。

最过分的一次，她问我教授要讲什么书，因为她还没买。我回答后，她立马跑到图书馆去借。结果，课上的第一个问题和最后一个问题，就她回答得最好。因为，她刚刚读完教科书的前言和后记。

她上课时还算认真，下了课，则是完全的运动控。每周，只要天气允许，她都要跑一次马，打一次高尔夫球。周末，则更不知道到哪儿野去了。

当作家是她的梦想。隔上一周，她都要叫上几个好友，听她讲她新写的小说。她写的东西五花八门，这个月，是一个日本女孩爱上了一个美国男孩，但两人生活情趣相距甚远。下个月则是某个苏联的历史人物穿越到"9·11"时期的美国，想帮忙，但总是添乱。有一天晚上，她来找我，说想听听我对她的新作的意见。我看了看她，又看了看电脑，说：明天要交萨维诺的作业，才刚刚写了开头。

她惊呼：什么题目来着？

劳拉的兴趣很广泛，学什么都像是在玩乐。

她也上了戈德教授的中国近代史。有时，她会和我讨论她感兴趣的一些历史人物，如林则徐、曾国藩、李鸿章。讲起这些人物的是是非非，她一副指点江山的派头，几乎无视我的存在。

但我还是喜欢和她讨论中国历史，一方面，一个美国女孩喜欢中国历史，本身就很有意思。另一方面，她看问题的视角和我不一样。比如，她讲，林则徐对中国有过，却被视为民族英雄；李鸿章对中国有功，却被视为历史罪人；曾国藩本来能改变历史，却无所作为。你想一想，如果没有林则徐的虎门销烟，鸦片战争会不会发生？曾国藩如果当了皇帝，中国会不会成为君主立宪制国家？她的假设接连不断，弄得我没有脾气，只好告诫她：历史，不能建立在假设的基础上。

她说，历史是不能建立在假设的基础上，但有了这些假设，才能加深理解。

戈德指定的一些书，她没有读，反而读了一些不在戈德书单上的书。

我问她，为什么不读戈德指定的书？

她反问我，为什么一定要听戈德的？

每周五晚上，图书馆总是一片寂寥。但到了周日夜里，却是一片欢腾：大桌子一占，比萨饼和饮料铺开，大家或是在看经济学教材，或是在讨论数学题，补上积压多日的阅读和作业，直到凌晨。

纸版的论文若是12点交，中午前后，最好避开办公楼的走廊，因为这时候，走廊里会突然多冒出好多狂奔之人。而在期末论文的截止日期，登上学校的提交页面，会发现一些很久不见的同学，原来并没有转学或者休学。

这里就有劳拉。平时都是随心所欲，到了关键时刻才突然发力。

逆其道而行之的，也有。

超超学的是生化。因为专业不同，我和她学习时不会相互干扰，便成了图书馆的泡友。因为生活没有交集，我们互相八卦教授和同学，更是无所顾忌。

写戈德论文的那个期末，超超一直坐在我的桌子对面。第二天的有机化学考试，她感觉已经准备好，可以和我一起去转湖了。

她收拾好自己的东西，看见我的桌前又多出了一个咖啡纸杯，摇了摇头。

她一开口，我就哼哼道："你等会儿。"

她说，你真能拖。本想和你散步聊天的，既然如此，我只好先走了。

我熬到了半夜，才写完戈德布置的论文。

第二天，超超和我聊起熬夜的事。

她说，她体质不太好，不敢熬夜，所以，除非万不得已，她总是按点儿睡觉。

在 MC 想按点儿睡觉，就得有绝招。超超的绝招是一到期末，就给教授们发邮件，问下学期用什么样的教科书。

有的时候，教授会回复。更多的时候，教授的应对是不理不睬。

超超去向学校书店的店长请教：下学期，这几位教授都预定了什么书？这些书，我都要了！

店长很殷勤，赶紧给她从库里找，从别处调。

寒假里，当我读烹饪杂志的时候，她正在看分子生物学。

她抬头问我：为什么不提前读读课本？

我说："我读书不愁，主要是写论文慢。"

超超说："你现在做点读书笔记，到时不就快了。"

说罢，她拍了拍她记下来的两大本笔记。

到了开学的时候，她的笔记，已经比我一个学期记的还多。而在她拿到教授的教学大纲后，她的日历本就会变得花花绿绿，每门课，什么时候交作业，什么时候考试，日历上一清二楚。

开学两周后的一天，超超来找我，说刚写完这学期的第一篇论文，让我帮她看看，有没有语法错误。

这么早就要交论文了？

"是下个月交的论文。可教授给我配的实验搭档太不靠谱，可能要浪费不少时间，我要把能够提前做的事先做了。"

我毕竟是文科生，看科技论文有点眼晕，就随便挑了点小毛病，并建议她找教授看看。

超超去找教授，还是草稿的文章，就被教授直接转正，收下了。

她还是天天都来图书馆，连周日也不例外。她和我唠嗑，蹭"抓狂之夜"学习小组的比萨饼吃。看别人在争分夺秒地敲键盘，她也受到感染，打开电脑继续写实验报告——两周后才用交的报告。

春假刚过，她就交齐了人类学课一学期的全部作业。

教授逗她说，你都不用来了。

她回答说，当然要来。而且，下学期，我还要上您的课呢，请给我一张您下学期的书单吧。

教授哭笑不得。

但这样的学生，哪个教师不喜欢呢？

期末考试的第一天，她安排了早、中、晚三场，把自己的考试科目都考完了。

学校的考试政策，是给学生一周的考试时间，每天都有三场考试。学生可以自选时间，自选考场。这样，同一门课，就有先考的和后考的。

超超先考了，但不愿声张，怕本专业的中国同学向她打探考题。

学校有禁止打探考题的明确规定。但是，诸如教授重点考哪章之类的问题，处于灰色地带。

超超不愿意陷入灰色地带，也不想招人记恨，更不想躲在屋里不见人。所以，一考完，她就买了张机票，飞到迪斯尼乐园去了。

我泡在图书馆，几天没有见到她，一打电话，却是一片嘭嘭的爆破声、隆隆的车辘轳声和孩子们的惊叫声。

半天，噪音才平息了一些。

原来，她正在看花车游行和烟火表演。

一年之后，超超考上了耶鲁医学院。

超超很奇葩，但我还见过更奇葩的。

典典是在加州上的大一。转学到 MC 时，她开着自己的小宝马横跨美国。而且，全程都是一个人。

她说，自己很注意安全。白天开车，天黑住店，以免在夜里出行的大货车后面赶路。

在高速上，她喜欢巡航定速模式，不用踩油门，也不用踩刹车，连开七八个小时都不累。而在横跨美国的 20 天里，她玩遍了优胜美地公园、大峡谷、黄石公园、拱门公园、羚羊谷，还有尼亚加拉大瀑布。

她说："开学前，当然要去各处打鸡血啦！"

但她不像是来上学的。

学校组织国际生一起去买东西，别人买的是文具和日用品，而典典买的是全套厨具：从切肉器、酸奶机、和面机，到蒜捣、咖啡磨、烧烤架，活脱脱一位大厨。

她从来不在食堂开伙。

早上，她从食堂取来水果，自己榨汁。她打包几片全麦面包，裹上牛奶蛋液，在自己的小锅里烤法式吐司，烤好后再撒上细细的肉桂粉。

离开宿舍前，她会把绿豆泡在电饭煲的温水中，把牛奶倒进酸奶机里。这样，一天中什么时候想吃冰糖绿豆沙或者喝酸奶，只要补上最后一道工序就可以了。

中午，食堂沙拉吧台的蔬菜很丰富。食堂的纸餐盒太小，她就自带最大号的乐扣器皿装菜。也难怪，中餐要炒，什么东西一进锅就缩水了。

取菜时，如果撞见谁和她搭讪，她就会送上热情的邀请："晚上一起来吃吧！"

食客们口口相传：典典的鸡丝凉面，把食堂里干柴似的鸡胸脯，做得香嫩爽滑。她的蚝油生菜，让吃腻了沙拉酱的人大快朵颐。她的水晶虾球、干锅土豆和麻辣笋丝，色香味俱全。她的自制咖啡、酸奶和杏仁豆腐，更是饱餐后的亮点。

慕名去吃典典私房菜的同学，排起了长队。大家美其名曰是支持典典，让她既能多做些花样，又能不吃剩的，还能每人收几块钱补贴家用。

典典烦了。她当大厨，只是为了自己的口欲，顺便显摆显摆，而不是为了侍候一大堆人。

于是，若是再有客人，典典就改做火锅宴了。用电磁炉把高汤烧开，放上用切肉器快速处理好的牛羊肉，蘸点海鲜沙茶酱，就开餐了。如此，倒是吃的开心，做的省事。

我赶上了火锅宴的末班车。那天，典典在烧火锅汤，我们一边等，一边欣赏着典典房间的陈设，夸她是 MC 第一设计师。

要说，艾琳的公主房，我也见识过。可艾琳的物件太多，比不上典典的品位。典典的床罩，是淡雅的藕荷色，床头没有毛绒玩具，却有制造负氧离子的大盐灯。典典的书桌前，除了印象派的风景画，还有一束红黄双色的水仙花。典典撤掉了学校的窗帘，换上了螺纹图案的丝绒帘。窗边除了盆景，还有按摩椅。

我们看得起劲，请教典典，问她从哪里淘来的这些经典。厌腻了做菜的她，顿时来了精神。

花是让花店两周一送，有优惠的会员价。画是在庭院售物的旧货摊上花三美元淘来的，看不出吧？

正聊着，只听火警铃呜哇呜哇地响了起来。

学校的安全教育课告诉我们，如果火警铃响，必须在两分钟内到楼下的草坪集合。

我叫了一句"跑哇"，拎起书包就向外冲。典典她们也跟着跑了出来。

消防车呼啸而至，几名消防员冲进楼里。

全楼的人站在草地上，抬着头，并没看见哪个窗口冒黑烟，也没闻到焦煳味。

我捂着耳朵问典典："是演习而已么？"

但典典的脸色变了。我顺着她注视的方向望过去，一个消防员正用小推车托着她的电磁炉走出来。

每个房间里，都有烟雾警报器。平时，典典做饭的动静不大，但那天，火锅肯定是放错了地方，水还没大开，就被报警器揭发了。

消防员批评道："在宿舍里做饭，违规；还在用的电磁炉不断电就跑出来，更不对。"

舍管把典典摆在房间里的厨具全部没收。只有电饭煲，因为锁在储物柜里，才躲过一劫。

从此，私房菜馆的菜单上，只有煲粥了。

我们几个当事者，凑钱买了一套酷彩（Le Creuset）茶具，送给她，向她赔罪。

她说："没关系。我已经开始新生活了。"

典典的新生活，就是下馆子，当四方食客。

她开着她的宝马四处跑，勾勒出一幅逐渐扩大的美食地图。一次，她甚至为一顿午饭而往返开了三个小时。

她跟着网评走，去遍了周边有点口碑的餐馆。她在 Facebook 上的相册，也是不时更新。波士顿的龙虾，红灿灿的一大盘。纽黑文的小笼汤包，顶着亮晶晶的蟹粉。佛蒙特的农家华夫饼，又厚又暄软，圆圆的一圈，围着草莓冰激凌。

我们吃不到葡萄，说葡萄酸："这些东西，中看不中吃，吃一会儿就腻了。"

也许这葡萄还真酸。

没多久，典典跑车族的日子结束了。她改行当起了客栈主。

她把自己的资料，放在了 Couch Surfing 网站上。这是借宿网站，网站会员外出旅游时，可以互相免费住。

典典觉得，MC虽说风景迷人，但知者不多，来者更少。幸而学校附近有一条南北走向的重要高速，从纽约北上新英格兰各州的开车族，绕远来一趟，也是有可能的。典典决定利用这一点。

典典把学校校园的湖光山色都发到网站上，还挂上了自己闺房的照片。她没照教学楼，不知情的人乍一看，说不定还以为这里是新开发的度假村。

学校的规矩，是学生可以带客人来，但连续居住不得超过7天。而典典的客人，也都是待一夜就走，使舍管拿她没办法。

最先的住店客，是典典的老同学。他们一来见见典典，二来看看她描绘的世外桃源。有那么一段时间，我每次在校园里碰见典典，她的身边都有一个或高或矮的跟班。她正在当导游。

她的导游路线，随机而变。书生来了，就带着去学校的档案馆，看百年前教授的书信以及马术队比赛的录像。艺术控来了，就带着去学校的艺术馆、琴房。体育迷来了，就带着去高尔夫球场看球，或去湖面滑冰。

一来二去，典典的客栈在网上得到的好评如潮，吸引面迅速膨胀。而且，每逢有国内官方考察团、青年教师培训团，或者少儿立志团来 MC，学校都会请她陪同。

但过了不久，她身边的人不再变动，只有一个魁梧的金发小伙儿。

原来，典典的客栈主要向她的同学或者朋友开放。典典不熟悉不感冒的申请者，大都会遭遇客满。可怜他们还在怨自己运气不好呢。

而运气好的，就是典典选出来的那个金发小伙子。

说到底，典典开客栈是幌子，钓金龟才是目的。

有了男朋友，典典的客栈自然关门大吉。

典典开始注意隐私，不再晒照片了，但她在学校活跃依旧。

我在上课的路上遇到她，见她拿着奥利奥饼干和巧克力奶。我正纳闷她这么讲究品位的人，怎么会买垃圾食品，却听她自豪地说："刚献血回来。现在，我可以终身免费用血了。"

我们的信箱里，经常有美国红十字的广告。校门前的广场上，也出现过献血车。而真的献血，典典可是我们这些中国学生里的头一号。

典典献血，是因为她所在的医疗俱乐部的成员都献了。

除了医疗俱乐部，她还参加了好几个社团。

我很少见典典念书。她来图书馆，不是为了看视频，就是为了打游戏。

我没有和她一起上过课，也曾好奇她上的是什么专业。刚开始，学经济的人说，她是经济系的，因为宏微观、博弈论和概率论，她都学了。后来，我们怀疑她要么是学了德语，要么是学了工程，不然，她怎么能在德国的西门子公司找到暑期实习？

我问典典："毕业后想干吗呢？"

她说："我学习不好。咱别谈这个了，行不？"

然而，自称学习不好的人，来图书馆借电影《林肯》的光盘，碰上几个抓耳挠腮，正在做线性代数作业的同学。她扫了一眼题，又看了看课程介绍上的教授信息，就一个电话打给了教授。

"不好意思打扰您！不过，最后那道题的数儿，是不是给错啦？您班里的同学都在纠结哪。"

还真是教授出错了。

典典三年半修满了学分，提前毕业，去了卡耐基梅隆大学的商学院。

她的美国男友，成了她的同学。而几个月后，她的微信头像，变成了一个金发黑眼的小混血儿。

典典留言道："感谢一直支持帮助我的教授和同学们。现在，我得安下心来读书，给宝宝做做榜样了。"

MC是个奇葩云集之地。冬冬、劳拉、超超和典典之辈，只是冰山一角。与很多人对"得"的执着不同，奇葩们，希望"得"，也愿意"舍"，而且舍的时候，还有一种潇洒飘逸。

奇葩，与传统意义上的牛人有区别，但一定有某个方面的特质甚至超越。冬冬们的特质，是处乱不惊，淡定从容；超超们的特质，是深谋远虑，决胜千里；典典们的特质，是举重若轻，游刃有余。

小时候听人说过，你要成为什么人，就和什么人为伍。

但奇葩们的目的，并不是要把朋友们都变成奇葩。他们只是在不动声色中给人以向上的磁力，给人以包容的魅力。

同与不同

拾叁

转圈圈

　　转圈的时候，两个同学碰上，不熟悉的会相视一笑，熟悉的会互诉苦水：教授太没人性，留这么多论文，连他的垃圾筒都装不下，到了期末，全便宜收废纸的了。出了 MC，一说我们是英语系的，别人还以为我们过得多滋润呢！谁能想到，我们一个个度日如年，苦大恨深，青春都奉献给转圈圈了。

图书馆四层，椅子最软的几个电脑桌，是 MC 英语系学生的据点。英语系的作业中，经常有 20 页以上的论文。写这样的文章，即使是土生土长的美国人，不吃不喝，也要花上整整一天。而像我这样需要查阅大量参考书的，经常等于一周的辛苦。

　　英语系的学生，有写一阵子就出去转圈的习惯。四层转完了，围着图书馆转，图书馆转烦了，在校园的马路上转。我最郁闷的一次，是出了校园，暴走了两三公里。

　　转圈圈是英语系届届相传的秘籍。

　　思路阻塞时，转圈圈，转到某一个时点，灵感就有了。

　　腰酸背痛时，转圈圈，转到某一个地方，腰不酸，背不痛，腿不抽筋了。

　　心乱如麻、只想撕书时，转圈圈，会让自己平静下来。

　　有这样一个传说：某个学姐写 222 页的毕业论文，大功告成后，倒头就睡。结果，她的脑门压住了电脑的橡皮键，一下子擦光了 200 页。

　　于是，"谨防犯困，困了转圈"成了学姐给学妹们的第一忠告。

书山有路转为径

转圈的时候，两个同学碰上，不熟悉的会相视一笑，熟悉的会互诉苦水：教授太没人性，留这么多论文，连他的垃圾筒都装不下，到了期末，全便宜收废纸的了。出了 MC，一说我们是英语系的，别人还以为我们过得多滋润呢！谁能想到，我们一个个度日如年，苦大恨深，青春都奉献给转圈圈了。

我也是祥林嫂一般，同样的话，不知和患难姐妹们说了多少遍。自从被魅力派的菲利斯教授引诱到英语系后，他消失了，我的好日子也不见了。因为，和菲利斯的亲善比起来，其他的教授只能算暴君了。

当然，其他的教授大都比菲利斯要认真，要负责。问题是，他们越是认真，越是负责，我们的生活就越是无聊、无用、无奈。

先说无聊。

读书，是英语系学生的第一要务。我们读的作品，从小说、诗歌、散文，到戏剧、评论，从 1000 年前的经典到刚刚出版的新品，无所不有。

我们读的作品，可以分为三类：名作、名家冷门和"被遗忘的经典"。而所谓被遗忘的经典，大都是很久以前的某个小人物所写，不为人知、濒临绝版，但深得教授个人的喜好。

大部分教授，都喜欢让我们读上述三类书中的后面两类。

比方说，有一个学期，我选了四门专业课，每门课，8 本必读书。但在这总共 32 本必读书中，名著只有五六本。

又比方说，我上了一学期的福克纳专题，书单上却没有福克纳最有名的《喧哗与骚动》（*The Sound and the Fury*）。我学了一年的英国浪漫主义诗歌，教授连一篇拜伦的作品都没布置。而拜伦是浪漫主义三大家之一，应是人所尽知。

我对名著的理解很宽泛，不求家喻户晓，只求上 Google，能查到维基百科的词条，上图书馆网，能找到十本以上的书评，就可以了。但教授让我们看的大多数作品，基本上是一本书评到顶，一句话的维基介绍充数。

也许是美国人对名著的理解和中国人不一样，也许是我戴着有色眼镜。但我总觉得，所谓名著，至少其价值应能超过名家冷门或是被遗忘的经典。就算是文学水平不够，也应有一定的社会价值和历史价值，不会因时间的流逝而贬值。

大部分教授最嫌弃的，就是这类名著。

一本书好不好，似乎并不是几个教授说了就算数的。

究竟谁说了算呢？

公众的鉴赏力有限，所以，不能因为一本书名不见经传，就断定它不好。而学术圈的争议太多，一致好评的情况很少，所以，也不能因为一本书的褒贬不一，就弃之如敝屣。况且，不少诺贝尔文学奖得主，获奖前虽非默默无闻，但大都不是名满天下。

如此，我现在读的这个冷门，说不定明天会因为作者获奖而扬名立万。

姑且听教授的吧。

但天天读冷门的结果，就是我开始怀疑，教授是不是把名著看腻味了，才教教小作解解乏，拿我们寻开心？或者是教授们已经形成了愤世嫉俗的习惯，觉得所谓的经典，都是愚民的误判。

这些怀疑，没有依据。能够确定的是，我在这样一群教授的教导下，整天读得曲高和寡，却读不到写作技巧。模仿冷门作品的语言，写不好议论文、写不好求职信、写不好邮件、写不好新闻稿、写不好演讲。连我自己写故事，也借鉴不了。除非，我也想呕心沥血写一本书，却不指望卖出几本。

更倒霉的是，我上学时天天手不释卷，放了学，却还如白丁一般。每次和美国人闲谈，我都能发现，自己又错过了一本刚刚出版的热门。想赶紧补补课，却是冷门读不完，书评写不完。睡觉时间都不够，哪还有其他的精力。

和美国人讲讲自己读的书，还能听几句客套话。回了国，见到买齐亚马逊年度十大畅销书的同学，问起我都读了些什么时，只能自黑说："净瞎玩了。"

那就等着教授讲名著时，好好学吧。

可一到名著课，就更无聊了。

喜欢独辟蹊径讲冷门的教授，还能一丝不苟，有条有理。讲名著的教授，一般只讲自己感兴趣的小细节。

教授讲，这么众人皆知的名著，你们应该都懂得差不多了，那我就讲讲你们不知道的吧。

这个主角的原型人物是谁？

于是，我听了一堂课的野史。

另一个教授讲，这本书，你想知道情节梗概，或是主题思想，网上的资料太多了。那我就讲讲网上没有的吧。

于是，教授朗读起他最钟爱的段落。主人公伤感时局变化，物是人非，自惭形秽，发出一句很经典的叹息，"Me. And me now。"教授读完，又挑出书中的其他感叹句，读得饱含深情。一节课就这么过去了。

如果上课就是为了听朗诵，那还用教授么？

想起孔夫子的名言："知之为知之，不知为不知，是知也。"

小学老师告诉我们，孔夫子的意思是：知道就是知道，不知道就是不知道，这才是真正的智慧啊。

但就在教授"Me. And me now"的叹息中，我有了一种猜测。孔夫子的意思，没准是：该知道的就知道，不该知道的，就算知道，也要装作不知道，这才是真正的智慧啊。

尽管接下来的还是无聊，我心里毕竟好受了一点，因为，可以装作不知道嘛。

光是读书无聊，也就罢了。教授讲无聊的书，我们可以一只耳朵进，一只耳朵出。教授把名著讲得无聊，我们可以自己读。但我们除了读，还要写呀。

我们要写的，大部分是书评。有时是关于一个作品的细节评论，诸如"奥康纳①短篇《人造黑人》结尾处的小雕塑有什么象征意义？"有时是关于多本书的宏观评论，比如，"为什么哈雷姆运动中的很多黑人作家都有社会主义倾向？"

有的评论不需要查阅太多的资料，因为，教授关注的就是作品本身。但更多的评论，则需要查阅作品以外的背景资料，如历史、社会方面的背景资料。这时候，教授考察的重点不是作品，而是作品之所以成为作品的外部力量。

MC的才女同学们，查资料总是目标明确。从小到现在，她们

----

① 弗兰纳里·奥康纳（Mary Flannery O'Connor），美国小说家和评论家，美国文学的重要代言人。

早已读书破万卷了，看看题目就知道从哪里入手。但对于我，查资料则需要投入不少的时间，因为美国同学破万卷的时候，我还在背唐诗宋词。

书评不是读后感，让教授知道你确实读了书即可。书评，也不是回答阅读理解题，要求言简意赅，点到为止。书评，要对书有深入的理解，而且要力求新颖。得 A 的文和 A⁻ 文的区别，就是 A 文不能有老生常谈。

什么是新颖呢？

看了名著，我确实是心潮澎湃，思绪起伏。可几代评论家的智慧结晶中，早已包括我想说的或能说的。我绞尽脑汁地想，磕磕绊绊地写，最后交上去的，即使是自以为得意的发现，也肯定是"重新"发现。博览群书的教授们，说不定还因此给我戴一顶抄袭的帽子。

而看了冷门书，我经常是丈二和尚摸不着头，无从欣赏。读都没读懂，评论何从谈起，新颖何从谈起？

时间一长，也就麻木了。兵来将挡，水来土掩，只要察言观色，对付教授还是有办法的。

有些教授喜欢的新颖，其实就是他自己的观点，尚未成为体系，只是一团感情。仔细听他上课时的腔调，就能清楚，他的意见与主流论调相左。

好办。下课好好和他谈谈这个，听他慷慨陈词一番，然后自己组织语言，总结出来。

有些教授正相反，最喜欢看学生写他没有想到过的。

也好办。应付这样的教授，就要写他一窍不通的问题。就算没多少证据，只要论证过程合理就行。教授没有时间去找反面证据，就不能说我的新颖站不住脚。

还有的教授，喜欢讨论些无人涉足的边角问题。讨论时，并不透露他自己对这个问题的想法。这更好办：猜猜你的同学会怎么想，然后逆着大多数人的思路写就行。

米勒尔教授布置过关于《德伯家的苔丝》的评论。有关苔丝的评论，真可谓汗牛充栋，蔚为大观，但大都是围着几点转：农民破产、新贵欺压平民、妇女地位低下、宗教害人、宿命论。

米勒尔教授也讲了这些要点，但在讲的时候，提过几次19世纪末城市里的"新女性运动"。每次提起，都会两眼放光。

于是，我把苔丝写成了一个农村来的"新女性"。她起点很低，弱点不少，但追求独立、自主，虽然最终走上绝路，让人叹惋，但却不失为一个乡下新女性的先驱。

米勒尔很满意。但苔丝的作者哈代若是活着，肯定会把我一竿子打死。苔丝那么温驯的一个女孩子，怎么成了女权主义先驱了？

奎恩教授曾布置过关于乔伊斯《都柏林人》思想体系的评论。有学生用弗洛伊德心理学解读它，有学生用天主教义解读它，还有学生谈英国殖民史对爱尔兰的影响。奎恩对这样的解读都会挑出一堆毛病：要么是乔伊斯一生都讨厌弗洛伊德，要么是乔伊斯的宗教观没那么简单。

我想不出别的，就说《都柏林人》是乔伊斯在社会主义思想影响下写的。

奎恩挑不出毛病。我的正面论据不多，但他的反面论据更少。何况，他很欣赏我的新颖。

后来，对于批判现实的好几个作家，我都高举社会主义大旗，而且是屡战屡胜。

伯恩斯教授留过一个关于福克纳的题目：福克纳的小说《去吧，摩西》（*Go Down，Moses*）中，主人公艾萨克·麦卡斯琳放弃了自己的继承权，把祖传的田庄让渡给了自己的堂兄。他是在做好事么？

当然是好事。麦卡斯琳反对奴隶制，不愿意继承这座充满人性悲剧的田产。他勤勉耕作，自食其力，不雇用一个黑人。他深居简出，一心想洗清祖上的罪行。这都不算好人，还有什么人是好人？

而我偏偏不说他做好事，而说麦卡斯琳只悔过，不行动，没有尽力去改变黑人的生活。他的堂兄荒淫无度，田庄里黑人们的生活举步维艰。而麦卡斯琳，本来是有机会改变黑人们的境遇的。他的初衷善良，但他的所作所为并非善举。

伯恩斯教授也说我新颖。

问题是，这样的新颖又有什么意义？为新颖而新颖，除了耗费时间，还有什么用？

教授布置的论文，有的要求二十多页，有的不过两三页。

长篇评论或涉及作品的主旨、架构、人物、修辞，或涉及作品的时代背景、社会变迁甚至作者的心路历程，需要我们得心应手地驾驭资料，并从资料中提炼并发展观点。

而若是赶上简短的十四行诗，教授却让我们写一篇十几页纸的评论，这时候，难点不在如何挖掘一两个像样的观点，而在如何灌水，让几页纸"水"成十几页纸。

长有长的难处，短有短的麻烦。

短篇评论因为篇幅上的限制，不能天马行空、目指气使，而只能戴着镣铐跳舞。长篇评论，即使有几个自然段甚至一两页都写得比较水，也无伤大雅。而短篇评论，哪怕只是几句话无关主旨或失之偏颇，都会黯然失色。

何况，短篇要求思想缜密、论据清晰、文字干练，不然，很可能篇幅用完了，要表达的内容还没有表达清楚，或讲了半天，却没有进入主题。

刚开始的时候，每次写短文，就像是便秘；写长文，则像是难产。但写得多了，也就有心得了。这就是，写短文，观点很重要，该亮剑的时候就亮剑；写长文，灌水很重要，该胡诌的时候就胡诌。

长此以往，免不了质疑自己的选择。

亚隆①讲过的一个故事：有一群傻子，他们每天的工作就是把一堆砖从一个地方搬到另一个地方，然后再从那个地方搬回到原处。他们这样做，不知是从什么时候开始的，也不知到什么时候为止。但是，有一天，在他们搬砖的时候，他们中的一个发话了：为什么我们要这样做，把砖搬过来又搬过去，难道我们是傻子吗？

想到这个故事，我茫无头绪。自己每天写的是同样的无用，重复的是同样的圈圈，而时间就在这样的无谓循环中一点一点地流失了。

英语系，读的书大多无聊，写的论文基本无用，而问题的根本原因是无奈。

---

① 欧文·亚隆（Irvin Yalom），当今世界上最著名、著作流传最广、最有影响力的心理学治疗学家。

英语系的这种教法，也是无可奈何。

英语系每学期开 20 多门专业课，其中，写小说、写诗歌的课，也就三四门。之所以这样，是因为大家都认为，作家不是靠课堂教出来的。能成功的，靠天赋者多，靠后天培养者少。就算能培养，也不是一般教授能教的。专职教创作的，只有研究生院的 MFA 项目，而 MFA 项目的教授，几乎是大牌作家的代称。就是这样，MFA 项目的学生，大部分是毕业即失业。

本科英语系以教创作为辅，就得以教评论为主。况且读书破万卷，著作等身，但又不是作家的，就是评论家了。评论家当教师，自然也只能教评论。

至于怎么教，也是个左右为难的事。

大学水平的课，教授如果还以梳理情节、理解人物为主，肯定会显得太肤浅。为了拔高，他们要么挖掘细节，要么深究立意，这就是所谓的解读。

但美国学生最讨厌填鸭式教法，所以，多数教授不怎么愿意宣扬自己的观点，哪怕言之不详，模棱两可，也不想落得个将观点强加于学生的名声。

于是，新颖的解读，就得靠学生自己挖掘了。教授也知道，名著已经被解读得太多太久了。即使他们，也不见得有什么新见解，何况学生呢？如此，冷门作品和"被遗忘的经典"就成了最好的选择。教授讲起来，可以无拘无束，挥洒自如；学生写起来，可以见仁见智，自说自话，还充分发挥想象力和表现力。

但英语系的学生，想当评论家的可能并不多。他们中，有人怀着渺茫的作家梦，但更多的，只是想读读有趣的书，练就一番出口成章、下笔成文的本事。

结果，都成了图书馆的转圈族了。

眼下转圈不要紧，转圈之后呢？

相对其他专业而言，就业前景是英语专业学生最大的痛。

学计算机的是 MC 的上流，也是中国学生的首选。只要成绩不错，就是市场上的香饽饽，关键是进不进得了微软、谷歌、苹果。

学数学、统计的紧追其后，进金融机构、咨询公司当分析师不难，而进保险公司当精算师，也是一条路。

学生物、化学的也凑合。就算找不到专业完全对口的工作，一般公司也愿意录用理科思维好的，至少能读读报表，写写报告。

学经济的比较苦。金融危机，就业市场缩水，投几十份简历，也不见得有回复。

幸运的能拿到电话面试，然后是 Skype 视频面试，最后是卡脖子的实地面试。学姐媛媛的最后一个学年，基本上是空中飞人，一会儿是芝加哥、达拉斯，一会儿是洛杉矶、旧金山、盐湖城。飞了一年，终于进了高盛。

文科专业，出路就更差了。

心理系的某位高人，毕业 5 年后，上了校报。校报说，她五年来做了多少个小时的义工，帮助了多少孤独症患儿，拿了多少国家级奖金，但最希望的，还是回到 MC，为母校做点事。

我看来看去，总觉得这应该是优秀毕业生 5 年找不到正式工作，只好恳请母校惠予帮助。

而英语系最惨。上一届成绩很棒的两个学姐，一个在尼日利亚教小学，一个在家管妹妹。问起未来的打算，两位倒都很乐观，说是目前在体验生活而已，明年打算申请英语博士。她们的毕业论文都曾拿到荣誉奖，但写论文却耽误了她们找工作、申请学校。

我的处境也是半斤八两：我在写挣不到稿费，而且只有教授一个读者的小说时，理科生同学也可能在写文章，但人家写的是5000美元研究经费的申请。我在为论文纠结，或是在校园里转圈的时候，毕业班的同胞也在赶路，但人家是在赶往面试的写字楼。

如此，出路何在？

转圈一年后，我终于有了两个决定：

一是小圈转得没劲，要转，就转个大圈。而大圈，就是早点修够学分，早点离开学校。

二是把英语当作工具，而不是职业。于是，我又回到了起点，必须重新为自己找一个专业。

毕业一个月后，英语系在网上做了个匿名调查。95％的毕业生参加了调查，结果，综合满意度4分。

4分，在众口难调的英语系，应说是一个很不错的评价。

那么，当年牢骚满天的转圈族，都跑哪去了？

我不知道别人为什么说好听的，但知道自己作为转圈族的一员，讲好话却是心甘情愿。

这是因为，痛定思痛，会发现过去的痛，也没有什么。

英语系教不出几个评论家，也教不出几个作家，但这并不是英语系的问题。文科专业的毕业生中，将来能从事与专业对口的职业的，绝对是少数。历史系能出多少个历史学家？哲学系能出多少个哲学家？但尽管如此，每一个专业，都必须用专业的标准来要求学生，就是干不了本职，也必须经受专业的训练。

而这种训练，体现在专业能力上，更体现在综合素养上。当不上评论家的英语生，苦练了四年，虽然不见得满腹经纶、博学多才，但一定不是胸无点墨，身无长技。

我读的书中，不乏无聊的书。读的时候，有过不耐烦，读完了也是该忘就忘，但积淀下来的，是读书的速度。若是只挑自己喜欢的书，免不了细嚼慢咽、咬文嚼字，阅读速度很难有大的提高。但几年的磨炼，不知不觉中，已经练就了一目十行、瞬间提取重要信息的能力。

与速度比肩的是读书的习惯。四年下来，手中没有英语书的时候，总会感觉少了点什么。读书成了习惯，便不再是负担，而是享受。这种享受，就是自由地穿越时空与古往今来的人物对话，受到感染、得到激励或者抚慰；就是随意步入五彩斑斓的思想丛林，体验足不出户而尽知天下事的幸福和快乐。

天天游走于历史、传记、小说、诗歌、散文、评论之间，见识了各种各样的或显赫或卑微的人物，经历了难以计数的或著名或隐秘的事件，感受了许许多多的或深信或怀疑的观念，自觉多了一些世故，也多了一些宽容。知晓了心怀天下、悲悯苍生的难能可贵，也知晓了淡泊名利、乐观豁达的逍遥自在。清楚了见善如渴的愉悦，也清楚了闻恶如聋的伤感……而这些，都铭刻在脑海里，融化在血液中。

我们写的文章，其中不少是无用之文。写的时候天天转圈，写完了也是直接进垃圾筒。但几年下来，不知不觉中，居然写了几百篇观点各异的文章。也在不知不觉中，发现自己虽然还谈不上信手拈来，但无论对于什么话题都无所畏惧。也就在这个时候，自己才明白，写作这条路没有侥幸，更没什么灵感从天上掉下来的事，唯一的路径就是写，经常写，日复一日、年复一年地写。

英语系的文章，很少有顺顺当当过关的。无论是得 A 的论文，还是得 B 的论文，都会被教授们挑出一堆毛病。受过这样的训练，再写文章的时候，即使给出了 200％的付出，而收到的只有 20％的回报，也不会怨天尤人。即使被贬得一无是处，也能安之若素。因为，做任何事情，都需要学会忍受各种各样的不完美，即使这样的不完美是别人强加的。何况慢慢地，自己已经感悟到，写作，也不尽是无奈或者无助，至少还有倾诉的快乐，还有思考的印记，还有自己这个读者。

英语系的毕业生，干什么的都有。有的成了教师、记者、图书管理员、公务员，有的进了商学院、法学院，还有的嫁入豪门专职写作。但无论是走向职场，还是留在学校，都离不开读书写字。何况，经典的书，糟糕的书，我们都曾经读过；深刻的评论，练手的小说，我们都曾经写过；体贴的上司，黑心的老大，我们都在书中见识过。

如此，谁能说我们不名一钱，身无长物？

如此，还有什么可抱怨的呢？

拾肆

GPA

我们中国人，从背上书包踏进学校的第一天起，就被告知，从今天起，你就是学生了。既然是学生，学习，就是第一要务。成绩，就是评价你的唯一标准。其他的事，放在一边就是了。

久而久之，哪怕只是为了面子，我们也会把成绩供奉起来。在国内如此，在国外也如此。

在美国，说成绩，就是说 GPA。GPA 是 Grade Average Point 的缩写，是全部课程最终平均分的指称。一般情况下，课程成绩的满分为 A，也就是 4 分；次之为 A⁻，也就是 3.67 分；再次为 B⁺，即 3.33，依次类推。大学的 GPA，很可能要跟着简历走很多年。当然，写简历时，你可以选择不写，只是一般人会默认你的 GPA 低于 3.5。

GPA 很重要，是升学、就职的敲门砖。

比如，申请法学院，招生办会来来回回地审视你的成绩单。进前六的法学院，GPA 没有 3.8，难度就比较大了。有些职业，招人时也很看重 GPA，甚至会设立一个基准线。

但 GPA 并不是全部。比如，技术类工作，人家会特别注意你的实习经历；研究生院，可能会细细品读你写过的文章；而银行和大公司招人，面试表现则是首当其冲。

我们中国人，从背上书包踏进学校的第一天起，就被告知，从今天起，你就是学生了。既然是学生，学习，就是第一要务。成绩，就是评价你的唯一标准。其他的事，放在一边就是了。

久而久之，哪怕只是为了面子，我们也会把成绩供奉起来。在国内如此，在国外也如此。

学 IT 的小叶，刚上大二就拿到了学校的机器人创新奖，接着又拿到了微软公司的实习。本应该高兴的她反而更加如履薄冰，分分必争，生怕得个 A⁻，给教授留下一个"小丫头没后劲儿"的印象。

学建筑的庄庄，大三第一学期突感力不从心。考完期中，她知道后半学期无论怎么努力，都回天无术了。与其拿低分，还不如不拿分。于是，她办了休学，准备在家歇几个月，等储备了精力再回来。

学经济的瑞瑞，大三暑期收到了德意志银行的录用通知。但整个大四，她一天也不敢放松，好像有一门课程成绩差点，德意志银行就会反悔不要她了。

作为英语系唯一的中国人，一忙起来，我可能几天见不到黄皮肤，说不上中国话，耳根子倒是清净了不少。吃饭时，没人会问我考了多少分，笑嘻嘻地说声"不错"，然后背地里骂我是 GPA 狂。选课时，也没人会向我打听，哪个教授给分比较水，哪个教授要求比较高。同胞们一听到我选了英语专业，立马一副爱莫能助的面孔，闭口不谈学习上的事情了。

即便如此，我仍然活在 GPA 的掌控之中。

大一寒假小学期，人类学刚开课，正是秋季学期出成绩的时候。一上课，我就在电脑上刷新自己的学校账户。刚刷完，我就沉浸在悲愤之中了。纯粹为了好玩而上的心理学课，不但不好玩，还让我得了 A⁻。

不能再有第二个 A⁻了。

一下课，我就冲到讲台边。摩尔教授正低着头，收拾着摊在讲台上的资料。我嗯嗯啊啊了半天，终于挤出了一句，"教授，不好意思，我想了解一下，咱们这门课怎么打分呀？"

"小学期的选修课，不打分。"她轻轻地说。

说完，她捂着脸出了教室，眼角闪着泪痕。

我呆立在原地。

晚上吃饭，碰上了人类学专业的美国同学爱玛。我问她，摩尔教授怎么回事？问她一句话都能哭。

"她哭了？"爱玛一脸同情，"她一个老朋友刚刚去世。"

惭愧啊。摩尔上课还说过这事。她讲的那篇论文，就是她的那位朋友写的。可我只听进去了她的前半句"我最亲爱的朋友……"，后半句就被脑海中的一片"A⁻"屏蔽掉了。

也许，她还以为，我走上前去，是想对她说，我是多么的欣赏这篇论文，多么为她遗憾。

从此，我和教授对话时，再也不敢提到"分"这个词了。

但是，我只是不明说而已。

大二时，我上了勃朗宁教授的中世纪英语课，那些年代久远的小诗和散文读起来很是乏味。

上了几次课，我也就知道了勃朗宁的做派。每次，他会布置好几个作者的诗文。但下一节课上，他一般只会讲其中年代最早的作者，而且只讲那位作者最早的作品。因为时间总是不够用。

知道了诀窍，读书变成了在 Google 上查年份，变成了押宝。读 20 篇诗文的作业，减去了 16 篇，外加几篇诗评。

于是，我成了中世纪诗文达人。勃朗宁开始念诗，别的同学还在翻书找页码，我就能把诗的写作背景、中心思想和闪光点和盘托出。

论文也好对付。因为他留的论文都是自选题材，我只用从熟悉的内容谈起。

期末，出岔子了。勃朗宁临时出差，没时间判论文，考试临时变成了选择题。

整个学期，勃朗宁布置的阅读材料，我就看了三分之一，还有2000页左右的材料，我根本没碰过。因为，我把时间都花在没有捷径的课上了。

我硬着头皮，去找勃朗宁，想打探考试范围究竟是什么。

勃朗宁请我吃泡芙，问，你还能有什么问题？

我说，我害怕占用他的时间，之前遇到不懂的地方，总在网上求教。网上找不到答案的，才会想起找他。我现在很后悔，网上的东西，哪有他讲的深刻呢？

然后，我又明知故问地找话题：约翰·多恩为什么有时候表现得虔诚，有时候故意亵渎教义？托马斯·瓦尔特为什么能被亨利八世赦免？莎士比亚写《第十二夜》的时候，借用了什么传说？

勃朗宁认真作答。然后问我，下学期想不想和他做一个专题研究？

我顺势说，自己水平还差得远。不说别的，连这次期末考试都很紧张呢。

停顿了一会儿，我接着说，我一直不擅长做选择题，因为比起课堂发言、课后论文的直来直去，选择题比较拐弯抹角。

勃朗宁小口吮着咖啡，从杯子上方细细审视着我，淡淡地说：

"考的都是我上课讲过的，你担心什么啊！"

丢人啊。这个敏锐的英国人，就算没看出我一直以来的投机取巧，也看出了我此行目的所在。

还是踏实点吧。

但是，就算踏实，也难免有意外。

欧洲史教授施密特是个老顽童。我去他的办公室，他会献宝似的展开一幅 19 世纪的巴黎地图，或是旧时德国手工香肠的配方，或是他以前的学生新出版的著作。

他知道我学的是英语专业，很爱和我谈文学。

他问："雨果和巴尔扎克生活在同一时代、同一国度，对文学有着同样的执着，对后世影响深远。雨果被政府流放回来时，巴黎市民夹道欢迎，寿终正寝后，安葬在先贤祠，供千秋万代的后人瞻仰。而巴尔扎克在世时，却没有那么幸运，以至负债累累，刚刚中年就潦倒而死。你说，他们的境遇为什么有这么大的差别？"

我想了想，回答说："雨果有《悲惨世界》《巴黎圣母院》《海上劳工》和《笑面人》四大名著，巴尔扎克也有《高老头》《贝姨》《欧也妮·葛朗台》与之抗衡。就人物的生动、故事情节的起伏、思想的广博而言，两人难分伯仲。但雨果贵族出身，有着与生俱来的自信。他的作品有一种俯视尘寰、洞彻世事的味道。即使是写悲剧，他也能给人对未来的希望。而巴尔扎克是从社会底层血战成名的。生活艰难，他的作品也就多了一些世俗气和烟火气，让人读得心酸。这样看来，雨果自然能赢得更多的喝彩。"

施密特说："贵族气的书较世俗气的书更有市场，有一定的道理。但仅仅这一点，还不足以回答我的问题。"

我说:"雨果既有惊世之才,又能怀悯天下,粉丝无数,作品自然叫座。巴尔扎克终身为债务所累,频频更换住所以避债主,却极为自负,目无下尘。做人上有亏欠,就免不了谤语,自然会影响其作品的传播。"

施密特说:"公众对作家本人的评判,确实会放大或缩小其作品的影响,这也有点道理。还有别的原因吗?"

我又说:"雨果是浪漫主义大师,巴尔扎克是现实主义大家,和现实主义比较,浪漫主义似乎更有吸引力。"

施密特说:"是吗?你们专业是怎么区分浪漫主义和现实主义的?"

我说:"浪漫主义的作家一般喜欢用夸张手法,喜欢花大笔墨渲染主人公的情感,描写主人公的想象乃至幻想。不求字字真实,但求戏剧性和传奇色彩。现实主义则注重描写切实、具体的细节,即使是纯粹的虚构,也要让读者身临其境。"

施密特问:"那为什么浪漫主义比现实主义更吸引人呢?"难道人们更愿意生活在虚拟的"浪漫"中,而不愿生活在真切的现实里?

我哑口无言。

见我被难倒了,施密特揭开他的谜底:"雨果最受欢迎的作品,如《悲惨世界》和《九三年》,写的都是过去的事,是历史。而巴尔扎克的作品,如《高老头》写的是当下。我觉得,人们最喜欢看的是历史。你说对不对?"

和过去一样,这一次的对话,又是以这位历史教授的自我陶醉而告终。

但他的陶醉,并不等于我的陶醉。我来找他,是另有目的。几次作文，全班最好的成绩是 B⁻，最差的竟然是 F。哪有这么打分的？

但话到嘴边，总是被欧洲的作家们湮没了。

终于，我破釜沉舟，抱着一摞作文来了，凄凄哀哀："为什么我一点进步都没有？我这么喜欢这门课，课上学的东西不少，课后花的工夫不少。请您告诉我，我哪些方面做得不够？"

他说："巴尔扎克有什么不对呢？他那么热爱写作，花的时间不少，写的作品也不少，怎么就诸事不顺呢？他不也是死后才得到最终的认可的么？你怎么现在就这么着急呢？"

见我不知所措，施密特又说："按你现在的劲头写，期末我会给你 A 的。你要的就是这句话吧，是不是？"

和施密特相反的，是俄罗斯史教授安德烈。他不苟言笑，讲话一针见血。平常的测试，评分都是中规中矩。

大四的时候，我到他办公室，还未开口，就听他直截了当地问："有没有兴趣上历史博士？"

我不无尴尬地告诉他，自己正在准备法学院的申请。

他说："你还是保持住对历史的兴趣吧。历史研究要求尽可能地占有材料，去伪存真，法律职业何尝不是如此？如果某一天，你想重归学术路线，告诉我。另外，你需要我的推荐信么？"

我挺感动，连自己原先要问什么都忘了。

最后一次小测前，我的闹钟出了点问题。

考试进行了一半，我才心急如焚地赶到教室。安德烈递给我卷子，并无责备之意。下课交卷的时候，周围的同学开始对答案。安德烈当即说，出去吧，来晚了的同学还在答题。

越是这样，我越是发慌，写出来的答案也越是不对劲儿。

一回到宿舍，我就给安德烈发了邮件，先把自己骂了一顿，然后请他原谅我，给我一次补考机会吧。

安德烈没有回信。第二天，我在他办公室门前的走廊里晃荡，终于"碰到"了他。

"卷子的事么？"他注视着我，嘴角似笑非笑，"你全对。放松点好不好？"

他没有再提推荐信的事，我也没敢再问。

当我因为深陷 GPA 而不能自拔的时候，也可以想想其他 GPA 控们的故事来聊以自慰。

学姐硕硕比较胖，也比较懒，体育课却报了爵士舞。班上的同学，大都是舞蹈队的半专业选手。而等她发现时，已经过了退课的期限。

硕硕身体胖，但脑袋很好使。一拍脑门，便有了锦囊妙计。

于是，在无声无息中，硕硕成了班上的勤杂工。每节课，她都是第一个到场，帮老师调试音响，摆放乐器。舞蹈队有练习，她也是准时到场，不是端茶倒水，就是打扫场地。

学期结束的时候，一半的舞蹈队员拿到的是 A‾，而硕硕拿到的是 A。

学妹菲菲想上医学院，生物课却一直不太开窍。每次去请教达伦教授，问完问题就在走廊里溜达。有别的同学来问问题时，她也跟着进出，站在旁边，听着教授的解答。时间一长，达伦心软了，就在办公室里加了一把椅子。

于是，一拨又一拨的美国同学来，都能看到这个中国姑娘雷打

两重天

不动地坐着专座，就像被达伦收养了似的。

暴风雪，学校停课。

达伦回办公室取东西，发现菲菲坐在门口的地板上，一地的书和草稿纸，简直像是要占领办公楼似的。

菲菲说，她在这儿学习很有灵感。

达伦叹着气，将她领进门，又开了半天小灶。

期末，菲菲考了全班最高分。

当然，她在生物课上也开窍了。

美国同学对 GPA 的态度因人而异，虽然也有和我们一样，对 GPA 很是在意的，但相对而言，要少一些执念，少一些坚守。

索菲是英语系的学霸，四年里，差不多所有功课都是 A。她重视成绩，但从不会为了 GPA 而放弃爱好，或是讨好教授。课上，她每有不同意见都会发表，以至有位教授曾被她气得跑出教室，去图书馆找书求证，却灰溜溜地回来，承认自己确实记错了。

这教授有点记仇，之后总挑刁钻古怪的问题折腾索菲，弄得索菲苦不堪言。但挨过了那个学期，索菲依旧故我。她讲，这么极品的教授，我都应付过来了，还怕别人么？

索菲学习时争分夺秒，但留给自己的时间也不少。她是学校赛艇队的主力。每到夏天，很早就要开始训练，看到水面上日出时，会平生"自己用双桨托起太阳"的豪气。冬天，湖面结冰，无法训练，她穿上冰鞋，翩翩起舞。但冰不够厚，她刚做完一个大跳，着陆点就开裂，她打着趔趄滑进水里。

好在那里离岸近，水又不深，她冻得哆哆嗦嗦，自己爬上了岸。回到宿舍，她冲了澡，缓过气来，不管刚刚把湖面封锁的校警是否要找她谈话，就跑到学校的后山去滑雪了。

周末，附近的城市有她感兴趣的讲座，她跳上大巴就去赶场，去时一路读书，回时一路写作业。到了学校，她还要写博客，把讲座点评一番。

我读过索菲的博客，有些很是犀利，甚至带着王者之风。有些却平淡无奇，几乎不像出自同一人之手。索菲的法宝，就是宁做风风火火的行动党，不做谨言慎行的服从派；宁可犯错，也要尝试；宁可冒犯老师，也要发言。当我的美国朋友和我客套，夸我的英语地道时，只有索菲和我坦言，指出我哪些词的发音总是有口音。索菲和我讲，有口音，就更要多说，否则问题永远都会存在。

美国同学中，也有把 GPA 当笑话的。

安娜和我一起上过两个学期地质课，但一直到第二学期期末，我才注意到有她这么一个人。每学期的课，她至少会翘掉一半以上，即使来，也会改改妆容，换换发型，让人认不出来。

她唯一一次提前来到教室，是为了在大屏幕上放自己用手机拍的视频。拍摄地是麻省中部的伍斯特市，示威人群效仿占领华尔街的英雄们，打出了占领伍斯特的旗号，浩浩荡荡地向市政厅进发。直到警察出马，逮捕了几个领头的，人群才四散而逃。

正放到一半，教室外传来了清嗓子的声音。教授到了。

"你是我们班的么？"教授问。

安娜按了暂停。

"是的，教授。我正想向您讨教，我要是把这个挂到 YouTube上，政府会找我麻烦吧？"

"不会。"

问者面不改色，答者波澜不惊。

课上到一半，安娜就拎起书包，从后门溜了出去，不见了踪影。

估计她思前想后，还是觉得比起板块构造学，占领伍斯特要重要得多。

但地质课的野外活动，她不会缺席。

我们在康涅狄格河边找恐龙脚印和冰川遗迹时，安娜一马当先，比谁都跑得快。我们出海研究水质时，安娜最先量好了数据，就独自去了船尾，帮着渔夫撒网捕鱼。看着她熟练地抓起螃蟹，捧起滑溜溜的石斑鱼，我不由得寻思她是不是渔家女出身。

回来的校车上，我恰好坐在她身边，对她说："你知道吗？大家都觉得你很酷。"

她摆着手，"哪儿的话。这门课，我又要 Ungrade（不计成绩）了。"

"Ungrade"是学校给学生补救 GPA 的选择。四年共有四次机会。如果学生觉得某门课是无可救药了，就可以选择在成绩单上写"Ungrade"，如此，这门课的成绩就可以不算入 GPA。不过，这样做的效果也很有限。懂行的人，看到好端端的一门课后面没有成绩，往往会朝最坏的方面想。

但是，在我的印象中，使用这个选项的学生，多少还是关注 GPA 的。

我正无话可说，却听安娜念叨道："我下学期恐怕要转学了。因为学校的 Ungrade 已经被我用完了。"

我既没有索菲的实力，又没有安娜的勇气，估计整个学生年代，都难以超然于 GPA 之外。

GPA 上的纠结，自然是有代价的。

在摩尔那里，我失去了一个第一印象。在勃朗宁那里，我失去了一次做研究的机会。在施密特那里，我失去了他的友谊。在安德烈那里，我失去了一封推荐信。

厚着脸皮，我也可以说自己的损失不大。摩尔我后来都没有见过，她可能根本不记得我。勃朗宁的研究方向我也不感兴趣，因为读一学期的中世纪英语足矣。施密特这位老顽童，对我友好，也是他自我欣赏的一部分。安德烈的推荐信我不缺，因为他不写，别的教授也会写。

我在四个教授面前的表现不佳，是因为我的时间得用在刀刃上。而其他教授给我的关照和机会，足够我用了。

但是，我毕竟丢份儿了。

丢份儿的事还有不少。

大一的时候，我很想上一节新闻课。授课教授是 MC 唯一一位得过普利策奖的。因为听说他打分很严，我盘算着，等自己的写作水平提高一些，再报名上他的课。可等我自以为准备充分了，教授也退休了。

大三的时候，英语系有不少去英国交换的机会。我却没有申请。其中一个原因，就是怕自己不适应环境，会影响 GPA。但当学霸索菲在伦敦交换一年回来，告诉我她不仅玩遍了欧洲，还得到了BBC 的实习机会，我悔之不及。

GPA 控制了我的生活，也限制了我的视野。

和已经工作的学姐聊天，我听到的，大多不是"书到用时方恨少"，而是"假如当初没有活在 GPA 之中，就好了"。

她们说，对 GPA 的追逐，边际收益递减。也许，花 10 个小时就能得 80 分的人，为了得 90 分，可能还需要再花上 20 个小时；为了 95 分，可能还得花上 40 个小时；而即使再花上 60 个小时，也不见得能得 100 分。多付出的精力，本可以做很多更有价值的事。

离开学校后，我到处穷游，过了半年没有 GPA 的日子。

穷游的日子里，听了一个心理学教授的讲座。讲到 GPA 时，教授说："很多学生有抑郁倾向，其实都是小题大做。比方说，我得了个 B：哎呀，我要当流浪汉了。"

听众们哄堂大笑。

"可不是么？我这个暑期的实习泡汤了。现在找不到实习，将来就找不到工作。找不到工作，就还不起助学贷款。交不起房租，就有可能当流浪汉了。

"这个可能性有多大？我不知道。我倒是知道，很多老板，上学时都不那么在意自己的成绩。而很多 A 等生，一辈子都在给当年的 C 等生打工。所以，如果你念念不忘的是你的 GPA，那么，你不用担心会不会成为流浪汉的问题，而应该担心自己怎么给 C 等生打工的问题。"

掌声响彻云霄。

教授的话，应该有两层意思：一是为 GPA 而狂是可笑的；二是为 GPA 而狂是影响前途的。

第一点好理解。我们读书，是为了学东西，而不是为了分。在走向目标的路上，GPA 只是我们身体在阳光下的倒影。我们应该盯的是前路，而不是倒影。

第二点很残酷。努力拼分的 A 等生，却有可能给嘻嘻哈哈的 C 等生打工，公平吗？

为了 GPA，A 等生低着头，绷着劲儿往前冲。某个时点，回头看看，发现刚开始落在后面的同学，有的早已另辟蹊径，开上了直升机。

如果时光倒流，我也许还会找勃朗宁问考试范围，还会猜施密特的心思。一点代价，一份安心，值了。但为了 GPA，让摩尔教授伤心，让安德烈教授失望，则是我的不是。

GPA 并非一无是处。没有 GPA，学校靠什么来区分申请者，靠什么来引导学生？对学生而言，良好的体魄，健康的心理和成长的潜力比 GPA 都重要。但这些重要性，没有体现学校的特质。GPA 有很多缺陷，但目前为止，还没有一个东西比 GPA 能更好地评价学生。也许，这样的表述更为合适：争取 GPA，不唯 GPA。

作为学生，我们需要为 GPA 做一切该做的事。但别的事，也得做。好成绩，不一定是满腹经纶，不一定是前途光明。上学时最散漫的那一个，可能潜力最强，若干年后可能是学术界最有影响的人物。上学时最捣蛋的那一个，可能智商最高，未来可能会成为财富榜上最耀眼的明星。

GPA 是馅饼，会给我们带来机会。GPA 也是陷阱，会让我们忘记常识。我们需要 GPA，但不能因为 GPA 而错过人生中的其他风景。直面 GPA，就应该有 A 等生的执着、C 等生的豁达，更应该在 GPA 和生活之间有一种均衡。

然而，说起来容易，做起来难。

在路上

　　走累了，找个长椅坐下来，舒展舒展双臂，闭上眼睛呼吸或热或冷但绝对清新的空气；见到特别的景致，停下来照张相，给自己留点记忆；碰上值得一看的商场，进去养养眼或买点什么。何况，商场里，冬天时可以过过暖风，夏天时可以吹吹空调，哪怕只是穿堂而过，也是休闲一刻。

到了美国，自然要游美国。

我第一次离校旅行，是去华盛顿过秋假。美国同学詹妮弗到机场接我后，驱车百里才到家。原来，她住在弗吉尼亚，而不是华盛顿。因为小镇居民的生活圈子和工作地点，基本上都在华盛顿，所以她也不算和我说了谎。

第二天早上，詹妮弗睡到下午一两点才起，磨磨蹭蹭做点吃的，天色就暗下来了。詹妮弗一边吃，一边看四集连播的 TBS 喜剧台。看完喜剧，她说要带我去看看国会山的夜景，但邻居就来串门了，而且聊到我呵欠连天，还没有走的意思。

第三天，我起得早，听着詹妮弗均匀的鼾声，在网上查找进城的路线。公交、地铁全没有不说，打车的价格，都比得上打折的返程机票了。

我一气之下，定了张返程票，提前飞了。

詹妮弗懊悔不已。说，要是知道我就待两天，她一定会陪我去国会山。下次吧！

下次，跟别人走之前，一定要问清楚她家到底在哪儿。被关在家里，还欠人情，真不如被关在学校里好。

第二次，我去的是一个亲戚家，在正牌的市区，楼下就有公交站。不过，我根本用不上公交。

他们要搞一次聚会，邀了7户人家参加。女主人不是开车带我出门，去中国超市、草药店、礼品店，就是在家里料理鲍鱼海参。人家忙得不亦乐乎，我自然不能袖手旁观，只好打打下手，擦台子，扔果皮。大菜上桌，大家畅饮海吃，吃得我满脸生痘。

这次不巧，赶上派对控了。于是，当老妈在美国的同学来邀请我时，我又答应了。老妈同学正处在事业高峰，听说很忙。人家忙，我总自由了吧？

但家里孤零零的小女孩找到玩伴了。她摊开大富翁的棋盘，要跟我较量，我输她两盘，装傻充愣，可她却精得很，一定要求我动真格。等我赢了，她又哼哼唧唧，我只好陪她继续玩。她又赢了，手舞足蹈，说我是她的铁杆姐们儿，就像我们的老妈们一样。

天气冷，她不想出门，也不愿意我出门，我顶着姐们儿的光环，和她在客厅里打游戏机。

带着老妈同学一箩筐的夸奖，我又默默地走了。从机场来回两趟的车程，算是最正式的市容观光了。

无论詹妮弗、亲戚，还是老妈同学，都无意怠慢我。她们都有自己的假期安排，但为了接待我，专门腾出了宽敞的客房，换上了新买的床罩，还要专程到机场接送我。

但我巴望的不是吃好睡好，而是玩得好。

怎么才能玩得好呢？

经济系的彤彤跑来找我了。彤彤的中学师兄在大 U 上三年级，想召集几个人一路南下，沿着东部海滨游玩。她已经答应，希望找我做个伴儿。

路线很是诱人，我也点头答应。

游玩团，两男两女，除了彤彤、师兄和我，还有师兄在大 U 的学弟。师兄自任团长兼司机，而团员们，除了能摊油钱，替补司机的事都干不了。大家都还没有拿到美国的驾照。

以前被人关在屋里的我，这次被关在车里了。

师兄在国内时练过长跑，耐力强，一天连着开七八个小时，还边开边吼歌。学弟受了感染时，也跟着吼。后座的我们两个女生坐如针毡，早上吃的东西都要呕出来了似的。

前方有服务区，我们软磨硬泡，师兄才答应停车休息，给我们 5 分钟时间上厕所。

方向盘在师兄手里，我们敢怒不敢言。沿着 95 号公路，只看得到一闪而过的路标和连绵不断的树丛。偶尔出现几个房子，刚觉眼前一亮，就过去了。

沿途该去的景点，师兄会带我们转一转。他会绕个小弯下主路，加大马力开过沙滩。他也会绕个大弯上山顶，让我们在眺望点照个相。他停留时间最多的地方，是麦当劳的驾车点餐通道（Drive Through）。几天里，我们把各种口味的汉堡都吃遍了。

师兄这样匆匆忙忙，是为了在晚上到沿线城市里泡吧。我们三个不胜酒力，也不到年龄①，只能乖乖地在主街上遛弯，眼瞧着卖

---

① 在美国，21 岁以下饮酒属违法。

纪念品的小店一家家打烊，流浪汉们开始出没，无精打采回到宾馆。而师兄正在酒吧里打诨插科，广结良缘。

到了最后一站奥兰多，车子七拐八拐地晃荡起来，吓醒了昏昏欲睡的我们三个。定睛一看，师兄正低头在书包里找手机。那是一个公司的 Skype 面试邀请，定在明天下午。

我窃喜：师兄要务在身，我们几个小的解放了。

另两位更激动，开始策划第二天的深度游。为了弥补沙滩上的浮光掠影，要玩水摩托。为了填补山顶的短暂停留，要坐滑翔翼。中午不管是去潜水，还是去吃海鲜大餐，晚上一定要去商业街里购物，然后租辆豪车去看夜景，打消和流浪汉为伍的心理阴影。

两位被关在车上的乖乖男女，一经释放，瞬间变成土豪。我也是拿出信用卡就刷。

也许是我不会享受。水摩托很刺激，可汽油味大。潜水时没看到几条热带鱼，耳朵却疼了半天。海鲜大餐很丰盛，但重油重盐，没准还重金属。滑翔翼风驰电掣，不过一路空气湿黏，好像有小飞虫进了眼睛。购物时，我还没选上一件衣服，就当上了更衣室门口手里拎包、胳臂上挂衣服的丫鬟了。交友不慎啊。

坐完夜游的包车回到宾馆，只见师兄四仰八叉倒在床上，枕边倒着空酒瓶。学弟忧心忡忡：难道他面试搞砸了？

不是，面试易如反掌。但师兄面试后一查邮箱，就大惊失色，一路下来，罚单收了五六张。

他开得快，来不及换道，好几次过收费站时都误闯专用通道。专用通道都没有挡杆，只是当场拍照，事后罚款。

师兄愤愤不平："你们坐在车上，都发什么呆呢？也不帮我看着点！"

我暗下决心，今后出行，要么方向盘掌握在自己手里，要么自己一个人游。

一个人游，劣势自然不少。因为没人分摊房钱和饭钱，吃饭和住店的质量都要打折扣。好多人一起下馆子，点一桌美欧全席，人均消费并不是很高。但一个人吃，点一两道菜，花钱不少，还不一定合自己的胃口。

大城市两三星的宾馆，大多要一两百美元，两人一分，多少划算。但如果一个人住一间老旧的屋子，还要花上国内五星级的价钱，钱包可受不了。

吃还好办，可以把超市当食堂。

在纽约，全食食品超市（Whole Foods）之类的连锁店遍地都有。店里尽是有机蔬菜水果，色彩缤纷，搭配精致，虽然比一般的超市稍贵，但熟食和沙拉，至少比下馆子实惠。波士顿、旧金山、亚特兰大、芝加哥之类的城市，卖鲜货的大连锁少见，但打发嘴皮子的超市还是有的。这时候，我的战略就是三明治、水果加酸奶。

尝不到地方特色，固然是独行的缺陷。可我的路线，是风景之路，而不是美食之路。为了看到日出，而放弃热早餐，并没有遗憾。而每天能多去一个景点，也是靠省去在饭店等菜而挤出时间来的。

宾馆开销大，省钱的路子，就是住青旅。

冬冬旅行时住过青旅，照她的说法，青旅既便宜，又热闹。50

美元左右一个床位，运气好时，还会搭配好多免费：免费早餐，免费网络，甚至还可能有免费的游泳池。这么多免费，还常常落在城市的中心地带，落在风景宜人之处。

在青旅里，一群人合住，早上起床后，可以和室友一起烤面包、煮咖啡，在公共休息室里一边晒太阳一边窝着看书。碰到投缘的，说不定会有一场艳遇。

但楠楠对青旅的描述大相径庭。

楠楠第一次住的青旅，是10个人的大房间，赶了一天的路，人困马乏，和着衣刚刚安顿下来，就被半夜回屋的两个住客吵醒了。两个小伙子自己不睡，还不让别人睡，自顾自地神聊，嘎吱嘎吱地晃着上下铺，害得她整夜无眠。

住青旅，洗澡是问题。有一次，楠楠刚刚在身上打上沐浴液，热水突然温度骤降，变得冰凉彻骨。上洗手间也是问题。总是赶上不中用的马桶，让她望"洋"兴叹。

楠楠总结说，青旅是欧洲人的发明，美国人不怎么感冒，也不怎么在行，他们擅长的是奢华酒店，关注的是经济型的汽车旅馆。想省钱，最好找家庭旅馆。

这两人意见不一，更让我好奇。

我第一次试着订青旅，是在纽约。这家青旅离中央公园不远，是男女混住房。知道睡不好的可能性很大，我在灯火通明的时代广场一直逛到10点多，才往灯光渐暗的青旅方向走。一路上，我都在猜想同屋的会是什么人。

我中了奖。冬天是旅游淡季，几张上下铺空空如也，只有我一个住客。

但房间里的暖气心有余而力不足，吭哧吭哧的整夜叫唤，却不冒一点热气。我穿着羽绒服，戴着帽子，还是直打战。最后挪用了好几个铺位的被子，才一觉睡到天亮。

在纽约住过青旅，到别的城市也就不再胆怯。飞旧金山的时候，我也提前预订了一家。临走的那天，我和楠楠发微信。这个青旅，她也恰巧住过，没什么好印象。

青旅在海边，是仓库改造房，风光极佳，却是流浪汉的胜地。这些人手头一有点闲钱，就会离开城里的小街巷，直奔青旅的海景房，冲个淋浴，用用洗衣机，再来顿免费早餐，也算是度假了。楠楠进房间时，刚放下行李，就被浓浓的酒气熏得作呕。却见一个醉汉歪歪倒倒，赤着脚正往她的上铺爬。她坐在床上，踌躇不决，最终还是逃回了机场，在候机厅的椅子上过了一夜。

我动了退床位的念头，但已经过了时限。

不过，也不尽是楠楠讲的样子。

可能因为这次定的是女生房，我并没有看到流浪汉。同屋有两个高中刚毕业的小背包客，三个洪都拉斯来的中年人。屋里窗明几净，夜里除了室友们偶尔的呼噜声，倒是没有太大噪音。早餐的面包片是当天过期的打折货，但咖啡还算醇香。淋浴和马桶也都正常，没出什么意外。

看来，选择青旅，是一场小小的赌博。

而且，即使是赌博，输的概率也应该比较小。何况，几十美元的赌资，还有经验和经历可以收获。

独自出游，少不了依靠公共交通。旧金山的公交车应了众多老太太对家门口没有车站的投诉，总是三步一停，五步一站，急开急停地晃荡着，让从不晕车的我都头昏脑涨。波士顿冬天雪大，室外是银装素裹的宁静，地铁里却是漆黑泥泞的水下世界。楼梯湿滑，眼镜蒙上白雾，我差点被鞋带绊倒。纽约的地铁系统庞大而混乱，标示含糊不清。我每次都得提前查好路线，以免上错了车。

我曾把共用一条轨道的快车当作了慢车，然后眼巴巴地看着它疾驰而过自己的车站，一口气穿过了 80 条街。终于等到停车，走到对面往回坐。这次，又赶上了一辆慢车，5 条街一停。我坐了半个小时，才听到自己的站名。此时已过了午夜。

上到地面，更不对劲儿了。

人行道上，几个大汉骂骂咧咧，拖着一个半裸的女郎。远远的，似乎有警车在鸣笛。路边上，有两个人躺在地上吃吃傻笑，像是嗑药嗑高了。而公交车站台上，有小孩正把站牌当杆爬。

我从书包里拿出打印好的地图，路灯太暗，好一阵才看清楚，我订的酒店在大街的西头，现在的位置在大街的东头。

我本该去西区，却到了东哈莱姆。

来了一辆救星般的出租，我赶紧逃离了这是非之地。

纽约地铁线路多，对开的两辆车，很可能不是往返程。

其实，车上都是有编号的，但习惯了北京地铁标得一目了然，我才会犯这样的低级错误。

只要不赶时间，我是宁愿走远路，也不愿坐车的。走在城市的街道上，自己可以融入这座城市中的芸芸众生，听得到秋天落叶的叹息，看得见路灯下人影的摇晃，有一种别样的满足。

走累了，找个长椅坐下来，舒展舒展双臂，闭上眼睛呼吸或热或冷但绝对清新的空气；见到特别的景致，停下来照张相，给自己留点记忆；碰上值得一看的商场，进去养养眼或买点什么。何况，商场里，冬天时可以过过暖风，夏天时可以吹吹空调，哪怕只是穿堂而过，也是休闲一刻。

有这样的一句话：了解纽约，从步行开始。而这句话对几乎所有的城市都适用。只有行走，你才能真正地融入城市，看到它的细节，听到它的脉搏。

在行走纽约之前，我从车窗中瞥见的，是雄伟的布鲁克林桥，是克莱斯勒大楼的尖顶，是时代广场昼夜通明的广告牌。但走在人行道上，挤在行色匆匆的人群中，我会注意到居民楼上生锈的消防梯，隔离墙上的涂鸦，车牌上的口香糖。那个神圣而辉煌的纽约，退缩到路边小贩手中的明信片上。

《北京人在纽约》说过，纽约是天堂，纽约也是地狱。纽约确实是个光芒四射的城市，它的第五大道、时代广场、帝国大厦、华尔街，是全球千万人心目中的圣地，是很多人美国梦开始的地方。纽约汇聚了全世界最有天资的头脑，最有财富的精英，控制着全球金融的命脉，操纵着很多经济体的枯荣。与此同时，纽约也是一个破得不能再破的城市。纽约的大部分，没有富贵逼人的珠光宝气，也没有纸醉金迷的绚烂刺眼，只有狭窄的巷子，拥挤的老宅，衣衫褴褛的流浪汉。其实，美国的很多大城市都是如此，有灿烂光鲜的一面，也有萧条失落的一面，看似互相冲突矛盾的特质，却又不可思议地共容共存。

美国的小镇却别有一番情趣。

小镇上，所有的街景和人事，都会以一种不疾不徐、不温不火的节奏呈现出来，甜美的景致，温馨的氛围，亲切舒适，让人心驰神漾。在这样的小镇，你会被一种安静而惬意的情感包围，在体味美国的心醉神摇、熙熙攘攘、淡漠冷酷、昏昏暗暗的同时，感受到美国的另一面，田园的、单纯的、安逸的、诗意的另一面。

行走之中，总能遇到有趣的人。

又是临近午夜，我从一家咖啡馆去车站，刚过一个昏暗的街角，旁边就冒出来一道黑影，耳边还有一声"嗨"。

本能地，我想往马路另一头跑。还没拔腿，就听那身影解释道："我不是坏人。"

他的英语听着别扭。他的脸背光，黝黑一片，看不清五官。但他的那副大厚眼镜，让我略微放了心。

他确实是个老书生，尼泊尔来的访问学者，在堪萨斯大学研究社会学，放假一个人进城玩。他的经费，只够在乡下租个小单间。旅游的机票钱，都是牙缝里挤出来的。

尼泊尔人指着周围破败却还算幽静的小巷子说，纽约现在变得安全多了。20 世纪 80 年代，这个钟点出没的，都不是善类，哪有咱们这样的穷游客？

他操着浓重的乡音，却很健谈，讲起纽约近 20 年犯罪率下降的各种理论。他说，芝加哥大学的斯蒂夫·列维特（Steven D. Levitt）教授最创新。列维特颠覆性地提出，20 世纪 70 年代开始的堕胎合法化，导致很多很容易沦为罪犯的特殊婴儿（未婚妈妈或是贫困家庭的孩子）没有来到这个城市。于是，等到 90 年代，纽约上一拨的罪犯老了，他们的事业就后继无人了。不过，一些新近衰落的城市，比如加州的奥克兰、新泽西的凯德曼，犯罪率飙升很快，甚至赶超了过去的纽约。

尼泊尔人还说，在纽约犯罪率最高的时候，白人伯恩哈德·戈茨在地铁上"自卫"枪击了四个黑人少年。少年们刚开口要钱，戈茨就掏出手枪连开了好几枪。明显的防卫过度，却被陪审团判了无罪①，可见当时世道之混乱，人心之惶惶。而现在，你一个女生都敢夜游纽约，可见纽约的变化有多大。

我回应说："无知者无畏呗。"

在城市行走，印象最深的，还是博物馆。

博物馆，是风景和文化的汇集地，是许许多多"前世今生"的秀场。参观博物馆，经常能感受到一种比纸醉金迷而更醉人更迷人的力量。

美国有很多世界顶级的博物馆，如大都会艺术博物馆、国家自然历史博物馆、国家航空和航天博物馆，其建筑之恢宏，陈设之典雅，藏品之多、之奇、之美，令人叹为观止。

与最有名的博物馆相比，小博物馆中的展品，并非稀世珍宝。展厅的布置，也谈不上洋气奢华。但就是这样的博物馆，也有一种无法抗拒的力量，让人舍不得离开。

华盛顿国家档案馆里，有独立宣言原稿这样的镇馆之宝，也有讲普通人认祖归宗的视频。感人版的，讲20世纪30年代一个中欧移民小时候与父母失联，成人后通过国家档案馆查到了自己祖父母

① 戈茨枪击案又称1984年纽约地铁枪击案。戈茨在乘坐地铁途中遭遇了四个黑人，其中一个黑人向他要五美元花花，戈茨一边应承，一边掏出手枪射击。当时，纽约市公共秩序濒临崩溃，地铁成了"地狱"，戈茨的行动满足了人们对秩序和公正的渴望，并因此成了大众英雄。但与此同时，戈茨的行为僭越了国家维护法律和秩序的特权，引发了巨大社会争议。

是坐哪条船进入美国的，也搞清了自己父母的下落。搞笑版的，说有家人把自己的曾祖父当作内战时的英雄，很是崇拜和骄傲。但到战场参拜时，却没能在纪念碑上找到曾祖父的名字。到档案馆一查，发现曾祖父不但没上过战场，反倒是刚进军队几天就开了小差，没了音信。

国家邮政博物馆里，有一只身上挂满勋章的标本狗。这只狗名叫奥尼（Owney），主人曾是邮局职工，后来辞职离开，但奥尼却赖着不肯走。它随着邮车，走遍了整个美国，不论到哪儿，都有当地的邮递员欢迎接待。奥尼玩过了头，搭错了车，稀里糊涂地到了加拿大，被扣留在海关。全国的邮递员们集体募捐，把它专程接回美国。奥尼死后，又是一场募捐，让它成了百年的标本、邮局的吉祥物。

德州的一家博物馆里，有个老式的女手提包，是 20 世纪 70 年代一个核电厂技术人员的遗物。她本要曝光厂内的违规操作和安全隐患，却在与《纽约时报》记者见面的当晚车祸身亡。很多人都怀疑，这是核电站管理当局的阴谋。那篇揭露性报道最终没能发表，但核电站却在舆论的声讨中被迫关闭。其后，劳工部门也强化了对核能领域的干预。

俄亥俄州欧柏林大学的博物馆，收藏了一张保证金字条，条上的签名是卡耐基，19 世纪末的钢铁大王。有个自称卡耐基私生女的人，拿着这张字条，从多家银行借到了大额款项，不仅奢侈生活十余年，而且在上流社会圈子里混得风生水起。当她因还不清债而被调查时，很多人才如梦方醒。卡耐基回应说："如果有人问问我这件事，怎么会被骗呢？我根本就没有私生女。"

最黑色记忆的莫过于犹太人大屠杀纪念馆。馆内展出了集中营里剪下的成堆的头发和被没收的眼镜，很是触目惊心；整墙整墙的遇难者照片和他们生前的书信，让人不忍卒看。纪念馆没有血泪的控诉，只有白描下的恐怖。在讲纳粹罪行的同时，纪念馆也用了很多的空间批评美国当时的移民政策：虽然爱因斯坦等少数精英被人才引进，但绝大多数的普通犹太人，却是想寻求庇护而无门可入。一艘载满犹太难民的船，跋涉万里到了美洲，滞留港湾一个月后却被遣返，船上的几百人，后来都丧生于集中营。

见到这些场景，走出纪念馆时，谁都会记住纪念馆墙上的那两个大字：不再（Never again）。

博物馆应该是历史的收藏地，呈现的是大气凝重、悠远浑厚。参观者可以慢慢走过挂在墙上的一幅幅似曾相识的传世名画，仔细端详栩栩如生的一尊尊人物雕塑，驻足观赏玻璃窗后的一件件艳丽夺目的钻石珠宝，秉持着敬畏膜拜、叹服惶恐。

但博物馆也可以是勃物馆。在纽约的鲁宾艺术博物馆，你可以在悬挂着艺术品的展厅里过夜，醒来后，还会有人为你解释梦境。在航空航天博物馆，你可以动手操作飞行史上不同阶段的飞机、火箭、飞船，甚至触摸来自月球的岩石。在华盛顿的新闻博物馆，你可以站在电视摄像机前，选择自己喜欢的背景，模拟记者进行新闻直播。

在这样的博物馆里，寂静的文物、历史、理论、定律不再寂静，而是让你在强烈的视觉冲击和精神感染中受到洗礼。沉默的绘画、雕塑、珠宝、陨石不再沉默，而是让你在鲜活灵动的气息和生机盎然的意境中得到顿悟。

在这样的博物馆里，听到的不是"教育"这个词汇，而是对

"融进来"的召唤。没有不准拍照或者禁止触摸，也没有高高在上的冰冷，但有视界的对接、思维的共振和情感的交融。

在这样的博物馆里，感受到的是平等、轻松、共享的氛围，唤醒的是兴趣和激情。这样的博物馆，是收藏中心、文化中心，更是休闲中心、交流中心，实现马丁·布伯[①]所期待的"从一个开放心灵者看到另一个开放心灵者之话语"的对话中心。

游历博物馆，总能看见停在门口的校车。在美国，孩子们号称是"在汽车和博物馆里长大的"。学校经常把课堂的内容搬到博物馆，家长也经常把小孩子带到博物馆，而博物馆更是对小孩子大开方便之门，经常在周末办免费的儿童专场活动。在博物馆里，经常能够看到孩子们惊讶的表情、开心的笑容，就像最动人的展品。

不是吗？想想小孩子们抚摩着存活了 1000 多年的巨杉横断面上的一圈一圈的年轮；注视着那巨大的恐龙骨架和形形色色的动植物标本；欣赏着凡·高的《星空》、毕加索的《亚威农的少女》和莫奈的《睡莲》；用照相机对着华盛顿使用过的佩剑、托马逊·杰弗逊草拟《独立宣言》时用过的桌子；钻进平时不能进入的飞机、起重机的驾驶室，不可以乱跑的建筑工地；模拟收集情报、破解密码、揭露"潜伏"，当一回小间谍；穿梭时光，回到古希腊或古罗马的年代，和柏拉图辩论，和恺撒对话……孩子们会受怎样的熏陶，会生发怎样的梦想？

有人讲，看过博物馆后，不喜欢历史的，会开始喜欢历史；不

---

① 马丁·布伯（Martin Buber），德国存在主义哲学的大师之一，宗教存在主义哲学的代表人物。

热衷自然的，会开始热衷自然；不崇尚艺术的，会开始崇尚艺术。

也许，这就是博物馆的精髓。

当然，美国的自然景观也值得称道。

在我到过的自然景观中，印象最为深刻的当属穆尔森林。

穆尔森林是旧金山地区仅存的红杉林区。而100多年前，高大的红杉林曾覆盖整个旧金山地区。淘金热后，金子淘尽了，红杉林也被伐空了，只有穆尔森林因为被主人当作狩猎地，而侥幸留了下来。为红杉林消失而感怀的国会议员、当地富商威廉·肯特在1905年以4.5万美元买下了这片狩猎地，并将林区无偿捐献给了联邦政府，希望借助联邦政府的力量，让红杉林奇观永久存续。1908年，这片森林成了国家纪念地。应肯特的请求，这片森林没有用他的名字命名，而用了他敬仰的自然资源保护先驱约翰·穆尔的名字。

漫步林间，踩着透过树荫洒在地面的七彩阳光，呼吸着泛着草叶清香的清新空气，满眼青翠扑面而来，令人神思飞跃。仰视着一棵棵坚守于此多少个世纪的参天巨树，想起约翰·穆尔讲的那句话——这里的每棵树都是一把竖琴，风和阳光在弹奏着动人的乐曲，身心似乎有了一种不曾有过的超脱。

令人难忘的还有位于亚利桑那州西北部的大峡谷。500万年前，奔腾的科罗拉多河将这里穿凿成巨大的峡谷，形成了两山壁立、一水中流的壮观。其雄伟的地貌、浩瀚的气魄、慑人的神态，震撼人心。

大峡谷的奇特，在大峡谷的陡峭悬崖、绝壁奇石，既似鬼斧神工，精雕细琢，又似随手写意，粗犷壮美。谷层断面，节理清晰，透过层峦叠嶂，可以观察到从古生代到新生代各个时期的地层，好一幅苍劲壮美的地质画卷。

大峡谷的奇特，还在于谷层变幻莫测的色彩。盯着阳光照耀下的任何一片岩面，你会发现，岩面时而是深蓝色，时而是棕色，时而又是赤色，带着扑朔迷离、难以言表的神秘。而极目远望，四周的一切都沐浴在阳光下，整个谷壁仿佛一块巨大的调色板，一团团的鲜红，一团团的黝黑，一团团的铁灰，一团团的深褐，交相辉映，矗立在天地间。

虽然早在 4000 年前，这里就有过人类居住，但直到 1869 年，独臂上校约翰·鲍威尔率领的远征队深入到峡谷谷底，这里才为世人所知。

大峡谷为世人知晓后，有人提议在峡谷最窄处修筑水坝，蓄水灌溉周围的沙漠地区，这样，就会有绿化和改造自然的效果。但老罗斯福总统访问大峡谷时，曾讲过这样的一段话："任何人的干预只会破坏大峡谷，这里既然是上帝的杰作，那么也等上帝来改变它吧。"

站在峡谷边缘，陶醉在壮丽景色中，就像是站在地球边缘，心中尽是感慨。

最让我感慨的，不是穆尔森林的年轮、大峡谷的奇特，而是肯特的胸怀、鲍威尔的勇气、老罗斯福总统的远见。福至心灵，脑海里突然出现了"山不在高，有仙则名；水不在深，有龙则灵"。自然景致因为有守护者而更加惊艳，守护者也因为有这样的景致而让后人永远敬仰。

大四的时候，学校里进驻了 Zipcar 租车网点，我刚拿到的美国驾照也就有了用武之地。

第一次试车，我和冬冬一路向南几十公里，去了典典大力推荐的泰国餐馆。饱了口福之后，我们走出小小的铺面，坐上车，还没有系上安全带，却突然发现，有三四个半醉的青年正站在我们车前，挥着酒瓶，嘴里嘟嘟囔囔。

　　冬冬和我同龄，但方寸不乱，叫我锁好门，挂在空挡上，然后使劲踩油门。

　　我哆嗦着照做，车子咆哮怒吼，吓得刺儿头青年们做鸟兽散。我猛转方向盘，冲上了马路。

　　回家的路上，我俩开怀大笑。

　　我也曾学着当年师兄的做法，约上几个人组过游乐团。

　　我约的人，都是穷游爱好者。有个生物系的朋友，最喜欢去奥特莱斯捣乱。她到 Prada 的专卖店，一定要配上最贵的一款包照张自拍。她进欧舒丹化妆品店，要把面霜、护手霜、唇膏、眼影和指甲油试个遍。而到了梅菲斯特鞋店，总要穿上皮靴，绕场一周，吹毛求疵。去巧克力店品尝免费样品，她也当仁不让。胃口太好时，还会脱掉外套，进去两次，从不空手出来。她自嘲说，对于美国人，咱亚洲面孔都是一个样，分不清谁是谁。

　　有位学姐是摄影家，坐车时总爱把副驾驶的窗户打开，架着三脚架照风景。不能停车时，她会让我绕着小湖一圈一圈地开，静候飞鸟接近晚霞的那一刻。在小雪山附近，她会放长镜头，聚焦滑雪者冲下山坡的轨迹。她拍摄路边山坡上吃草的牛犊，连嘴的大小和舌头的颜色都能捕捉到。

　　一次，我们在返程的途中遇到过暴风雨，在山路上尾随一辆大卡车。大车的轮胎拖着雾气，稍有加速，就会喷到我们的挡风玻璃上。山路蜿蜒，又是单行线，超不了车，想拉开距离，后面的宝马跑车又在紧追不舍。作为司机，我是胆战心惊，而摄影家则是满心欢喜。对于她，这可是难得的素材。

还有位学究，最爱去政府大楼。我们俩去麻省州政府的时候，讲解员大叔见我俩不是美国人，很是热情。他不但照着油画和雕塑，给我们梳理了一遍麻省的历史，还讲起油画和雕塑人物的传说。

他讲，独立战争时，一腔热血的法国人莫提耶·拉法耶特来到了美国，做出了白求恩式的贡献。他希望死后长眠在美国的土地上，但他的子孙希望离他近些，就将他葬在巴黎。麻州人听说后，立刻用船送了几大桶美国土到巴黎，让拉法耶特的夙愿得以实现。

他又讲，麻州州长卸任时，要走到政府大楼前的草坪，和新任州长举行交接仪式。一般情况下，总是有一群下属陪着卸任州长走出来。第三十三任州长本杰明·巴特勒人缘太差，卸任时，谁都不想陪，只能孤孤单单地离开。不过，自那以后，卸任州长的独步却成了传统。这个传统，可以警示每一个在任的人，为了在重归平民之列的时候不那么孤单，在任时就要慎重，就要作为。

他的故事还在继续，但我们得撤了，因为被我们留在奥特莱斯捣乱的人已经折腾够了。

想起这几年的穷游经历，很是感慨。我很庆幸，当自己下决心把方向盘掌握在手里的时候，我所向往的不是英式下午茶，也不是凯悦酒店的温泉池。

不趁年轻去穷游，是个不易弥补的损失。毕竟每长一岁，顾虑就多一点，有些风险就不敢冒了。每上一个台阶，限制就多了，有些面子就不敢丢了。每进一个新圈子，拘束就多了，有些心事就放不下了。

年轻时，是我们有权利去编织梦想的最佳时光。虽然有的人年长的时候仍然保有年轻时的心境，甚至拥有年轻时的体魄，但年轻时错过的风景不可能再回来了。要在恰当的时间去恰当的地方。

穷游，省钱是手段，不是目的。有时候还会因见势不妙，花更多的钱逃跑。穷游，靠的是初生牛犊不怕虎的气概和不走寻常路的执着，为的是看到被别人忽略的风景，经历自己没有经历的事情。

穷游，放弃了一些东西，却得到了在这个地球上随意留下自己脚印的权利。

法学院

在哈佛面试之前，我有另外两场面试，一场是芝加哥大学的 Skype 面试，另一场是乔治城大学的校友面试。这两场，老早就安排好了，但自从有了纽约大学的电话，我便懈怠下来了。因为，纽约大学法学院论排名优于乔治城，论位置又优于芝大，让我找不到准备面试的动力。

和科恩及戈德拜拜后，我解脱了一阵子。但解脱的同时，我曾经的专业选择和博士计划，也就需要调整了。

　　大三已经接近尾声，再换专业代价太高，我只能将英语进行到底。而英语专业，就是美国人也很难找到心仪的工作，何况我一个外国人。回北京，本科生一个，高不成，低不就，似乎只有进中介、教 SAT、敲键盘的出路。

　　刚刚回国的两位文科师姐，就是如此。她们进了中介，薪水不菲，住在家里又没什么开销，应该过得挺滋润。

　　可我做不到当年郑妈妈和林老师的八面玲珑。我要是告诉来咨询的家长，您要慎重，支持出国的理由有 10 个，反对出国的理由有 11 个，您再跟孩子商量商量，不被炒鱿鱼才怪。

　　教 SAT，是一条出路，但教一年还可以，第二年，还是那点东西，冷饭炒来炒去，自己是否还有精气神，我不敢担保。到时误人子弟，对不起别人，也对不起自己。

　　敲键盘，或做文字翻译，或代写文书，没人管，想干就干，想多干就多干，很是自由。但第二学年的暑假，我接了一个翻译活儿，在家 40 天都没有出门。因为敲键盘自由的前提，就是不要接活儿。接活儿，就不要谈自由。

彷徨之时，周围的同胞们都在热火朝天中：学霸们在申研究生，牛人们拿到了公司的录用通知，男神和女神们花前月下，富二代正准备回国继承家业。大家看我清闲，就来找我改作文。

其实，学校就有免费的作文服务中心，里面有各专业的写作高手帮同学改作文。但到过服务中心的佳佳向我抱怨，写作高手们只肯帮人挑语法错误，没空帮人梳理思路。而佳佳们的希望，是把A⁻的作文提高到A。

最初，只有佳佳来找我。她正在上戈德教授的课，我之前刚上过的那一门。

看了看佳佳的论文，我告诉佳佳，戈德的习惯，是宁要滴水不漏，也不要标新立异。

现在，已经来不及大修了，就把你的讨论对象限定一下。比方说，你文章中的"中国人民"，指代的是政治家、知识分子、农民，还是年轻人或是女性？全国人民一条心，是不可能的。即使可能，戈德也不会相信。

而且，佳佳，你要把文章中的"全部（all）"改成"大多数（most）"，"大多数（most）"改成"许多（many）"，"没有（none）"改成"很少（few）"，因为你拿不出具体事实，就不能夸大。否则，戈德会找你要统计数据，要出处。

还有，你至少要想到一个反面观点，反驳一下自己。因为，在戈德看来，不能自圆其说没关系，因为没有一个观点十全十美。但思维狭隘，看不到问题的两面性，则是他不能容忍的。

从此，戈德的每篇论文，佳佳都要找我。

她写别的专业的论文，也要听听我的意见。

她的朋友，和我的朋友们，也来了。

我的水平好比三脚猫，但毕竟是英语系的，只好打肿脸来充胖子，就像曾在我身上花时间的教授那样，在这些没人帮的同胞身上花时间。

这不，佳佳又来了。

把佳佳的问题解决掉，我靠在转椅背上说，我学这专业，也就剩下帮大家改改作文这点本事了。将来干什么呢？

佳佳说："你可以学法律啊。"

的确。我可以学法律。

其实，在此之前，我已经结识了几个法律生，他们本科学的专业各个不同。因为在美国，法学院对专业背景并无要求，只要在原专业中有所表现即可。

法学院的理念，就是招收各个专业的强人，将来专攻不同领域的法律。理工生看得懂代码，读得懂科学报告，可以专攻知识产权法，处理信息产业或者制药业的纠纷。学过经济的法律生，可以更好地为商人服务。学政治的喜欢进政府，或者 NGO，处理二者的法律事务。学文科的一般口才和写作都不错，而口才和写作是律师和法官的基本功。历史上那些经典的辩词、判词，哪一篇不是既思想飞扬，又文采飞扬。

之前的暑假实习，我进过气势恢宏的国家图书馆，到过富丽堂皇的度假酒店。在国家图书馆，我在西文图书编目组的犄角旮旯，天天对着电脑填表格。在度假酒店，我在前台打酱油，一天见到的客人，还不如前台的服务生多。而在暑期快结束的时候，我去了一个小律所。虽然办公地点就在合伙人自宅客厅改造成的山寨办公室，但这次实习却是我所有实习中最有收获的。

律所人丁不兴，主业是应对房地产纠纷，生意倒是红火。刚到岗，屁股还没坐热，我就在秘书的监督下，帮助整理证据清单和庭审笔录。给地产商送材料时，我开着老妈的车，给律师助理当司机，听她讲办案时的趣闻。就算一个人跑腿，去批发市场采购办公用品，去拆迁房给钉子户送文书，也能和不同的人打交道。何况后来，我还能隔三岔五地上法院，或者到立案庭补交材料，见识基层部门的繁忙。或者在调解庭看地产商和钉子户争得面红耳赤，看主审法官怎么维持秩序。

我动了心。

对于法学院，最重要的门槛是入学考试 LSAT（Law School Admission Test）。而我在没听说过 SAT 之前，就已经耳闻 LSAT 的鼎鼎大名。小时候和同学看《律政俏佳人》（*Legally Blonde*），对主人公熬夜苦读的印象很是深刻。后来，我又见过几位秃顶的华人律师，号称都是从学 LSAT 时开始秃顶的。

佳佳把她从国内带过来的两本 LSAT 真题借给了我。

这个佳佳，后来找到了中意的工作，也就搁置了上法学院的想法。而在当时，她可是我们年级唯一一个要学法律的中国同学。

法学院名校有限，MC 庙小，一所名校同时录取 MC 两个学生的概率不大，何况是两个中国人。佳佳建议我学法律，不是平白无故给自己培养竞争对手吗？

MC 不愧为活雷锋的聚居地。

拿到真题，我立马动笔。一做，还算得心应手。

其实，就像 SAT 和高考不是一个重量级一样，LSAT 也比不上国内的研考、公考。如果说它有含金量，那是因为它是用英语考。

LSAT 有三个部分：阅读理解、逻辑推理及分析推理。

阅读理解一般有文艺、社科、科学和法律四个方面的文章，这样，任何专业的学生都会遇到一篇自己熟悉的内容和三篇陌生领域的材料。不过，所有问题都可以通过读文章解决，并不需要专业知识。

逻辑推理常常会给出一个论证过程有问题的观点，让你看它错在哪里。有时会涉及充要条件等简单逻辑，有时只是综合考察思维的严谨程度。

比如说："罗氏制药公司推出了 X 型新药，在 100 位病人身上做实验。两年后，病人们都相继去世。这说明这种药效很不理想。"

这道题的正确答案有几种可能性，其中一种，是如果没有使用 X 型新药，病人们的预期寿命可能更短。

或者说："约翰是警局水平最差的侦探。3 年了，全所 30 个同事里，只有他一个案子都没有破过。"

这个表述也是漏洞百出，其中一个争议点，就是可能正是因为约翰能力最强，局里交给他的都是悬案。

再比如说："环境学家查理说，普通洗衣粉中的磷随着下水管道进入土壤和地表水循环，对生物的危害很大，所以我们要用环保洗衣粉。查理的建议不值得我们采纳，因为他自己家用的就是普通洗衣粉。"

这道题的目的，是告诉我们，虽然现实生活中，我们经常会因讲话者的权威与否而判断话的重要性，但一个观点本身的价值，并不取决于观点持有者的做法。

LSAT 的第三种题分析推理最具特色，主要测试考生理解有关关系结构并推出结论的能力。

下面是一道真题：

珠宝商要从 10 种宝石中选 6 种。F、G、H 是红宝石，J、K、M 是蓝宝石，W、X、Y、Z 是钻石。珠宝商的选择必须满足以下条件：

1. 至少要选两枚钻石。

2. 如果他选两枚蓝宝石，他就要选一枚红宝石。

3. 如果他选 W，就不会选 H 和 Z。

4. 如果他选 M，那么他也会选 W。

问题：下面哪个选项一定正确？

A）他一定会选 G

B）他一定会选 J

C）他一定会选 X

此类问题，对许多理科生可能是小菜一碟，但对我这样的文科生，则有点难度。不是怕答不出来，而是担心答题的速度。因为 LSAT 的题量很大，由不得仔细斟酌。

我的考试定于大四的 10 月份，MC 就有考场。

监考老师是个娇小女郎，开场时笑眯眯地说："接下来，我要像个机器人一样计时，告诉大家每个部分的开始和结束时间。请大家做下一部分时不要回到上一部分。也请大家相信，我平时可不是这么呆板无趣的机器人。"

第一部分是分析推理，我做得顺风顺水，前三道大题都没有卡壳。但刚开始读最后一题的题干，却听监考老师报时："还有5分钟。"

最后一题，我一般要预留10分钟，才能做完。

重读一遍题，耳边是下一秒钟就要响起"时间到"的气氛。

我紧赶慢赶地答完，握着笔定定神，却听监考老师大声抱歉："还有5分钟。对不起，我刚才看错表了。"

她确实不是机器人。

考场里一片嘘声。

我想再看看第四大题，但大脑饱和了，消化不了。

换个思路，检查下第三大题吧。

发现了一个错，正要改，时间到了。

后面的部分，要少错多少道题，才能弥补这部分的损失？

拿到成绩，奇迹出现了。第一部分全对，而后面的部分，也比预想的好。

我已经想不起第一部分第四大题到底是什么了，却清楚地记得第三大题机读卡上的那个笔误。是电脑疏忽了，还是我歪打正着了？

这就是人品守恒定律。监考老师扰乱了我们的阵脚，却给了我意外的收获。

接下来的任务，就是找教授要推荐信，写申请。

请教授写推荐信，理论上最好要留出一到两个月，既是对教授时间的尊重，也能提高推荐信的质量。不然，教授可能会因为公务缠身而浮皮潦草，也可能因为分身乏术而婉言推辞。

而我要推荐信的时间，距离哥伦比亚大学法学院提前申请的截止日期，只有两周。

提前申请（early decision），区别于正常申请（regular decision），截止日期要早一些，录取概率也要高一些。但申请一旦获准，就要收回向其他学校提交的申请，放弃其他的机会。

哥大是提供提前申请的学校中排名最高的，也是我自觉被录取的可能性最大的，所以，很想赶上哥大的截止日期。

事不宜迟。我当即给五位教授发了请求邮件。菲利斯、戈德、科恩、史蒂文斯，还有地质系的泰勒，都立马回信，表示乐于帮忙。

没有一个人问我为什么没有按照他们希望的路线走，为什么要转行学法律。他们甚至连我的申请文和简历也没要，都说对我很了解，不用了。

五封信，都交到了我在法学院申请网上的账户。

不过，我没用科恩的推荐信，我怕她把我写得太像个评论家，而非律师。

我也没用史蒂文斯的推荐信。讲课云里雾里的人，不知写推荐信是什么样儿？

因为，法学院只要三封推荐信。

推荐信搞定，剩下的就是申请文了。

法学院的申请文没有一定模式，但至少要指出自己为什么学法律。

我把自己和法律零零星星的交集串起来，主线就是想做个公益律师。

我去过凯西的公益机构，感觉仅仅教移民英语还不够。不帮需要被帮的人解决身份问题，怎么能让他们在美国立足呢？这需要法律的支持。

漂二代楠楠的两个单位，都待遇非人，其中有多少触及法律问题，我不懂。但倘若我多一点法律知识，在她和老板协商待遇的时候，是不是能给一些帮助？

如此种种。

最后，我写道，我在律所实习时，已经感悟到，法律要站在有理的一方，而不论当事人的势力强弱悬殊，不能感情用事。但我最想帮助的，是有理却没力的弱者。因为他们的声音，是最值得被倾听的；他们的利益，也是最需要法律保护的。

我拿着申请文去请教萨维诺，他佯装生气，"你为什么不要我的推荐信？"

我答："您不提我写小说的事，说什么呢？而如果提了，我的申请文可能会没有人相信了。"

萨维诺说："你以为他们不懂啊？好律师都是编故事的能手。"

的确如此。

哥大秀时，我听了一位搞公益的教授演讲。教授开场道：

你们申请法学院的时候，不少人雄心勃勃，想用法律的武器伸张正义，匡扶弱者；也有不少人深谙人心，知道与其把自己写得聪明，不如把自己写得善良。然后你们上学，做着做公益律师的梦，或者喊着做公益律师的口号。但什么是所谓的公益律师呢？就是挣钱只有同学的三分之一，但工作和同学一样辛苦，甚至更加辛苦。于是你进了大律所，为大公司服务。在你职业生涯的某一天或者某几天，你可能会有做公益的机会。运气好的时候，还可能为一家对抗大公司的小公司赢得官司。这个时候，你自我感觉良好。为什么？因为，这可能是你不违初衷、匡扶弱者的有限几个机会的一个，甚至是唯一的一个。

全场哗然。

教授接着说，别不信，你们中，有95％会是这个样子。

申请文刚写完，我收到了一封邮件。两个在哈佛法学院的校友邀请MC学生参观哈佛。带队老师要求有意者提交一篇"参观申请"。仅仅一页的参观申请，我却迟迟动不了笔。

邮件上写得很清楚，这项活动旨在培养学生对法学院的兴趣，帮助学生规划进入法学院的路径。我一个木已成舟之人，还需要培养兴趣？我只是想膜拜一下传说中的哈佛法学院。

我对付了几笔，申请就被批准了。坐上从学校去波士顿的班车，同行的都是大一大二的小学妹。

我们在哈佛的一间会议室里，见到了两位校友，一位是法学院的退休教授摩根，一位是法学院校领导之一的凯斯勒。大家围着圆桌，以每人三句话的自我介绍作为开始。学妹们训练有素，会在结尾留下一句"我刚刚考了直升机驾驶执照"或是"我暑假爬了珠穆朗玛峰"的小细节，好让校友记住。

简直是龙腾学校的海外版。

不过，我和他们的不同之处，也许更能吸引注意。

"我还有1个多月就要毕业了。中国古话讲，读万卷书，行万里路，所以，我提前半年离校，准备做半年穷游客。目前，正忙着申请，申请法学院。"

学妹们挺诧异：这位原来这么老了。

摩根教授却点评一句："很棒。"

我们中那个短道速滑小冠军，都没有得到这样的评语。

凯斯勒太太也对我点点头。

后面的活动，安排得很紧凑：行走校园，参观图书馆，共进午餐，然后听两位校友讲她们的经历，听招生办和就业服务中心的广告。

我开始琢磨，自己真的要跟定哥大么？

至少，哥大没有宽敞的校园。何况，我还听说，去哥大法学院做讲座的，老板多而学者少。而哥大的就业服务中心，为了保持法学院毕业生工资排行榜上的老大位置，有时会强人所难，一味把学生往大律所送。毕业 10 年后，再看工资排行榜，哥大的法律人，就混得不如哈佛法律人了。也许，在哥大法律人中，有不少受苦受累受够了，当逃兵了。而哈佛人中，应该有不少像比尔·盖茨和马克·扎克伯格一样，当老板了。

这样想，是因为我看过比尔·盖茨和马克·扎克伯格的传记，听过一个律师讲的笑话：成功律师是怎样炼成的？干 20 年，每周工作 100 小时，离两次婚，生三个不认识你的小孩，中一次风。

晚上回到学校，我发了两封邮件。

一封是给摩根教授的。

我说，我就是那个马上要毕业的那个学生。今天听了您的演讲，A 点 B 点印象深刻，但望尘莫及。不过我可以做到 C 点 D 点。我很喜欢哈佛，尤其是它的 E 点 F 点。我本来已经决定要提前申请哥大，但现在有点想改主意。我不知道，这样是不是自不量力，因为我有 G 点 H 点弱势。请您看看我的简历和申请文方便么？期待您的建议。

另一封是给凯斯勒的。内容基本一致，但考虑到她的身份，我又加了一段：

您说过，不要奔着哈佛的名声而来，碰碰运气就交申请。但我真的很喜欢哈佛。我也知道，如果我被哈佛拒了，对将来申请哈佛的学妹可能会有或多或少的不利影响。我不想做对未来的学妹们不利的事情，但也不想还没有行动就放弃。

两封邮件，我都附上了自己准备好的文书。

凯斯勒的回复很短，但掷地有声：申请吧！

摩根给出的也是肯定之声，外加一个提示：你申请文的字体太小，行距太窄。这种伎俩，招生办见多了。

哈佛的要求之一，就是申请文必须控制在两页纸以内。

减法比加法要费心。不过，当一个又一个可有可无的细节都被抽去之后，我也找到了自己对申请文一直不满意的症结。

申请文要考虑读者的感受，可以煽情，可以幽默，可以与众不同，但一定要句句耐读，以最快的速度传递最重要的信息。

最终，我给那些没有字数限制的学校，也交了这篇删减版。我寻思，埋头于几千份申请而眼皮打架的招生官，应该会喜欢短文。也许读完之后，还有时间回头再看一眼。

一星期后，我遇到了那个短道速滑冠军，她试探道，"你写感谢信了么？凯斯勒为什么不理我？"

也许，想要启发新生兴趣的两位校友，更愿意救毕业生的急。

我放弃了提前申请，而选择了正常申请，向 10 所法学院提交了材料。

一个月后，我接到两个电话，是纽约大学和加州大学洛杉矶分校的录取通知。纽约大学说，奖学金正在审理程序中，洛杉矶则开门见山：我们每年给你 5 万美元。

收到哈佛的 Skype 面试通知，是在离哈佛很近的一家苹果专卖店。那时，学校刚放假，我和同学在波士顿玩儿，迷了路，便溜进店里查地图。我查完路线，再顺便看看邮箱。没关的地图页上和刚打开的邮件里，都有哈佛。好兆头。

在哈佛面试之前，我有另外两场面试，一场是芝加哥大学的 Skype 面试，另一场是乔治城大学的校友面试。这两场，老早就安排好了，但自从有了纽约大学的电话，我便懈怠下来了。因为，纽约大学法学院论排名优于乔治城，论位置又优于芝大，让我找不到准备面试的动力。

现在，这两场面试都得好好为哈佛面试服务了。

跟当年为了普林斯顿的面试一样，我做着自己认为必要的准备，只是范围要比当年稍大：为什么要学法律？要学哪个方面的法律？为什么上 MC？为什么学英语专业？你最喜欢的课是什么？自己最得意的成就是什么？遇到的最大挑战是什么？你的优点？缺点？……

当年郑妈妈的教导还算有价值。能讲新鲜事，就不要重提招生官了解的内容。如果要复述简历上已经有的，一定要概括、再概括。

而针对"为什么上我们法学院"这个问题，我查了三所学校的课程目录、教授介绍和活动日历。光图校名而来，是贪慕虚荣。而自称"我崇拜 A 教授、想上 B 课、热衷 C 社团"等，却是所谓的真诚，说来也是无奈。

芝加哥的 Skype 面试，我是在宿舍楼的公用机房进行的。面试前 10 分钟，宿舍里的无线网突然掉线，我只得临时改计划，关上机房的门，贴上了彩色标语："请勿打扰！事后有赏！"

我坐在电脑前，打印出台词。Skype 面试没有电话面试的便利，不能全程拿着稿，但只要备忘录放在摄像头照不到的地方，还是可以防止头脑短路，以免说错了自己"敬仰已久"的某位教授的大名。

面试官希尔先生，之前是律师，刚进招生办没几个月。他问问题前要低头看看表格，听完回答后要低头记笔记。

希尔的大部分问题，基本都在我准备的范围里。我没有特意准备的三个问题，也全在意料之中。

第一个是"家人中对你影响最大的是谁？"

我把家里不同人做过的几件好事，都放在我姥姥身上说。

年轻帅哥容易被老太太的善举感染，听了频频点头。

第二个是"如果时光可以倒流，你希望重做哪件事情？"

有那么一秒钟，高中的"地下党"、文科班的踢球男、普林斯顿的拒信、MC 的闭塞、安德烈的小测、科恩的血色浪漫，都一股脑儿涌上心头。

但面试官不会因我否定过去而动恻隐之心，只是想找到我值得重塑的理由。

我轻描淡写，说自己应该多学点理科课，多学点数学。就算不能学到最好，但对思维的训练也可以做到 A、B、C，不过，学法律也同样可以训练思维的 A、B、C。

希尔笑笑，说自己小时候也曾因为数学不好而苦恼。

第三个问题像是警察做调查："你一个小时前在干什么？"

好吧。这真是培养律师做伪证，要从娃娃抓起。估计每一个面试前在忙着准备面试的人，都不会说实话。

我说，自己刚用 Zipcar 把同学送到机场，我们这里公共交通不方便。

其实，这是昨天的事情。也是四年出行难之后的一点甜头。

末了，希尔问我对芝大有什么问题。

我临时想出了几个，又反问他对上法学院有什么建议。他说，要注意社交，注意锻炼，还要记得，有问题向教授请教前，先要尽力查查自己能不能解决。法学院讲究效率第一，仅仅为了拉近距离而问问题，很容易弄巧成拙。

我问希尔的问题，都是 Google 上可以查到答案的。他很可能是在含沙射影地指出我的不足。所以，一下线，我当即研究起自己该问乔治城和哈佛什么问题。

这些研究，并没有派上用场。

乔治城是校友面试，面试官兰德先生是位老律师，邀我在他的办公室见。我租了 Zipcar，一大早上高速，赶去兰德 80 公里外的律所。

兰德看了我的成绩单，眨着眼说，现在关键是我自己想去哪个学校，而不是哪个学校选我。

而我既然来了，就不能让兰德看出，乔治城是场热身赛。我说，乔治城位于华盛顿特区的地理优势，没有别的法学院能够比拟。乔治城开设了那么多以首都经济和政治为背景的实践课，而其中，A、B、C、D、E，我特别感兴趣。我去过华盛顿四次，各大博物馆百看不厌。

还未讲完我的华盛顿，兰德就开始讲他的华盛顿了。

兰德当年并没打算上法学院。只是因为女朋友家在华盛顿，而他在罗德岛的布朗上大学。他从大二起，一有空就在华盛顿找实习，免得把女朋友丢了。

本科毕业，他进了一家做环保政策的NGO，经常被懂法律的上司和同事奚落。一气之下他考了法学院，以争赶超这群狐朋狗友。

研一很忙，可他坚持在这家NGO做兼职，为后来学环境法打下了基础。身在华盛顿的好处，就是每逢最高法院开庭，他必去旁听，即使翘课或是耽误工作，也在所不惜。毕竟，法官比教授和老板都牛。

法学院毕业，他进了一家全美20强的律所。5年里，攒了点钱，认识了客户，知悉了行业规则，就拉了几个朋友回家乡创业。最幸福的，是历时12年，他终于说服当年的女朋友，和他离开华盛顿，安居于小镇。

面试拖了两个小时，我基本上退居二线，听老爷爷讲那过去的事。

偶尔，我会在他停顿时，问一问他在法学院怎么能做到学习兼职两不误；或者是他当年顺利进入华盛顿大律所的经验之谈；或者是他的律所，最近接了什么案子。兰德大谈他当年最钦佩的老板，大骂他雇用过的一个智商超过200分、却连接个电话都直打磕巴的助理。

偶尔，兰德会冒出一句"那么，你有没有佩服过哪个老板或是教授"之类的问题。

不管我怎么答，都能激发他的下一个话题。

唯一一个稍有难度的题，是让我做一个十秒钟的自我推销。

"我是 MC 第一个学英语专业的中国人。MC 不排名，但我很可能是专业第一；我还是地质系的助教，最受欢迎的助教……没超时吧？"

兰德和我握手说，如果乔治城先通知他我的申请结果，他一定会提前泄密给我。

这两场面试，给了我两个正确信息、一个错误信息。

第一个正确信息，我的准备已经很充分了。

第二个正确信息，是招生官很简洁，校友很啰唆。

的确，后来看律所的面试经，都说能陪律师聊天，不失为明智之举。学生时代的那点事，比起律师们几十年的风雨，实在是鸡毛蒜皮。面试时，大段的时间退居二线，用心当听众；小段的时间见缝插针，表现一下，就够了。

但是，两场面试带来的错误信息很致命。芝加哥和乔治城，一个是按部就班、中规中矩，一个是轻松写意、天马行空，我以为哈佛也会是其中一种。

哈佛面试的那个上午，我提前半个小时就来到了自己在图书馆预定好的小机房。台词太熟，不用重温。我与恰好挂在 Skype 上的两个好友视频了一会儿，寒暄几句，借机调整好电脑的音量，自己的坐姿，和台灯的亮度。

面试官沃伦是个美女，声音很是悦耳。和希尔不一样，她不低头，不看表格，不做笔记，侃侃而谈，行云流水一般。而比起兰德，她要干练得多，不说废话，也不愿意听我讲三句话以上的回答。

她开篇的问题，不是让我背滚瓜烂熟的自我介绍，也不是预热性的"你什么时候想到申请法学院"，而是："看了你的资料，我最感兴趣的是你在那家度假酒店的经历，能给介绍一下吗？"

能有什么经历呢？那段时间，正逢八项规定刚刚出台，也是高档酒店生意最为惨淡的时候，我在那里整天无所事事。而之所以没有立即辞职，是因为我能进去，还是老爸的朋友费心安排的。跑，有点对不住他。

这个实习，本是不该上简历的。应景的话，我能糊弄几句，但着实达到不了让沃伦"最感兴趣"的标准。简历里那么多正常的项目，她怎就明察秋毫，一下就发现破绽了呢？

纠结中，沃伦的问题又来了："你的其他实习，我的印象也很深刻。不过，抛开功利目的，我想知道，你做过的所有事里，自己最喜欢什么？"

这一个"喜欢"，又让我纠结了。轻松好玩的事吧，谈不上能让沃伦"印象深刻"；感人的事吧，用"喜欢"来形容，是不是过于轻描淡写？

支吾了两秒钟，我看出了沃伦设的套。什么"喜欢"，什么"抛开功利目的"，不过是在分散注意力。这个问题在本质上，就是千年不变的"讲讲你最自豪的事"。

大致摸清了沃伦的提问方式，接下来几个问题，我渐渐步入正轨。于是，她加大了难度："如果你能修改中国的法律，你想改什么？美国的呢？"

我本可以从自己想要从事哪方面的法律事务入手，然后再说说这方面的法律需要有怎样的改善。但转念一想，沃伦是法律博士，和她谈哪条法律该改，实在是班门弄斧。踌躇中，我没头没脑来了一句：中国应该让质证和法庭辩论发挥更大作用。

明显是美剧中的庭审现场看多了嘛。

沃伦乐呵呵，问我，辩论时，喜欢言辞激烈的律师还是安静而有条理的律师。

我说，论点和证据最重要，表达方式次要。

沃伦表示赞同，但这显然已经无力回天了。

轮到我提问了。我预备了一长串四处都找不到答案的问题。而我刚问完第一个，沃伦就和我道别。

"和你聊天很愉快，但我们的时间已经到了。"

分明就是懒得听我讲了。

放下耳机，退出 Skype，我苦笑不已。为了哈佛而忙活了前两场面试，结果却使得自己身陷误区。希尔让我思维定式，以为面试就是常见题型的堆砌；兰德让我彻底轻敌，在哈佛面试前，不是开车乱逛，就是看美剧。

沃伦并没有刁难我。她只不过换了个问法，打乱了我的阵脚，就让我的准备付之东流。我若是毫无准备，还能说得自然些。而我若是没有经历过希尔的直来直去、兰德的大大咧咧，也不会一听到沃伦的问题，就开始乱猜她的心思。

4 年前，我在普林斯顿校友周先生的步步紧逼下，把自己的优点说了个遍，等来的一句是"为什么在那么多优秀的申请者中，我们要选择你？"我答了这样一句："重要的不是我是否优秀，而是你看我是否优秀。"

沃伦和颜悦色，不靠硬功，只讲软话，却让我进退失据，给不出有价值的回答。

其实沃伦对我的考察，是律师必备的素养：反应迅速，扬长避短，抓得住话语权。

也算是上了一课吧。

我很快拿到了乔治城的录取。录取书上还有招生办主任的手书：兰德先生对你评价很高。

芝加哥的录取信也来了，而且还有新生招待会的邀请信。

都是托哈佛的福。

我收到杜克的录取邮件，是在加州的穆尔森林公园。此前，伯克利也电话通知我，欢迎我到伯克利法学院，所以，我约了正在伯克利读数学博士的一位学姐一起吃午餐。

那时，我正在穷游中。

而哥大带着奖学金的邮件寄到的时候，我刚在宾馆的地下车库里剐蹭了自己租来的车。一见邮件，我欢呼雀跃。就算车丢了，今天也值了。

若不是为了哈佛，我就不会有那篇短小精悍的申请文，也不会放弃哥大的提前申请。而提前申请拿到奖学金的概率很小，原则上又不容拒绝。

可以说，哈佛帮我赚了好多美元。

哈佛依旧是客客气气的，不明着拒我，而是把我放在了它的候补单上。

秀

　　侧耳细听了三天，发现几乎所有的演讲者都承认芝大有弱点，但最大的弱点主要是两个：一是虽然芝大的教学水准可以和所有名校比肩，但排名要差一些；二是虽然芝加哥大多数时间都很舒适，但冬天非常冷、非常冷，冷得有人几个月中从不步行出门，冷得有人逃课。

在芝加哥大学法学院的录取邮件之后，我又收到了来自芝加哥的一个邮包，里面除了纸版录取通知书，还有两本画册。一本画册，展示的是学校环境如何优美，活动如何多彩，教授如何卓越；另一本画册，则聚焦学生的学习和生活，甚至有法学院最近 10 年全部 JD① 学生的头像及简介，学院以学生为本的精神跃然纸上。

录取通知还特别提到，下个月有新生招待会，欢迎参加。

此后，在我的邮箱里，向我推介招待会的邮件接踵而至。

一年级的美国人写她在芝加哥的充实生活，说我现在要做的第一件事情，就是去这个招待会。

二年级的华裔学姐发信给录取名单里的美籍华人和中国人，说要在招待会期间请大家喝早茶。

一位教授发邮件，说自己在三四个学校教过书，这里最好，希望在会上见到我。

---

① 美国的法律教育置于大学本科教育之后，学制三年的 JD（Juris Doctor，法律博士）教育是法学院教育的主体，也是律师职业的基础学历。除了 JD 学位，法学院授予的学位还有 LL．M（Master of Laws，法学硕士）和 LL．D（Doctor of Laws，法学博士）。

一位校友——一个看样子功成名就的律师说，感谢芝大教给我的一切，只是当年没有参加这个会，很是遗憾。

接着，芝大法学院又发来 PDF 文档，是活动的日程表、机票报销单和住宿申请表。

我招架不住，在招待会网页上注了册。

芝大很快发来了两位美国学姐——凯蒂和珍妮的信息。她俩是室友，欢迎我活动期间住到她们的宿舍里。

飞机误点，到达芝加哥的时候已经是晚上 11 点。凯蒂和珍妮坐在到达厅的沙发上，边看书边等我。寒暄了几句，凯蒂问，你是决定上这儿了呢？还是想在芝加哥玩玩？

我赶紧把芝大抬举一番，但也坦承自己在芝大和哥大之间很纠结。

凯蒂道："我当年也是。但在最后一刻选了芝大。"

珍妮说："等活动结束，你心里就有数了。"

第二天一早，珍妮开车送我到了学校。

偌大的接待台前，风度翩翩的年轻先生负责握手。发福的慈爱大妈负责发放印有芝大标志的纪念品，有水壶、电脑包、文具，还有 T 恤衫。干练的中年女士守着几摞纸，是芝大的宣传资料。眯着眼睛、技术人员模样的先生站在一台备用笔记本旁，看着那些没带 iPad 的学生排队等着用。

还有位玲珑如学生般的招生办小姐，在新生之间穿梭，走过三五成群的社交达人，专找落单的小朋友，问他们有什么需要帮忙的。

我坐在沙发上回复邮件，余光见到这位女士正看着我，见我专心，就没有来打扰。但若是我站起身来，瞧瞧周围各位自来熟而茫然若失，想必，她立刻会和我打招呼。

招待会的主要节目，是一场接一场的讲座。演讲者中，有校友，有教授，也有职业发展中心的老师。讲座基本上都围绕芝大的生活质量展开，信息简单而清晰：在芝大，你会很开心。这里，愉悦第一，什么竞争，什么学术成就，什么将来有人能当大法官，有人还不上助学贷款，未来三年，你都不用去想。你只需要在愉悦中生活，在愉悦中学习，一切都不是问题。

招待会结束的时候，我突然觉得，这其实是一场秀。这场秀不仅在传递芝大对开心的追求，而且也以开心作为活动的追求。

晚餐的时候，我们桌有个空位。一位中年先生走过来，问道："打扰你们了，我可以坐这儿么？"

若不是他戴着教授的胸牌，单听那口气，像是不愿惹恼一群叛逆少年的家长。

得到一派欢迎之声后，他不带声响地坐下，还说："你们聊，别管我。"

但他自然成了谈话的中心。

有人立刻给他看这几天的活动安排，问什么活动最不能错过。

他说："别的我就不好评价了。不过，明天下午来看看小知识（Trivia）竞赛吧。有教授队和学生队。我是教授队的代表，来帮我助威。"

"都有些什么问题呢？"我问。

教授回答说："边边角角的常识性问题。"

"比如呢?"

"比如说,去年的一道题:字母'i'头上的那个小点的正式名称是什么?"

全桌人都在冥思苦想。

"没人抢答?那我就说了,叫 tittle。"

"还有什么问题呢?"一个金发女生跃跃欲试。

"芭比娃娃(Barbie)的全称是什么?"教授俏皮地眨眨眼。

"Barbara?"有人猜。

"差不多。叫 Barbara Millington Roberts。"

一片喃喃的感叹声。

"没什么啦,"他说,"每年都是教授队赢,因为出题的也是些老爷子。要是考我 Lady Gaga 之类的,我就不会答了。"

芭比娃娃的真名,的确很辉煌。这位教授的大名,更是如雷贯耳。他有耶鲁法律和化学两个博士学位,在芝大当过多年院长。谁曾想,他陪新生吃饭,会谈起芭比娃娃和 Lady Gaga。

三天里,我们见到的教授,都像芭比娃娃先生那样平易近人。如果这是全部,芝大的课堂一定尽是开心愉悦。但我相信一定有倔老头、凶婆子姿态的教授。我们私下里猜测,在活动中出现的教授,都是芝大秀的宝,智商情商兼备。情商欠缺的教授,是不会被请来的。

我们见到的学生,都同凯蒂和珍妮一般无二,阳光而热情。如果三年都与这样的同学为伍,不但学业上会有长进,八成连性格都会受熏陶。但我们事后议论时,都说自己认识的一、二年级的 JD

学生都活得很孤独。这种孤独，不是形单影只，孑然一身，而是被互相较着暗劲儿的竞争对象包围着，找不到一个说交心话的人。对他们来说，社交不是爱好，而是职业选择所强加给自己的负担。碰杯碰不出友谊，只是在争取联系。这些孤独之人，自然不会出现，也不会一诉衷肠。而对未来充满信心，主动报名参加活动的，毕竟是少数。

三年级的志愿者带我们参观的图书馆，应该是清洁工刚刚打扫过的，没有留在桌上的咖啡杯，没有落在地上的纸张，更看不到考试前满脸苦相的读书者。身旁的同学打趣："人呢？都被赶走了么？"

面临选择的我们都不是那么容易被忽悠的。既然已经知道芝大的好，也想知道芝大的另一面。

所以，在第三天院长演讲后的提问环节，第一个提问者抓住机会："咱们这儿每年有多少人转学？"

院长不慌不忙："平常的年份两三个，最多的一年有5个，但很少有去哈佛耶鲁的。转学是个人原因，比方觉得芝加哥太冷，去了南方。"

第二个问题更雷人："芝大在哪方面教得不好？"

院长保持着耐心："教得最不好的，可能你已经看到了，就是我们不太会教学生穿衣打扮，养成上流社会的文雅举止。我注意到，你们中，有不少是穿着正装来的，但我们学生的穿着却很随意。这个问题不光芝大有，别的学校也有。我在耶鲁的时候，带去的是老爸的西装，土气又不合身，还不如穿牛仔。不过，我们一直在试图改变这一点。现在的毕业生，参加活动的时候都能同时拿着酒杯、餐碟和文件，还不耽误和别人握手。"

侧耳细听了三天，发现几乎所有的演讲者都承认芝大有弱点，但最大的弱点主要是两个：一是虽然芝大的教学水准可以和所有名校比肩，但排名要差一点；二是虽然芝加哥大多数时间都很舒适，但冬天非常冷、非常冷，冷得有人几个月中从不步行出门，冷得有人逃课。

至于排名，我了然在心。所以，查了一下芝加哥1月份的平均气温，发现确实很低，但并不是阿拉斯加的水平。

真诚坦率，但似乎并没有触及芝大的不是。

最后一场讲座结束了。招生办的所有老师在会场出口一字排开，与大家道别。离场的学生们，再次被握手。和我握手的，是当时面试我的希尔先生。他叫着我的名字，说了一句"我们秋天见"。

可能，他并不记得我了，而只是瞅见了我胸牌上的名字。

也许，他很快就会忘了我，因为我只是几百人中的一个。

但到了晚上，我就开始自作多情，怕自己秋天不出现，会让希尔先生难过。

我的解药，就是赶紧上网注册了哥大的新生活动。

其实，在我收到哥大录取通知后，我的邮箱，哥大的邮件也是纷至沓来。

先是哥伦比亚法律女性协会（The Columbia Law Women's Association）的祝贺，然后是亚太美国法律学生联合会（The Asian Pacific American Law Students Association）的欢迎，接下来是哥大中国法律研究中心的邀请……而所有这些邮件，无一例外，都谏言我选择哥大。而在谏言之后，都会推销哥大丰富的资源，哥大众多的机会。

我飞回纽约，发现哥大的做派，和芝大截然不同。

哥大的新生接待处，有位穿着皮夹克的先生，正在和衣帽间的大妈搭讪。

我低头登记时，一撸袖子，碰歪了一个纪念品水瓶。塑料水瓶轻薄，重心不稳，多米诺骨牌似的，一连倒了好几个。

我红着脸一一扶起。

皮夹克笑嘻嘻的，一点也没有帮帮我的意思。似乎他站在这里，不是为了迎候我，而是为了观察我。

哥大供应的，都是简餐。早上是咖啡、鸡蛋饼，中午是三明治加沙拉，晚饭很像下午茶。虽说清爽可口，但实在比不上芝大的花样繁多：早餐是好几家面包房的强强联手，而正餐从粤菜的干炒牛河，到西班牙风的海鲜烩饭，再到当地的特色深盘比萨，无所不有。

哥大的会场，都是刚上完课的学生腾空的。有位女生抱着两本大部头的教材走出来，迷迷瞪瞪，一头撞上了我，似乎好几天没有睡过觉。而陪我们聊天吃饭的哥大学姐，对母校虽然是满怀热爱之情，说到一半，也要伸手挡住直打呵欠的嘴。她去洗手间时，我们悄声议论，不知自己一年后会变成什么样子。

接待我住宿的北京人露露，住在月租 1000 美金的公寓。她的窗户对着楼中的天井，收得到一点苍白的亮度，收不到日光的暖度。而凯蒂和珍妮的公寓是同等价位，却望得见密歇根湖的沙滩，听得见湖滨骑行族的车铃声。

清早，我躺在客厅中的气垫床上发呆。我清楚，凭自己三天内看到的信息来决定三年的生活，肯定太片面。芝大招待会的饭菜更诱人，但等我们交了学费，就不可能有顿顿的宴请。芝大的招生办体贴入微，但等开学后，我们基本见不到招生办的人影。芝大的同学似乎更加精力充沛，但我若是湮没在社交达人中，只会更加孤独。

然而，毕竟是新生活动，再怎么说都是加过修饰的。如果哥大呈现给我们看到的一面，都是现实得不能再现实，那它的现实，会不会更堪忧？

露露也刚醒来，正在她的卧室里打电话。公寓隔音效果不佳，连电话那头的占线声，我都能听见。

她预订了周五晚上的音乐会门票，也订购了一束花，送给教会中拿到升职加薪的阿姨。她和她在哈莱姆贫民窟的辅导对象——一个黑人高中生——确定了下一次的见面时间，又和国内的商界参观团敲定了一篇演讲稿翻译件的最终版。最后，她和男友问了早安，商量着生日要不要去麦迪逊公园附近的那家餐厅。她的男友，是她通过哥大在北京的校友会认识的，现在在华尔街上班。

这钟点，芝加哥应该还在沉睡中。

北漂们住郊区的胶囊公寓，挤两个小时的地铁上班，却赖着不走，不是盲目跟风，而是斟酌损益后做出的决定。而两年前同样面临选择的露露，倾向了纽约，也从没后悔过。

哥大也有秀，那就是 JD 毕业生的工资。超过 16 万美元的平均起薪，使它在法学院排行榜上位列第一。

哥大职业发展中心主管说，这个数据，是对哥大超值教育的肯定。职业中心的人列出了全年的活动安排：从性格测试开始，以帮助学生发现适合自己的路线，规划职业生涯；到申请工作时的免费模拟面试，有纽约的律师志愿者在百忙中抽空，亲自来学校扮演面试官。主管还说，哥大教授的教法，也非纸上谈兵，而是处处从实际出发。哥大的校友网络在律师界也是最强大的，对于同等条件下的求职者，他们难免偏爱自己的年轻校友，而不是哈佛耶鲁的毕业生。

职业中心希望学生过得好，但也希望他们做好事。对从事公益事业的学生，年收入只要小于 5 万，学院会帮着他们还清全部助学贷款。收入在 5 万到 8 万之间的，也会得到一定比例的补助。

主管的讲座结束，一位年轻校友上了台，讲自己以 4 万 5 的低收入，在纽约如何生活。他就职的公益机构，致力于为弱者鸣不平，主要靠产品质量问题的集体诉讼官司盈利。比起他的同学，他在吃穿用度上必须克制自己，但在工作上的满足感，是人人羡慕的。机构给他的空间很大，机会很多。当他的同学在为老板跑腿打杂时，他一个人在全国到处飞，调查、取证、采访当事人。当他同年级的学霸为能和客户打个照面就欢天喜地时，他已经在庭上为几百个药品受害者争得了权益。刚毕业几年，就被众多家庭奉为大救星，多亏了学院能帮他还贷。

午餐的时候，也有位教授坐到了我们这桌。他开门见山，自报了家门，然后请全桌人轮流说：家在哪儿，本科上的哪儿？

大家一一照办。

对于每个本科，他都会有几句回应。

要么是他有个熟人在那儿教书，问学生认识不认识。

要么是他之前在那一带住过，问学生爬没爬过某座山。

要么就是他久闻那个学校的某个专业特别出众，问学生上没上过那方面的课。

轮到我时，教授听说我是北京来的，立马问："哪个中学的？"

来美国 4 年了，从来只有中国同学问这个问题。

我惊讶作答。他彬彬有礼地说："领袖的摇篮啊。"

我的中国同学们，都没几个知道这一点。

比起芭比娃娃教授，这个对我自然更受用。

下午，法学院安排了模拟课堂。我选的是民法课，教授讲了 20 世纪 60 年代的一个真实案件。被告是个癫痫病患者，常年服药。某天下班回家的路上，他发病失控，将车开进了一个自行车店，撞倒了老板娘。原告，也就是店老板，起诉被告，要求赔偿医药费、经济损失和精神损失费。

法院的判决结果，原告败诉。

教授问，这样的结果，你们不觉得违背常理么？原告无辜地坐在自家的店铺里，让被告撞成重伤，为什么一分钱拿不到呢？

有几个同学做了回答，涉及"为什么"的一个个侧面。

教授总结道，这是因为被告没有做错。他有病，但一直遵循医嘱，按时吃药。车管局了解他的情况，但从没有禁止他驾车。驾车时发病是小概率事件，他开车上下班的理由又很充分，并无不当。这个事故是在他的控制能力之外的。

那原告也没有错，为什么要他来承担损失呢？因为经济生活中的摩擦，是不可避免的。谁赶上了不幸，如果不是责任事故，就像是被闪电击中，被洪水冲走一样，只能自认倒霉。

但并不是所有"无过失"事故的受害者，都会求助无门。一些由产品质量导致的事故，比如可乐瓶子在手中爆炸、电视机在正常观看时着火，即使原告不能证明生产商有疏忽，也有可能拿到赔偿。这是因为，厂家生产不合格的产品造成的安全隐患，影响范围大，社会关注度高。出于对公共利益的考虑，法律会把责任门槛设定得比较低。

　　另外，生产商一般都有保险。保险公司，又是靠许许多多的投保人来营生的。所以，如果生产商的产品在"无过失"的情况下伤害了消费者，其赔偿金，其实是分摊到许多人的头上。

　　这样，对每个人来说，都是公平的。公共利益，说白了，就是每个人利益的集合，因此，每个人都应该分担公共利益的成本。

　　这个案例的被告，没法像生产商那样分摊成本。所以，将成本强加于他一个人，是不公平的。

　　整节课，我的笔记基本没有停过。偶尔停下一次，四下瞧瞧，发现大家也都差不多，要么在举手，要么在奋笔疾书。很难想象，这只是用来作秀的模拟课堂。

　　离开哥大的时候，我们各走各的，没有正式的告别，也没有煽情之语。

　　芝大秀，虽然夸大，却值得回味。

　　芝大法学院排名第五，处境有点尴尬。法学院排名，第六名是个坎。前六和六后，不论学生平均分，还是录取率，都有很大的差距。所以，多数情况下，就算实力雄厚、野心勃勃的学生，申学校时，也会把前六都带上。

于是，芝大录取的许多人，心都比芝大高。

芝大最想抓住的，是超过自己平均录取水平的潜力股。毕竟，芝大不是经常能培养出法官、州长、参议员；也不是合伙人遍地。

芝大法学院不愿承认：自己的学术不如耶鲁，名气不如哈佛，校园不如斯坦福，就业市场不如哥大。但它清楚，拿前面的任意一点作秀，都很难打动知根知底的学生。于是，它竖起了开心愉悦的大旗。

把最卖力的招生官、最友善的教授和最热情的学生凑到一起，就是为了告诉你，未来三年，是这样的人和你朝夕相伴。哈佛常出大法官和总统，可你能见到几回呢？

的确，有人被打动了。一个二年级的学姐曾告诉我，她来芝大，一是为了它的全额奖学金，二是因为芝大比哈佛对她客气多了。

但是，即使对没有被打动的人，芝大的付出也没有浪费。

参加芝大秀的那个耶鲁男离开礼堂时，故意落在后面，悄悄照了张自己和讲坛的自拍。没准，这是他的无声誓言：将来出名了，要来芝大讲学。

而那个哈佛妹，即使最初是抱着公费旅游的心态来的，也要和新朋友一醉方休。还要一一留下芝大同学的联系方式。倘若她能成为律所的大佬，这些人是不是也能沾点光？

而芝大目前的院长、教授，还有来演讲的学者、律师中，大部分都不是芝大出身。20多年前，他们中，有多少来看过芝大秀？

哥大秀，没有芝大的精致文饰，但也不是没有经过包装。

哥大着力宣传的"学生收入位列全美法学院第一"，是事实。

但事实的背后，是毕业生大多在纽约就职。纽约的生活成本，也是全美领先。工资高，不一定意味着生活品质高。

哥大承诺，帮收入低的毕业生还清助学贷款，也是言出必行。但实际上，前十四的法学院，几乎家家都有这类还贷政策，对申请者来说早已不是新闻。

哥大在选择完学生后，也要面对学生的选择。但它自尊心很强：对于高出自己的学生，不会踮着脚尖去够；对于本该属于自己的学生，也不会放下身段去请。

因为，它最大的法宝，还是纽约。纽约是哥大最鲜活的广告，也是最有力量的支撑。该来的人，总归会来，为纽约的声音和色彩，为哥大的机会和舞台。

哥大秀之后，我给芝大发了封道歉信，说芝大秀让我念念不忘，但我害怕自己受不了芝加哥的冷。

回复还是希尔先生来的。他说，很遗憾，今年秋天见不到你了。但明年，不是还有秋天吗？

斯坦福：加莱义民

圈 子

　　一路下来，他把小贩耍了个遍，把南腔北调换了个遍。

　　离开市场时，他说，这些方言，都是一路上新学来的。坐高铁时看报纸，说古玩市场尽是骗子，便想到了这一招儿，可以打打假。

　　不愧是个优秀律师的料。出来玩，还这么以天下事为己任。

刚交完哥大的定金，斯坦福的录取就飞来了。

斯坦福没有面试，我在准备申请时，并没有额外花心思。迟迟没有收到它的消息，我几乎已经放弃了希望，也曾自讽说，申请书恐怕是掉在招生办的地毯下面了。而西海岸的法学院招生办，听没听说过东部山里的MC，也是个问题。

这个惊喜，始料未及。

选斯坦福，如果损失的只是哥大的定金和预支的房租，倒也罢了。而我这些年置下来的一堆家当，还寄存在萨维诺教授家，如果往加州运，又是一大笔开支。另外，自己在村里困了几年，好不容易混到快要进城，似乎又得放弃了，因为斯坦福在留学生中的外号，就是"大农场"。

为了排名上高出的一位，值得么？

老爸说，斯坦福因理工闻名，哥大以人文著称，何况，美国法律的根在东部。所以，哥大应该是更好的选择。

姥姥说，哥伦比亚在学术圈有口皆碑，但在老百姓眼里，可有点让人迷糊了。人家没准以为你到了拉美，或者进了服装公司。斯坦福却是独一无二啊。

我给斯坦福发了一个邮件，附上了哥大的奖学金单据，口气尽量委婉地谈条件。

斯坦福当即回信，给了我更多的钱。

再次面临选择。因为身在北京，只有上网找信息了。

电脑的右下角跳出了 Skype 提示：端端上线了。

端端和我在哥大的新生会上有过一面之缘。他和我一样本科留美，但比我大一届，已经在纽约的一家咨询公司干了一年。

自从拿到哈佛的 JD 录取后，他就无心工作了。每到周末，借着学校报销机票和校友招待住宿之机，他把录取他的学校，几乎从头到尾逛遍了。

他说，"有钱人先参观学校，再决定申请哪些。咱只能对着电脑，按着排名往下走。现在，学校对咱这么好，总得给点面子，当面谢谢人家呗。"

端端有没有当面谢谢招生办的人，我不得而知。不过，这一趟玩下来，他把法学院中的同胞都认全了。

我在 Skype 上和端端打了个招呼，端端立刻有了回应："什么消息？最近来找我的，都是好事。"

我一坦言，他立马发来了好几个笑脸和红心。

"还犹豫什么？赶紧跳槽！你说说，你毕业后想干吗吧？"

我还没确定。

端端不愧是干咨询的，噼里啪啦敲了一大段：

刚毕业，你肯定得进律所，而且必须是大所。你需要工作签证，而小律所和非政府机构要么不想给你办，要么没钱办。政府机构又不要外国人。

最好，你要进在北京或者香港有业务的国际所。这样，万一你人品差，抽不到工作签，国际所还可以派你到北京或者香港的分所去。

哥大法学院，每届将近400号JD，而斯坦福才100多号。毕业生们最想进的律所，就那么几个，哪个学校毕业生的机会比较大？律所录学生时，不会因为学校人少而相应地少录。

所以，你若想去纽约工作，虽说纽约律所合伙人中，以哥大校友最多，律师中，也以哥大出身的最多，但你仍然是有优势的。而你若想留在加州，斯坦福就更有优势了。何况加州比纽约工作压力小一些，适合女生啊。

我问，这是刚毕业的情况，可之后呢？

端端继续敲着键盘：你干了几年，要是有了绿卡，可能会想转行。而转行，无非是进政府、做咨询、自主创业，或者搞学术，那你就要看看，是斯坦福出身的选择面、资源面大，还是哥大的大？答案当然是斯坦福。还有，你要是想回国，那更得去斯坦福了。

我说，就你这几句，伤了多少哥大学子的心啊。

端端说，也就是你，别人，我可不会说的。你不信，再问问其他大仙吧。

端端给出了几个哥大师兄师姐的联系方式，并建议我进JD2017届①的微信群看看。

①　JD学制三年，2014年入校的学生，一般在2017年毕业，所以，称之为2017届。

哥大法学院的几位师兄师姐，和端端不谋而合。

2016届的师姐说，斯坦福的宿舍又宽敞又便宜，生活质量比纽约更胜一筹。即使身在纽约，一学期也去不了几次百老汇、大都会，还不如每天住得惬意，窗外阳光明媚。

2015届的师兄说，斯坦福JD项目招的国际生非常少，一定要珍惜这个机会。每年，哥大JD生开学最早，可就是这样，若是有人被前三名的学校从候补单上录取，即使是已经在哥大上了一两周课，还会卷起铺盖卷跳槽。你干吗要把幸运拱手相让呢？

热爱哥大的学姐露露不做评论。但她给了我斯坦福2015届JD彭哥的联系方式，建议我和彭哥聊聊。

彭哥立刻给了回复：欢迎！

彭哥正在纽约的律所做暑期实习。下班回家，饭还没吃，就陪我敲了一个小时的字。

彭哥告诉我，不论选哪一个，都自有道理。不过，如果我不太适应法学院，成绩不拔尖，选斯坦福，会更舒坦。

法学院汇聚了全美乃至全球的GPA狂人，我的成绩如何，不仅取决于我，而且取决于同学。以哥大为首，绝大多数法学院的打分方式，是严格按照排名，使班中成绩呈正态分布。每个班上，教授给几个A，几个A^-，都受到限制。而大部分同学的得分，集中在B和B^+之间。每个人的位置在哪儿，可以说一清二楚。而顶级律所挑人时，经常会设下前5％、10％，或20％的分数线，把排名靠后的同学拒之门外。

而斯坦福从2008年开始，采用了优秀/及格（Honor/Pass）的评分系统。排名前30％的，得分都是"优秀"，而后面的只要不是太差，基本都能"及格"。斯坦福的官方解释，是希望公司录人时，能注意到学生的方方面面，而不是仅仅盯着GPA的细微差别。

实际操作中，高端律所也有对策，还是会设下诸如"每年最少拿8个优秀"之类的隐性门槛。所以，斯坦福的评分方式能否缓解学生的就业压力，有待争议。它最大的价值，是减少了同学间的攀比和挤压。因为划分的等级没有那么细，互相之间的差距也不会被放大。同一门课，处于70%的中下游同学，在处于40%的中上游同学面前，还可以沾沾自喜。因为花了较少的精力，却拿了一样的分数。

彭哥去吃晚饭了。我在微信群中一打听，又发现了很多情报达人。而在达人们的心目中，彭哥是个大名鼎鼎的人物，曾拿到法学院的一等荣誉奖。这个奖，对于一个中国人来说，不是后无来者，也是前无古人。

JD的一年级，特别是其中的国际生，很难有进大律所实习的机会，但彭哥却迎难而上，挺进了全美排名前五的律所。二年级时，为了换换口味，他不顾老东家的挽留，转战反垄断领域的龙头老大。

彭哥吃完饭回来，又上线了。我说，我来斯坦福，要是学不好，真怕把你树立起来的中国人形象给弄砸了。

他说，"别听人家瞎侃。JD没有诀窍，只靠坚持。好在这边风景很好，累了，可以到海边、到森林中放松一下自己。"

想起穆尔森林和优胜美地，我决定去斯坦福了。

当然，头功还要归端端。收到我致谢的信息，他揶揄道："发达了，给口粥喝吧。"

一整天，我的手机都在嘟嘟发颤。微信群里的 2017 届们，有十几个或是回到了北京，或是来到了北京。大家准备搞一场见面会。端端的朋友、哈佛 JD 然然被公推为召集人。

然然被 2017 届戏称为 CEO（Chief Entertainment Officer，首席接待官）。她留学多年，脑海里却自有一幅北京吃喝玩乐的全景图。参加见面会的人，住得分散，但然然选出来的餐厅，大家除了安心接受，不敢再说什么。因为然然已经开列了所有可能的异议，并一一提出了辩词。

然然不仅会选店，更会点菜。菜单上的特色，她都心中有数。她秀出纤纤玉手，接过巨大的菜单，象征性地翻了两页，就吟唱似的，向在座的我们广告推荐。她对菜品的样式和分量，比服务员还清楚。一桌下来，既排场，又不浪费。

十几个人聚餐，谁都不好意思让 CEO 请客。当她推说要去洗手间，却向前台方向走时，我们接二连三的拿着钱包冲过去。她见状不对，临时转弯，出了门，被我们集体拦下。

门口的保安拿起了对讲机，生怕碰上了聚众闹事。

宾大的开开说，"然然，我们 AA 制，将来你在波士顿请我们，好不好？"

然然挥着手说："都回去，这像什么样子！要是小报记者拍下来，就能借题发挥了：名校法学院聚会，JD 集体跑单，被保安拦下。"

有了第一次，就会有第二次。而第二次的聚会，除了 2017 届 JD，还有很快就要赴美的法学硕士生。

美国的法学硕士，学制短，只有一年，申请者多为有法律专业背景和工作经验的外国人。法学硕士的缩写是 LL. M，加之申请者年龄相对较大，在社会上摸爬滚打过，所以就有了"老流氓"的俗称。

其实，作为 JD 的我们对老流氓很是尊重，因为他们的法律素养都比我们强。

上海的老流氓钱哥来北京开会，就被然然请来参加我们的聚会。问他想吃什么，钱哥要求不高，说有肉就行。

然然选了一家自助烧烤店招待钱哥。她本人不爱吃肉，光啃玉米棒子又太无趣，就取下手上的镯子，抄起火钳，独揽了烤炉。

大家一边吃，一边听钱哥讲他的职场经历，活脱脱的一剧《红与黑》。钱哥不想吓坏小朋友，又半真半假地安抚大家说，"美国的制度更严些，没那么多空子可钻，应该没这么你死我活。"

马哥接过了话茬儿，此前，大家一直挺好奇，为什么马哥读了6 年的生物 PhD，却改行学起了 JD。马哥讲起来，也是一把辛酸泪。他原先做的是猴子的基因实验，都快成功了，却突发病菌感染，猴子们相继献身科学事业。因为是长期的实验，来不及重头做，他又改用了繁殖快的小白鼠。这一次，本是一帆风顺，却发现自己的新成果，已经被一个素不相识的外校 PhD 抢先发表了。眼看又要耽误毕业，马哥一气之下决定转行。

马哥的话是否靠谱，我无从考证。但这家烤肉店不靠谱，则立马得到了证明。欢乐散场的一桌人刚回家，就有好几个开始上吐下泻了。

他们打着吊瓶，在微信上互相报告病情。

然然说："姐姐对不住大家了。"

病号们说："等我们好了，一起吃功德林的素斋去。"

病号们康复后，然然真选了家素餐厅。这次的新面孔，是耶鲁的 JD 丹丹。

桌子很大，我和丹丹面对面，没有直接对话，但听见丹丹说，今年去耶鲁的 JD 中，还有一位男生，他小时候上学早，还跳过级，18 岁就大学毕业了。

还有更牛的，和这位同岁，却转学到耶鲁上二年级了。

JD 这个圈子，年龄跨度很大：有跳级念完大学的，也有正正规规念过 PhD 的。不过，老的没有倚老卖老，小的也从不卖萌装嫩。大家都很珍惜这种平等。

聚会结束，我和丹丹坐同一路地铁回家。丹丹一听说我本科是英语专业，兴意盎然。她学的是世界政治，这些年读遍了学术文章，但读的小说并不多。她问我有什么推荐的名著或是畅销书。

我说："单纯为了语言素养，得读当下的书。英语在不断的变化之中，老书的语言，虽然美，但对于咱们来说，实用价值并不大。不过，如果你想欣赏情节和人物，还是名著经典好。"

丹丹赞同道："是啊。我读过几本畅销书，总觉得人物比较单薄，要么心理疾病，要么聪明过头。对话中的幽默，总像是作者闭门造车的结果，根本不是正常人即兴而为的俏皮话。而且，畅销书的情节，感觉小圈子中的琐事太多，实在比不上名著的波澜壮阔。"

我说："咱这年代，人的信息来源太广，娱乐方式太丰富，很多小说家也只好适应快餐文化，写东西难免会多快好省。但这么多的畅销书中，经过时间的甄别，肯定会有未来的经典。"

丹丹问："那你觉得，什么算经典？"

我说："经典的共同点，就是要么在主题上有创意，要么是在语言上有突破。《麦田里的守望者》故事那么简单，却一炮打响，是因为叛逆少年自古都有，却从没有人写得那么刻骨铭心。海明威的《我们的时代》，主题上没什么创新，但好评如云，是因为海明威的极简主义对后人的影响太大了。"

丹丹思索道："你说，是不是因为之前的作家把该突破的都突破了，现在的人已经没得可写了？"

我想了想，答道："也不一定。其实很多评论家们在 20 世纪初就这么说过，但其后便出现了意识流文学。二战后，评论家也有过多余的担心，但新的突破还是有的，只是不那么一目了然。"

丹丹说："也难怪。一眼就能看出所以然的，很容易成为宣传品。不管是政治目的，还是个人目的，都没有长远的价值为后世所用。"

我正要答话，赶上到站停车，打了个趔趄，抬起头，发现自己已经坐过了三站，慌忙跳下车，隔着玻璃对丹丹说，改天再聊。

我上了反方向的车，坐下定定神，想起自己和丹丹夸夸其谈这么久，却没按她的要求，推荐什么书。

这时，丹丹的微信来了："谢谢！今天收获很大！以后接着聊文学。"

其实，是我要谢谢她。

学了这么久的英语，除了自我陶醉的施密特，还没有人和我谈过文学。当下的作家数量，是历史之最，但却没有一个世纪之前的文豪效应。这是教授们的心头之痛，也是我的困惑之在。而同专业的同学，上学时忙于应付手头的作业，没时间谈。毕业后为生计奔波，没心思谈。

我的第一个关心文学的朋友，是个JD。

前面的这些聚会，端端没有参加。那时，他正在云游中。

每到一个地方，端端都能找到当地的JD或者老流氓，包吃包住包玩。

在成都，有位老流氓刚做完一个小手术，需要卧床静养，便把大门钥匙和车钥匙给了端端。

在西安，有位JD小妹陪着他在城墙上骑车。他俩身边的游客，眼神里醋海翻波。小妹亭亭玉立，名包名表；而端端个子矮，晒得黑，穿得不修边幅。大家都惊叹于他这个屌丝，是怎么"勾搭"上白富美的。

在上海，端端只待了一天，却有8个人找他吃饭，每个人的时间还不一样。他把早、中、晚全约出去，还外加了两顿夜宵。

但等端端到北京时，还留在北京的JD已经没几个了。

然然在群里发信息，帮他求援：

"求收容！谁家有沙发、地板、狗窝、壁橱，能睡就行！本人担保事主身材短小，人品端正。滴水之恩，必涌泉相报。"

群里的反应很快，有位JD小妹说："我住在女生宿舍里，舍管们民风彪悍。如果端端身材真的短小，可以钻进行李箱，我拉他进来。"

而小弟说："我爸妈白天上班，晚上在家。端端如果愿意夜里上街躲躲，白天睡觉，可以进我家大宅。"

还是老流氓实在，当JD们还在磨嘴皮子，一位北京老流氓已经把端端的住处安排好了。不过，人家管住不管玩。老流氓讲，现在是他挣钱的时间，再玩就要入不敷出了。

我本想请端端吃饭。他却似乎对潘家园的古玩市场更感冒，非要我陪他去。

在古玩市场，端端故意操着四川口音，问起卖石头的小贩："老板！这是玉吗？"

"当然。黄龙玉！你眼力真好，这是招财的金蟾。我这是要收摊了，便宜卖，800 块！"小贩捧起粗制滥造的癞蛤蟆。

端端的口音更重了，对我说："我看行！妹妹，咱来时就说，给村长置办点特产回去，让乡亲们开开眼，也不枉来一趟北京城。拿钱来，妹妹！"

我边跑边笑。端端追上来的时候，小贩还在大喊："600 块！600 块要不要！"

端端跟上我，没走两步，又相中了一个鼻烟壶，和小贩讲起了陕西话。

一路下来，他把小贩耍了个遍，把南腔北调换了个遍。

离开市场时，他说，这些方言，都是一路上新学来的。坐高铁时看报纸，说古玩市场尽是骗子，便想到了这一招儿，可以打打假。

不愧是个优秀律师的料。出来玩，还这么以天下事为己任。

晚上，我们去了世贸天街。端端仰着头，看着液晶天幕上显示的短信，说："怎么全是'我爱你'？我来点新鲜的！"

他在手机上敲道：热烈祝贺然然被哈佛录取！

他点击发送前，叫我准备好相机，短信一上屏幕就拍照，发微信。他说，然然看到我俩想着她，定当感激不尽。

等了半天，屏幕上没反应。

他说，要不你试试？

我照做了，也没反应。

他说，这天幕，肯定有管理员控制，筛查信息。是不是哈佛让管理员嫉妒，被他删除了？

他改用哈佛法学院的缩写：热烈祝贺然然被 HLS 录取！

仍然没有反应。

难道有英文字就不行么？我急了，写了"我爱你"，但还是发不上去。

端端揣测："咱俩的手机号，肯定是被黑名单了。我害了你了。以后你想要和谁在此廉价表白，都不行了。"

我说："换个号码呗。"

他说："换个思路呗。咱可以开一家集珍爱网、百合网、世纪佳缘和微信的优点于一身的相亲网站，专供海外人才使用。咱不像非诚勿扰那样，需要抛头露面；也不像世贸天幕，要收钱。……"

我接过话茬儿："但咱的会员是要写申请才能进的，录取率低于 10％。"

端端刚走，彭哥就到北京了。

我刚好有一肚子问题，所以，一听到消息，就赶紧跑到了他住的酒店。

我告诉彭哥，我刚刚读完阿蒂库斯·法尔孔（Atticus Falcon）的《法学院星球》（*Law School Planet*）。法尔孔整个一个批评家，把法学院的教育贬得一无是处，讲 JD 们学得很苦，学的无用，让我的感觉很不好。

彭哥说，他也看过《法学院星球》。按照法尔孔的观点，法学院教授确实都是人才，但却是只能探讨空头理论、而与实际生活格格不入的人才；他们也很有人格魅力，但最擅长的却是误导学生，喜欢把简单问题复杂化。不能说法尔孔不对，而只能说法尔孔太偏激。法学院的确有法尔孔讲的教授，但这样的教授并不是全部。

彭哥说，文学作品都免不了夸张，法尔孔的做法无可厚非，但读者，应该有自己的头脑，可不能被作者左右。

我说，文学作品虽然有可能夸大其词，但也不完全是空穴来风，何况，法尔孔写的是自己的经历。法尔孔讲，法学院学的所有课，到了律所都没用，因为律师不需要死记硬背法条，再怎么背，也比不上网上的无敌资料库；法学院着重讲的案例，也只是法律发展史中的沧海一粟。法尔孔的这些观点，我是蛮认同的。

彭哥说，你上过这么多年学，学到的知识有多少还在用？法学院教的知识和案例，的确不见得都有用，但讲知识和案例的过程，就是训练法律思维、发展法律素养的过程。所以，法学院的课，可以说没有用，也可以说很有用，关键在你看问题的视角。

也许，是法尔孔错了。学什么知识都需要经过"过滤"，但如果你的视野不在知识本身，而在知识背后的东东，那么，你真的不必纠结于知识有用还是无用了。

彭哥回美国了，但露露从非洲回到北京来了。

一个假期，露露都在非洲，她参加了联合国下属机构组织的一个公益项目。

露露问我，你知道我为什么要去做公益，那么多 JD 都愿意做公益吗？

露露不等我接话，自己就作了回答：这是因为，上 JD 苦，JD 后更苦。

JD 的苦，我早已了然于心。因为，申请法学院的时候，就有人提醒过我：到了法学院，你会知道，为什么 JD 一毕业，就能挣十五六万美元了，是因为 JD 三年，你少睡的觉很多，流的口水很多。而且，彭哥已经告诉我，在斯坦福法学院，JD 一年生一周五门课，每门课一周三次。课堂之外，一周还要看几百页书，不然，根本听不懂教授在讲什么，也无法融入课堂讨论之中。何况，学院差不多天天有讲座，不出听，说不定会错过重要信息。GPA 高的，就是睡觉最少的，学得最苦的，付出努力最多的，而不是所谓智商高的。

露露调侃道，人家是吃得苦中苦，方为人上人，而 JD 呢？是吃得苦中苦，方为苦中人。

露露告诉我，她在哥大，见过很多律师。律师是个高薪的职业，但大律所的合伙人根本没时间花钱，全便宜遗产继承人了。而当不上合伙人的律师，即使为律所奉献多年，劳苦功高，也只能另谋高就。一面是熟手接踵流失，一面是新毕业生源源不断地进来，这就是大律所的常态。

毕业生入了行，从早到晚干的事，就是查文件、回邮件、写备忘录。新手们几个月的努力，也许会成为合伙人谈判桌上的精彩一瞬或庭审中的制胜时刻，但他们可能连案子有没有开庭都无暇关注，而只能专心于堆在案头的各色文书。

大律所的起薪十五六万美元，每年还有 1 到 2 万的加薪。但这样的收入，正好处在美国税收最狠的区间，扣了税、还了助学贷款，再怎么攒钱，也富不起来。即使手头有闲钱，也要变相地还给工作。因为没时间跑路，需要住离律所稍近一点的高价房。为了取悦客户，需要穿名牌，开好车。偶尔出门度个假，老板还可能发来十万火急的邮件，让你在沙滩太阳椅上敲电脑。

我问：那小律所呢？

露露说：小律所合伙人的生活质量要好很多，助理也能当上合伙人。但金融危机，倒闭得最多的，就是小律所。

露露接着说，身苦，是 JD 后的第一苦，而第二苦，是心苦。这是因为，学法律的人，多多少少都有点正义感，都有点梦想，但进了律所，经年累月下来，不知道自己在不知不觉中，帮一堆为富不仁的家伙干了多少坏事。为了少一点心苦，多一点自我慰藉，只要有可能，律师们就要做一点公益，做一点善事。

我突然明白，为什么美国人有这样的告诫了：别上法学院。律师总是代表别人去争利，压力奇大。自杀是律师非正常死亡的第一号原因。

上 JD 很苦，我早有心理准备，但 JD 后，真的还有更苦？

难道端端们的幽默、然然们的潇洒，只是 JD 前的释放和宣泄，只是为了迎接最苦逼的时刻？

时间，也只有时间，才能给出答案。